Shakespeare

莎士比亚

少年版

Hamlet

哈姆雷特

[英]威廉·莎士比亚　著

[英]查尔斯·兰姆　[英]玛丽·兰姆　改写

朱生豪　漪然　译

北方联合出版传媒(集团)股份有限公司

万卷出版有限责任公司

果麦文化 出品

生存还是毁灭，这是一个值得思考的问题。

To be or not to be, that is a question.

戏剧故事

Hamlet

哈姆雷特

　　丹麦王后格特鲁德在丈夫老哈姆雷特国王死后不到两个月，就改嫁给了国王的弟弟克劳迪。一时间，人人都在谈论着这一罕见的不忠行为，而更为糟糕的是，克劳迪一直就是个卑鄙的小人，根本无法和王后故去的前夫——仁慈英明的老国王相比。也有不少人怀疑，克劳迪是个蓄谋已久的篡位者，他在老国王死后，正是通过和王后结婚的方式，攫取了年轻的王子小哈姆雷特本应该继承的王位。

　　但是没有人比王子本人对王后——他母亲的背叛行为感到更痛苦的了。哈姆雷特王子极其敬爱已故的父王，甚至将他当作一个神明来崇拜，而母亲的所作所为却使他陷入一种深深的羞耻，并对整个光明世界都产生了质疑和迷茫。他一蹶不振，整日摇摆于对父亲的思念和对母亲的蔑视之中。往日的欢笑从他的脸上消逝了，书籍曾经带给他的乐趣不复存在，骑猎之类的运动再也提不起他的兴致。他几乎厌倦了这个世界上的一切，万念俱灰，就像无人照管的花园被荒草吞没。连失去王位都不能让他感到痛苦和失望，因为母亲对父亲的不忠才是笼罩在他灵魂上的阴影，使得他对其他的一切不幸都变得麻木。

格特鲁德想方设法要使王子高兴起来，然而全是白费力气。王子仍然始终带着一副郁郁寡欢的样子在王宫里游来荡去，仿佛打算要用这种方式为自己的父亲服丧一辈子。他甚至是穿着丧服出席母亲的婚礼，因为他不愿以其他模样出现在那场可耻的欢宴庆典上。

而最困扰他的，还是父亲那不明不白的死因。虽然克劳迪声称老国王是被一条毒蛇咬伤致死，但年轻的哈姆雷特怀疑克劳迪自己就是那条毒蛇，怀疑他是为了坐上王位，谋杀了老国王。

这个揣测是不是正确？母亲对此事又了解多少？她是帮凶还是被欺骗的？这些疑团不断咬啮着

年轻的王子的心灵，使得他心烦意乱，寝食不安。

这时，一个奇闻传到了哈姆雷特耳中。在王宫巡逻的士兵们说，有一个样子酷似死去国王的幽灵，接连两个晚上，在午夜时分出现在宫墙边的守望台上。他从头到脚穿着威武的铠甲，就像他生前一贯的打扮那样。哈姆雷特的好友霍拉旭也亲眼看见了这个幽灵。幽灵出现在午夜十二点，带着一副哀伤多过愤怒的苍白面孔和一把斑白蓬乱的胡须。幽灵沉默不语，在似乎要开口说话之时，偏偏传来了公鸡的报晓声，于是幽灵就立刻消失不见了。

年轻的王子对这个离奇的故事惊异不已，既然所有目击者几乎众口一词地认定那个幽灵就是他死去的父亲，他决定亲自去看个究竟。他觉得，幽灵的出现一定有其原因，也许是想告诉他一些重要的事情，之所以至今没有开口说话，可能就是想亲口对他讲。于是，他焦躁不安地等待着夜晚的降临。

深夜，王子在霍拉旭和马赛洛的陪伴下来到守望台上。夜风寒冷刺骨，哈姆雷特和伙伴们正在谈论这冷得出奇的天气，忽然，霍拉旭叫道："幽灵出现了！"

忽然看见这个酷似父亲的幽灵，哈姆雷特又惊又怕，不禁祈求上天保佑，因为他还不知道这个幽灵是善是恶。但是他渐渐恢复了勇气，而幽灵这时也悲伤地看着他，仿佛有什么话要说似的，他看上去太像已经死去的老国王了，哈姆雷特情不自禁地呼唤起来："亲爱的父亲！"哈姆雷特祈求他告诉自己为什么他不在坟墓里安眠，却在月光下到处游荡。又问他，自己应该做些什么才能使他的灵魂得到平静。幽灵向哈姆雷特招手，示意哈姆雷特跟他去一个无人的所在，以便他们单独对话。霍拉旭和马赛洛竭力想阻止年轻的王子去做这样的冒险之事，因为他们唯恐这个幽灵不怀好意，将王子诱惑到汪洋大海或者悬崖峭壁边上，再显露可怕的原形来吓得王子精神失常。可他们的劝阻并不能改变王子的决心，他这时根本就不在乎自己的生命安危。他觉得自己的血液沸腾着，就像一只狮子般勇不可挡，他说谁阻拦他就要谁的命。就这样，他追随着幽灵，离开了所有的伙伴。

他和幽灵单独在一起后，幽灵开口说话了，说自己正是老国王的魂灵，说他是被人残忍地谋杀致死，而这个人，就是他的兄弟——王子的叔叔克劳迪。就像哈姆雷特曾经猜测的那样，叔叔为了夺取王位而下此毒手。那一天，老国王正在花园里打盹，奸佞的弟弟就乘机将一滴毒汁滴进了他的耳朵，这水银一样的毒液立刻流遍了国王全身的血管，腐蚀了他的皮肤。他的生命、皇冠及皇后就这样在一瞬间的睡梦中被自己的兄弟夺去了。幽灵恳求哈姆雷特说，如果他是真的爱过自己的父亲，就一定要为他的惨死而复仇。他又悲伤地告诫儿子，无论他用怎样的方式来报复卑鄙的叔叔，都不要做出伤害自己母亲的事情。虽然她已经在克劳迪的诱惑下一步步堕落，可还是应该留给上天和她未泯的良知去审判。哈姆雷特向父亲的魂灵保证自己会尽力照他的嘱托去做，幽灵就消逝不见了。

哈姆雷特被独自留下后，他暗暗发誓，要将自己见到的这一切永远记在心里，而他过去从书本和经验中得来的所有智慧，都可以通通被忘记，只有这个幽灵的指示将一直刻在他的脑海里，指引着他今后行事的方向。王子只将他听到的话告诉了好友霍拉旭一人，还命令霍拉旭和马赛洛一起发誓，决不说出他们今夜所见之事。

这一夜的经历给哈姆雷特留下了沉重的心事，他变得比以往更加忧郁和虚弱，甚至有些精神恍惚起来。他担心这样的情绪持续下去，会暴露自己对叔叔的敌意，令克劳迪对他产生戒心，那他报仇的计划将更加难以实现。最后，他于无奈中想出一个办法，就是索性开始变本加厉地胡言乱语、装疯卖傻，如果这样可以骗得叔叔相信他是真的精神失常，那么就可以瞒天过海，将自己真正的复仇意图掩盖得不露痕迹。

于是，从此以后，哈姆雷特就彻底将自己变成了另一个样子，说起话来不着边际，做事情也是颠三倒四。国王和王后都以为他真的病了，但是，他们都没有想到老父亲的死亡才是他的病因，反而以为他是因为对爱情的痴迷才如此走火入魔。

原来，在哈姆雷特陷入深深的悲痛之前，他确实爱过一个叫奥菲利亚的姑娘，她是御前大臣波隆尼尔的爱女。哈姆雷特给她送过情书和戒指，向她做过许多温柔痴情的表白，而单纯的姑娘也相信了这些多情的誓言和许诺。可是，自从父亲死后，沉浸在哀伤中的哈姆雷特就把这个女孩给淡忘了。而从他决定装疯的那一天起，就更是动不动就对可怜的姑娘恶言相向。可这个善良的女孩子并不因此责怪王子，她深信哈姆雷特的本性是高尚和仁爱的，只是他头脑里潜藏的疾病才使他变得不近人情，就像一口声音悦耳的大钟，会因为一只粗暴之手的敲打，发出不和谐的刺耳声响一样。

　　尽管要为父报仇的决心整日困扰着哈姆雷特，使得他根本无心于风花雪月、谈情说爱，甚至将爱情当作一种糊涂的表现，但是对于奥菲利亚向他倾注的柔情，他还是不能做到完全无动于衷。在一次用粗鲁的话深深地伤害了姑娘之后，他为了补偿，给她写了一封热情洋溢的书信，并故意用许多偏激的词句，使得它看上去确实像是出自一个疯癫之人。而信中流露出的一些充满感情的话语，还是使奥菲利亚相信哈姆雷特仍然深深地爱着自己。他写道，他不相信星星是火，不相信太阳会走，不相信事实能够变成谎言，但是从不怀疑对奥菲利亚的爱情。信中还有许多诸如此类疯狂而热情的语句。诚实的奥菲利亚将这信件交给了自己的父亲，而这位老人又将信件当着国王和王后的面读了出来，于是他们就此认定哈姆雷特是害了相思病。王后甚至有些庆幸儿子是因为这个美丽的姑娘才迷失了心智，因为她希望温顺可爱的奥菲利亚可以帮儿子重新恢复正常。

可是，哈姆雷特的病比他的母后所猜测的那种要严重得多，甚至已经到了无可救药的地步。他每天都在想着如何完成父亲的魂灵给他的重托，几乎每一秒钟的耽搁在他看来都是一种罪过。但要杀死国王也不是一件简单的事，因为有许多卫兵时刻保卫着他，而且，王后也总是陪伴在他的左右，她的出现也让哈姆雷特难以果断地采取行动。同时，要将一个活生生的人置于死地，对本性仁慈敦厚的王子而言，也是一件十分痛苦的事情。他为此整日愁眉不展，心里矛盾重重。而最令他犹豫不决，难以将复仇计划付诸实施的一个缘由，就是他内心里还是存在着一个疑团：他始终不敢确信幽灵的话就是事实。他担心自己会因为一个幻觉、一个邪恶的魅影而犯下不可饶恕的错误。所以，他决心要通过更为可靠的方式来确定自己的叔叔是不是真的有罪。

他正在左思右想之时，王宫里忽然来了一个戏剧班子，他们在王子面前演出了一幕他从前很喜欢看的古希腊悲剧。这幕悲剧演绎了特洛伊国王普利安在特洛伊城被攻破之际的悲惨遭遇。当哈姆雷特看到，国王死后，可怜的特洛伊王后仅仅披着一块破布从王宫里逃出来，在被焚毁的城市中绝望号哭，他不禁流下了同情的泪水，为这个女人的不幸深深叹息。在伤感过后，王子又不知不觉地陷入了深思。他想，如果一幕戏剧可以使他为一个活在几百年前的女人哭泣，那么一幕刚刚发生不久的、真实的谋杀事件如果在凶手面前重演出来的话，无论那个凶手如何擅长掩饰自己，也不可能在忽然看到这些自己曾经经历过的事情时，表现得完全无动于衷。

　　这个想法使得王子有了一个灵感，他决定让这些戏剧演员来帮他排演那一出花园里的谋杀，并当着叔叔的面上演。克劳迪要是真的谋害过老国王，一定会在不经意间流露出一些惊慌的表情，而哈姆雷特就可以由此觉察出他内心的隐秘。主意拿定，哈姆雷特就开始着手准备这出好戏，并邀请国王和王后一起来看他安排的演出。

　　戏剧开场时，还不知道这是一个圈套的克劳迪，高高兴兴地坐在哈姆雷特旁边，和王后以及众多大臣一起看着这场被哈姆雷特称为"捕鼠记"的新戏。而哈姆雷特则密切地关注着叔叔脸上的每一个细微的表情。大幕徐徐拉开，由演员扮演的维也纳公爵贡查哥上场了，他先在花园里与自己的妻子芭蒂丝塔亲密地相拥。然后，妻子跪下对公爵许诺她对他的爱情永远也不会改变，即使他死去了，她也决不会嫁给第二个人做妻子。这时，哈姆雷特看到国王和王后都开始沉下面孔，仿佛看到了什么使他们感到痛苦的事情。须臾，贡查哥的侄子鲁西亚上场，他看到在花园里熟睡的公爵，先把他的王冠摘下来吻了吻，之后将一瓶毒液倾注于熟睡者的耳内就离去了。这熟悉的一幕使得克劳迪再也坐不下去，内心的惊慌不安使这个篡位者无法继续佯装冷静将这出戏看完。他推说自己身体不适，匆匆离开剧院，回了自己的寝宫。戏演完了，哈姆雷特满意地看到幽灵的话已经得到证实，顿觉心里的一块石头落了地，现在他终于可以问心无愧地去做幽灵吩咐的那件事了。可他还未想好要给自己卑鄙的叔叔以怎样的惩罚才最为合适，而这时，王后却派人来请王子去她的寝宫，私谈一番。

原来这是国王的安排，他想通过王后来试探哈姆雷特。为了一字不漏地知道母子二人的对话内容，他特意安排波隆尼尔躲在王后寝室的幕帘后面偷听。这个老奸巨猾的臣子倒是很乐意做这种鬼鬼祟祟的事情，以此来博得国王的欣赏和重用。

哈姆雷特刚刚来到母亲面前，她就责怪他不该

用那荒唐的戏剧来触犯父亲。她说的"父亲"这个词，是指自己现在的丈夫，也就是哈姆雷特的叔叔。哈姆雷特为她将自己心目中这样一个神圣的称呼给了一个杀人凶手，感到怒不可遏，于是没头没脑地回答道："母亲，是你深深地触犯了我的父亲。"

王后觉得这个回答十分无理。而哈姆雷特则说："这个回答恰如其分。"王后不禁生气地问他，是否忘记了自己是在和谁说话。

"唉！"哈姆雷特回答，"我希望我能够忘记。你是一国之后，你丈夫弟弟之妻；你也是我的母亲，虽然我但愿没有这样的母亲。"

"好，那么，"王后说道，"既然你这样蔑视我，那我就去找能和你说话的人到这里来吧。"她转身想去找克劳迪或是波隆尼尔来和王子理论，可是，哈姆雷特拦住了她，不让她就这样走开。他想借这个和她单独说话的机会，好好问一问她对自己丈夫被害的事情知道多少。于是他捏着她的手腕，将她推倒在椅子上。王后被儿子这粗暴的行为吓坏了，以为疯狂的哈姆雷特要置她于死地，就大呼起救命来。

这时，从幕帘后面也传来了一个声音："来人，来人，救救王后！"哈姆雷特听见喊叫，认定那必然是卑鄙的国王躲在幕后偷听，于是他拔剑就刺，就像刺死一只从帘幕后面蹿出的老鼠一样，下手飞快，毫不留情。当他估计自己已经将国王杀死，去掀开幕布查看时，却发现躺在那里的是大臣波隆尼尔。这个老人竟然为自己的间谍行为付出如此惨重的代价。

"天哪！"王后尖叫道，"你做了一件多么鲁莽和残忍的事啊！"

"一件残忍的事，母亲，"哈姆雷特回答，"几乎和谋杀国君，再改嫁其兄弟同样的邪恶！"哈姆雷特此刻已经在复仇的路上走得太远了，他索性将藏在心里的一切，一股脑儿地向王后说了出来。他谴责母亲是如此寡情薄幸，将对老国王的忠诚这么快就丢弃于一旁，反而对他那个无耻卑鄙的弟弟唯命是从。他举起自己父亲和叔叔的两幅肖像，请母亲睁眼看看到底哪一个才是值得她尊敬和爱戴的人。他看到王后羞愧得不敢抬起眼睛来，又继续追问她是否会继续和一个杀人犯生活在一起，还要让王冠戴在一个贼子的头上——就在他越说越激动的时候，忽然间又看到父亲的魂灵，栩栩如生地出现在这个房间里，就站在他的面前。

惶恐的王子忙问父亲是为何而来，幽灵就开口说道，他是来提醒儿子不要忘记自己曾经许下的诺言。幽灵又让哈姆雷特开口安慰自己的母亲，因为悲伤和恐惧已经使她快要窒息了。说完，幽灵消逝不见，哈姆雷特只是徒劳地对着空气指点比画着，这使得王后对他的疯狂更加深信不疑。可哈姆雷特转而用诚恳的口气请她相信自己，并让她测试他的脉搏，看看它跳动得有多么正常而有节制。他又含泪请求母亲，为了她过去所做的一切向上天忏悔，用她对死去丈夫的尊重来证明自己仍然是一个好妻子，也仍然是他的好母亲，而他，也将为自己的母亲祈求上天的原谅和祝福。哈姆雷特真诚的表白使王后泪如雨下，她终于答应了儿子，要照他的话去约束自己以后的所作所为。

　　但是波隆尼尔的死使得克劳迪有了光明正大的理由将年轻的王子驱赶出境。他本可以将哈姆雷特处死，轻而易举地消灭这个潜在的威胁。但是他深知王子很得民众的爱戴，况且王后也不会让别人伤害她最宠爱的这个儿子。于是狡猾的国王就假装宽恕了哈姆雷特所犯的罪行，让他乘坐一艘驶往英格兰的大船离开丹麦，又派了两个大臣跟随其后，将一封书信带给英格兰的国王，请他在哈姆雷特踏上英格兰国土的那一刻，立即斩下他的首级。

哈姆雷特对叔叔的仁慈表现自然是心存怀疑。当天夜里，他在船上搜出了那一封密信，并巧妙地抹去信上书写的自己的姓名，而代之以两个大臣的名字，然后不露痕迹地将信件放回原来的地方。不久，哈姆雷特乘坐的大船在航行途中遇上海盗的袭击，勇敢的王子挺身而出，跳上敌人的甲板，和他们展开了殊死搏斗。而与此同时，两个胆小如鼠的大臣却慌慌张张地将船开走，不顾王子的死活，把他一个人留在了海盗船上。当他们带着那封信到达英格兰时，等待他们的自然也不是什么好结果。

海盗们擒住了年轻的王子，但当他们知道了王子的真实身份后，并没有虐待王子，反而很宽大地将他送回离丹麦最近的海岸。哈姆雷特为自己能够重返故土庆幸不已，可是，他刚刚回到自己的家园，就看到了十分悲惨的一幕。

原来那是年轻的奥菲利亚的葬礼。自从波隆尼尔死后，这个可怜的姑娘就神志失常了。她不能接受父亲惨死于自己心上人之手这个事实，整日心神恍惚，在王宫里向其他的女孩抛撒一些假想出来的

花朵，说这些花儿是给父亲的葬礼用的。她语无伦次地唱着有关爱情和死亡的歌谣，有时也不知道自己在说些什么，就像完全丧失了记忆一样。在王宫附近的一条小溪旁，生长着一株倾斜的杨柳树，灰白的叶子倒映在如镜的水面上。疯癫的奥菲利亚偷跑到那儿，用金凤花、荨麻、雏菊与紫兰编织了一些绮丽的花圈。当她企图将花圈挂在那枝梢上时，那根摇摇欲坠的枝干折断了。她与花圈一并落入那正在低泣的小溪中。她的衣裳漂散在水面上，使她像人鱼一般漂浮起来。她口中只哼唱着古老的诗歌，好像完全不顾自己的安危，也好像她本来就生长在水中一般。可是，这种情况无法持久，当她的衣裳被溪水浸透之后，这位可怜的姑娘就在婉转的歌声中被卷入流水和泥泞中，死去了。

国王和王后以及整个王室的成员都出席了这个美丽女孩的葬礼，这其中也包括她的哥哥雷尔提。刚刚来到葬礼上的哈姆雷特起初并不明白这隆重的仪式是为谁而办，于是就静立于一旁。他看到王后亲手向落葬的棺木抛撒着鲜花，这意味着刚刚死去的是一个未婚的女子。接下来，他又听见王后一边撒着花儿，一边喃喃自语："甜美的鲜花应属于甜美的女子！我曾期望你是我儿哈姆雷特之妻，只想到将来用鲜花来布置你的新床，甜美的姑娘啊，没想到它们却是散布在你的坟中。"这时，哈姆雷特又看到那个悲痛欲绝的兄长一边纵身跳下了墓穴，一边叫旁边的掘墓者把泥土堆在他身上，将他和妹妹一起埋葬。哈姆雷特这才知道在坟墓中躺着的姑娘正是自己爱过的奥菲利亚，她的种种可爱之处这一瞬间忽然又回到了王子已被仇恨所麻痹的心灵。于是他猛然间纵身而出，也随着雷尔提跳下了坟墓，甚至表现得比他还要痛苦和疯狂。可是，雷尔提认出了身边的这个人正是害死自己父亲和妹妹的罪魁祸首——哈姆雷特。他扑上去揪住王子的脖子，两人立刻在墓中扭打成一团，幸而旁边的侍从一拥而上，才将他们分开。

葬礼过后，哈姆雷特主动向雷尔提赔礼道歉，说自己以前也是因为失去了理智，才会做出那些伤害别人的事情来，并且他也为奥菲利亚的死而心痛得不能自拔。于是，两个年轻人似乎在经历了这一切之后，又重新获得了和解。

然而，哈姆雷特卑鄙的叔叔——国王克劳迪却想利用雷尔提来除去自己的心头之患。他假借和平

比赛的名义，叫雷尔提和哈姆雷特进行一场剑术较量。这一天，所有的王公贵族都来到了比赛的现场，因为雷尔提和哈姆雷特的剑术都十分高超，双方的输赢成了大家关注的焦点，还有许多人为此下了高昂的赌注。雷尔提在国王的唆使下，使用一柄涂有剧毒的宝剑。而哈姆雷特并没有留意到对手在选择武器时的异样表情，因为他根本没想到雷尔提会在比赛中使诈。

第一个回合，雷尔提故意装作不敌哈姆雷特的样子，败退下来，国王借机为王子举杯庆贺，实际上却已经往杯中放了毒药。可王子没有来得及喝下毒酒。在接下来的几个回合中，雷尔提越战越勇，最后他使出致命的一击，将毒剑刺入了哈姆雷特的身体。受伤的哈姆雷特虽然不知道自己已经中毒，却被雷尔提的攻击给激怒了，他举剑又和对手奋力搏斗起来。混战中，两人的武器都掉落在地，哈姆雷特捡起雷尔提的宝剑，给了对手一个凶猛的反击，雷尔提因此也被自己的毒剑刺中。

这时，王后忽然凄厉地尖叫起来，原来她在不知不觉中喝下了克劳迪为王子准备的毒酒。这时毒性发作，她只是惨叫一声就倒地气绝。哈姆雷特发现有人使出这种毒计，立刻命令周围的侍从关上宫门，要找出凶手。可雷尔提告诉他做什么都已经晚了，因为王子已经中了毒剑，最多半个小时之后就会死去，而他自己，也将自食恶果。他在临死前请求哈姆雷特的原谅，并指出真正的幕后黑手正是国王克劳迪。

哈姆雷特知道自己手中握着的正是国王制造的毒剑，突然一转身，在瞬间将剑尖刺进伪善的叔叔的心脏，用自己最后的气力，履行了对父王的魂灵许下的诺言。然后，感觉死亡渐渐逼近的哈姆雷特，请求霍拉旭——这个见证了整个惨痛悲剧，恨不能追随王子一起奔赴黄泉的忠诚朋友，一定要勇敢坚强地活下去，把这个悲剧的前后经过，公告于天下，让世人都了解事情的真相。

霍拉旭向王子发誓说，他一定会完成他的嘱托。于是，带着一丝了无牵挂的微笑，哈姆雷特的心脏停止了跳动。

（潇然 译）

剧本节选

第三幕　第一场

城堡中一室

出场人物

哈姆雷特　丹麦王子

克劳迪　丹麦国王，哈姆雷特的叔叔

格特鲁德　丹麦王后，哈姆雷特的母亲

波隆尼尔　御前大臣

奥菲利亚　波隆尼尔的女儿

罗森格兰兹　朝士

吉尔登斯吞　朝士

国王、王后、波隆尼尔、奥菲利亚、罗森格兰兹 及 吉尔登斯吞 上。

国王

你们不能用迂回婉转的方法，探出他为什么这样神思颠倒，让紊乱而危险的疯狂困扰他的安静的生活吗？

罗森格兰兹

他承认他自己有些神经迷惘，可是绝口不肯说为了什么缘故。

吉尔登斯吞

他也不肯虚心接受我们的探问；当我们想要从他嘴里知道他自己的一些真相的时候，他总是用假作痴呆的神气回避不答。

王后

他对待你们还客气吗？

罗森格兰兹

很有礼貌。

吉尔登斯吞

可是不大出于自然。

罗森格兰兹

对于我们的问题力守缄默，可是对我们倒盘问得很是详细。

王后

你们有没有劝诱他找些什么消遣？

罗森格兰兹

娘娘，我们来的时候，刚巧有一班戏子也要到这儿来，给我们追上了；我们把这消息告诉了他，他听了好像很高兴。现在他们已经到了宫里，我想他今晚就要看他们表演的。

波隆尼尔

一点不错；他还叫我来请两位陛下同去看看他们演得怎样哩。

国王

那好极了；我非常高兴听见他在这方面感兴趣。请你们两位还要更进一步鼓起他的兴味，把他的心思移转到这种娱乐上面。

罗森格兰兹

是，陛下。（罗森格兰兹、吉尔登斯吞同下）

国王

亲爱的格特鲁德，你也暂时离开我们；因为我们已经暗中差人去唤哈姆雷特到这儿来，让他和奥菲利亚见见面，就像是他们偶然相遇的一般。她的父亲跟我两人将要权充一下密探，躲在可以看见他们，却不能被他们看见的地方，注意他们会面的情形，从他的行为上判断他的疯病究竟是不是因为恋爱上的苦闷。

王后

我愿意服从您的意旨。奥菲利亚，但愿你的美貌果然是哈姆雷特疯狂的原因；更愿你的美德能够帮助他恢复原状，使你们两人都能安享尊荣。

奥菲利亚

娘娘，但愿如此。（王后下）

波隆尼尔

奥菲利亚，你在这儿走走。陛下，我们就去躲起来吧。（向奥菲利亚）你拿这本书去读，他看见你这样用功，就不会疑心你为什么一个人在这儿了。人们往往用至诚的外表和虔敬的行动，掩饰一颗魔鬼般的内心，这样的例子是太多了。

国王

（旁白）啊，这句话是太真实了！它在我的良心上抽了多么重的一鞭！涂脂抹粉的脸颊，还不及掩藏在虚伪的言辞后面的我的行为更丑恶。难堪的重负啊！

波隆尼尔

我听见他来了；我们退下去吧，陛下。（国王及波隆尼尔下）

哈姆雷特 上。

哈姆雷特

生存还是毁灭，这是一个值得考虑的问题；默然忍受命运的暴虐的毒箭，或是挺身反抗人世的无涯的苦难，在奋斗中结束了一切，这两种行为，哪一种是更勇敢的？死了；睡去了；什么都完了；要是在这一种睡眠之中，我们心头的创痛，以及其他无数血肉之躯所不能避免的打击，都可以从此消失，那正是我们求之不得的结局。死了；睡去了；睡去了也许还会做梦；嗯，阻碍就在这儿：因为当我们摆脱了这一具朽腐的皮囊以后，在那死的睡眠里，究竟将要做些什么梦，那不能不使我们踌躇顾虑。人们甘心久困于患难之中，也就是为了这一个缘故；谁愿意忍受人世的鞭挞和讥嘲，压迫者的凌辱，傲慢者的冷眼，被轻蔑的爱情的惨痛，法律的迁延，官吏的横暴，和微贱者费尽辛勤所换来的鄙视，要是他只要用一柄小小的刀子，就可以清算他自己的一生？谁愿意负着这样的重担，在烦劳的生命的压迫下呻吟流汗，倘不是因为惧怕不可知的死后，那从来不曾有一个旅人回来过的神秘之国？是它迷惑了我们的意志，使我们宁愿忍受目前的折磨，不敢向我们所不知道的痛苦飞去。这样理智使我们全变成了懦夫，决心的赤热的光彩，被审慎的思维盖上了一层灰色，伟大的事业在这一种考虑之下，也会逆流而退，失去了行动的意义。且慢！美丽的奥菲利亚！——女神，在你的祈祷之中，不要忘记替我忏悔我的罪孽。

奥菲利亚

我的好殿下，您这许多天来贵体安好吗？

哈姆雷特

谢谢你，很好，很好，很好。

奥菲利亚

殿下，我有几件您送给我的纪念品，我早就想把它们还给您；请您现在收回去吧。

哈姆雷特

不，我不要；我从来没有给你什么东西。

奥菲利亚

殿下，我记得很清楚您把它们送给我，那时候您还向我说了许多甜蜜的言语，使这些东西格外显得贵重；现在它们的芳香已经消散，请您拿回去吧，因为送礼的人要是变了心，礼物虽贵，也会失去了价值。拿去吧，殿下。

哈姆雷特

哈哈！你贞洁吗？

奥菲利亚

殿下！

哈姆雷特

你美丽吗?

奥菲利亚

殿下是什么意思?

哈姆雷特

要是你既贞洁又美丽,那么顶好不要让你的贞洁跟你的美丽来往。

奥菲利亚

殿下,美丽跟贞洁相交,那不是再好没有吗?

哈姆雷特

嗯,真的;因为美丽可以使贞洁变质,贞洁却未必能使美丽受它自己的感化;这句话从前像是怪诞之谈,可是现在的时世已经把它证实了。我曾经爱过你。

奥菲利亚

真的，殿下，您曾经使我相信您爱我。

哈姆雷特

你当初就不应该相信我，因为美德不能熏陶我们罪恶的本性；我没有爱过你。

奥菲利亚

那么我真是受了骗了。

哈姆雷特

进尼姑庵去吧；为什么你要生养一群罪人出来呢？我自己还不算是一个顶坏的人；可是我可以指出我的许多过失，一个人有了那些过失，他的母亲还是不要生下他来的好。我很骄傲，使气，不安分，还有那么多的罪恶，连我的思想里也容纳不下，我的想象也不能给它们形象，甚至于我没有充分的时间可以把它们实行出来。像我这样的家伙，匍匐于天地之间，有什么用处呢？我们都是些十足的坏人；一个也不要相信我们。进尼姑庵去吧。你的父亲呢？

奥菲利亚

在家里，殿下。

哈姆雷特

把他关起来，让他只好在家里发发傻劲。再会！

奥菲利亚

哎哟，天哪！救救他！

哈姆雷特

要是你一定要嫁人，我就把这一个诅咒送给你做嫁妆：尽管你像冰一样坚贞，像雪一样纯洁，你还是逃不过谗人的诽毁。进尼姑庵去吧，去；再会！或者要是你必须嫁人的话，就去嫁一个傻瓜吧；因为聪明人都明白你们会叫他们变成怎样的怪物。进尼姑庵去吧，去；越快越好。再会！

奥菲利亚

天上的神明啊，让他清醒过来吧！

哈姆雷特

我也知道你们会怎样涂脂抹粉；上帝给了你们一张脸，你们又替自己另外造了一张。算了吧，我再也不敢领教了；它已经使我发了狂。我说，我们以后再不要结什么婚了；已经结过婚的，除了一个人以外，都可以让他们活下去；没有结婚的不准再结婚，进尼姑庵去吧，去。（下）

奥菲利亚

啊，一颗多么高贵的心就这样陨落了！朝士的眼睛，学者的辩舌，军人的利剑，国家所瞩望的一朵娇花，时流的明镜，人伦的雅范，举世瞩目的中心，这样无可挽回地陨落了！我是一切妇女中间最伤心而不幸的，我曾经从他音乐一般的盟誓中吮吸芬芳的甘蜜，现在却眼看着他的高贵无上的理智，像一串美妙的银铃失去了和谐的音调，无比的青春美貌，在疯狂中凋谢！啊！我好苦，谁料过去的繁华，变作今朝的泥土！

国王 及 波隆尼尔 重上。

国王

恋爱！他的精神错乱不像是为了恋爱；他说的话虽然有些颠倒，也不像是疯狂。他有些什么心事盘踞在他的灵魂里，我怕它也许会产生危险的结果。为了防免万一起见，我已经当机立断，决定了一个办法：他必须立刻到英国去，向他们追索延宕未纳的贡物；也许他到海外各国游历一趟以后，时时变换的环境，可以替他排解去这一桩使他神思恍惚的心事。你看怎么样？

波隆尼尔

那很好；可是我相信他的烦闷的根本原因，还是为了恋爱上的失意。啊，奥菲利亚！你不用告诉我们哈姆雷特殿下说了些什么话；我们全都听见了。陛下，照您的意思办吧；可是您要是认为可以的话，不妨在戏剧终场以后，让他的母后独自一人跟他在一起，恳求他向她吐露他的心事；她必须很坦白地跟他谈谈，我就找一个所在听他们说些什么。要是她也探听不出他的秘密来，您就叫他到英国去，或者凭着您的高见，把他关禁在一个适当的地方。

国王

就这样做吧；大人物的疯狂是不能听其自然的。

（同下）

第五幕　第二场

城堡中的厅堂

出场人物

哈姆雷特　丹麦王子

克劳迪　丹麦国王，哈姆雷特的叔叔

格特鲁德　丹麦王后，哈姆雷特的母亲

雷尔提　波隆尼尔的儿子

奥斯里克　朝士

霍拉旭　哈姆雷特的好友

福丁布拉斯　挪威王子

贵族、贵妇、军官、兵士、使者及侍从等

国王、王后、哈姆雷特、雷尔提、霍拉旭、众
贵族、奥斯里克 及侍从等持钝剑上。

国王

来，哈姆雷特，来，让我替你们两人和解和解。
（牵雷尔提、哈姆雷特二人手使相握）

哈姆雷特

原谅我，雷尔提；我得罪了你，可是你是个堂
堂男子，请你原谅我吧。这儿在场的众人都知道，
你也一定听见人家说起，我是怎样为疯狂所害苦。
凡是我的所作所为，足以伤害你的感情和荣誉，挑
起你的愤激来的，我现在声明都是我在疯狂中犯
下的过失。难道哈姆雷特会做对不起雷尔提的事
吗？哈姆雷特绝不会做这种事。要是哈姆雷特在
丧失他自己的心神的时候，做了对不起雷尔提的
事，那样的事不是哈姆雷特做的，哈姆雷特不能
承认。那么是谁做的呢？是他的疯狂。既然是这
样，那么哈姆雷特也是属于受害的一方，他的疯
狂是可怜的哈姆雷特的敌人。当着在座众人之前，

我承认我在无心中射出的箭，误伤了我的兄弟；我现在要向他请求大度包涵，宽恕我的不是出于故意的罪恶。

雷尔提

我的气愤虽然已经平息，可是几句道歉的话语，却不能使我抛弃我的复仇的誓愿；除非有什么为众人所敬仰的长者，告诉我可以跟你捐除宿怨，指出这样的事是有前例可援的，不至于损害我的名誉，那时我才可以跟你言归于好。可是现在我愿意抛弃一切的猜疑，诚心接受你的友好的表示。

哈姆雷特

我绝对信任你的诚意，愿意奉陪你举行这一次友谊的比赛。把钝剑给我们。来。

雷尔提

来，给我一柄。

哈姆雷特

雷尔提，我的剑术荒疏已久，不是你的对手；正像最黑暗的夜里一颗吐耀的明星一般，彼此相形之下，一定更显得你的本领的高强。

雷尔提

殿下不要取笑。

哈姆雷特

不，我可以举手起誓，这不是取笑。

国王

奥斯里克，把钝剑分给他们。哈姆雷特侄儿，你知道我们怎样打赌吗？

哈姆雷特

我知道，陛下；您把赌注下在实力较弱的一方了。

国王

我想我的判断不会有错。你们两人的技术我

都领教过；现在我们不过要看看他比从前进步得怎么样。

雷尔提

这一柄太重了；换一柄给我。

哈姆雷特

这一柄我很满意。这些钝剑都是同样长短的吗？

奥斯里克

是，殿下。（二人准备比赛）

国王

替我在那桌子上斟下几杯酒。要是哈姆雷特击中了第一剑或是第二剑，或者在第三次交锋的时候争得上风，让所有的碉堡上一齐鸣起炮来；国王将要饮酒慰劳哈姆雷特，他还要拿一颗比丹麦四代国王戴在王冠上的更贵重的珍珠丢在酒杯里。把杯子给我；鼓声一起，喇叭就接着吹响，通知外面的炮手，让炮声震彻天地，报告这一个消息："现在国王为哈姆雷特祝饮了！"来，开始比赛吧；你们在场裁判的都要留心看好。

哈姆雷特

请了。

雷尔提

请了，殿下。（二人比赛）

哈姆雷特

一剑。

雷尔提

不，没有击中。

哈姆雷特

请裁判员公断。

奥斯里克

中了，很明显的一剑。

雷尔提

好；再来。

国王

且慢；拿酒来。哈姆雷特，这一颗珍珠是你的；祝你健康！把这一杯酒给他。（喇叭齐奏；内鸣炮）

哈姆雷特

让我先赛完这一局；暂时把它放在一旁。来。（二人比赛）

哈姆雷特

又是一剑；你怎么说？

雷尔提

我承认给你碰着了。

国王

我们的孩子一定会胜利。

王后

他身体太胖，有些喘不过气来。来，哈姆雷特，把我的手巾拿去，揩干你额上的汗。王后为你饮下这一杯酒，祝你的胜利了，哈姆雷特。

哈姆雷特

好妈妈！

国王

格特鲁德，不要喝。

王后

我要喝的，陛下；请您原谅我。

国王

（旁白）这一杯酒里有毒！太迟了！

哈姆雷特

母亲，我现在还不敢喝酒；等一等再喝吧。

王后

来，让我揩干净你的脸孔。

雷尔提

陛下，现在我一定要击中他了。

国王

我怕你击不中他。

雷尔提

（旁白）可是我的良心却不赞成我干这件事。

哈姆雷特

来，再受我一剑，雷尔提。你怎么一点不上劲的？请你使出你的全身本领来吧；我怕你在开我的玩笑哩。

雷尔提

你这样说吗？来。（二人比赛）

奥斯里克

两边都没有中。

雷尔提

受我这一剑！（雷尔提挺剑刺伤哈姆雷特；二人在争夺中彼此手中之剑各为对方夺去，哈姆雷特以夺来之剑刺雷尔提，雷尔提亦受伤。）

国王

分开他们！他们动起火性来了。

哈姆雷特

来，再试一下。（王后倒地）

奥斯里克

哎哟，瞧王后怎么样啦！

霍拉旭

他们两人都在流血！您怎么啦，殿下？

奥斯里克

您怎么啦，雷尔提？

雷尔提

唉，奥斯里克，正像一头自投罗网的山鹬，我用诡计害人，反而害了自己，这也是我应得的报应。

哈姆雷特

王后怎么样啦？

国王

她看见他们流血，昏了过去了。

王后

不，不，那杯酒，那杯酒——啊，我的亲爱的哈姆雷特！那杯酒，那杯酒；我中毒了。(死)

哈姆雷特

啊，奸恶的阴谋！喂！把门锁上！阴谋！查出来是哪一个人干的。(雷尔提倒地)

雷尔提

凶手就在这儿，哈姆雷特。哈姆雷特，你已经不能活命了；世上没有一种药可以救治你，不到半小时，你就要死去。那杀人的凶器就在你的手里，它的锋利的刃上还涂着毒药。这奸恶的诡计已经回转来害了我自己；瞧！我躺在这儿，再也不会站起来了。你的母亲也中了毒。我说不下去了。国王——国王——都是他一个人的罪恶。

哈姆雷特

锋利的刃上还涂着毒药！——好，毒药，发挥你的力量吧！（刺国王）

众

反了！反了！

国王

啊！帮帮我，朋友们，我不过受了点伤。

哈姆雷特

好，你这败坏伦常，嗜杀贪婪，万恶不赦的丹麦奸王！喝干了这杯毒药——你那颗珍珠是在这儿吗？——跟我的母亲一道去吧！（国王死）

雷尔提

他死得应该；这毒药是他亲手调下的。尊贵的哈姆雷特，让我们互相宽恕；我不怪你杀死我和我的父亲，你也不要怪我杀死你！（死）

哈姆雷特

愿上天赦免你的错误！我也跟你来了。我要死了，霍拉旭。不幸的王后，别了！你们这些看见这一幕意外的惨变而战栗失色的无言的观众，倘不是因为死神的拘捕不给人片刻的留滞，啊！我可以告诉你们——可是随它去吧。霍拉旭，我死了，你还活在世上；请你把我的行事的始末根由昭告世人，解除他们的疑惑。

霍拉旭

不，我虽然是个丹麦人，可是在精神上我却更是个古代的罗马人；这儿还留剩着一些毒药。

哈姆雷特

你是个汉子，把那杯子给我；放手；凭着上天起誓，你必须把它给我。啊，上帝！霍拉旭，我一死之后，要是世人不明白这一切事情的真相，我的名誉将要永远蒙着怎样的损伤！你倘若爱我，请你暂时牺牲一下天堂上的幸福，留在这一个冷酷的世间，替我传述我的故事吧。（内军队自远处行进及鸣炮声）这是哪儿来的战场上的声音？

奥斯里克

年轻的福丁布拉斯从波兰奏凯班师，这是他对英国来的钦使所发的礼炮。

哈姆雷特

啊！我要死了，霍拉旭；猛烈的毒药已经克服了我的精神，我不能活着听见英国来的消息了。可是我可以预言福丁布拉斯将被推戴为王，他已经得到我这临死之人的同意；你可以把这儿所发生的一切事实告诉他。此外唯余沉默。（死）

霍拉旭

一颗高贵的心现在碎裂了！晚安，亲爱的王子，愿成群的天使们用歌唱抚慰你安息！——为什么鼓声越来越近了？（内军队行进声）

福丁布拉斯、英国使臣 及余人等上。

福丁布拉斯

这一场比赛在什么地方举行？

霍拉旭

你们要看些什么？要是你们想知道一些惊人的惨事，那么不用再到别处找了。

福丁布拉斯

好一场惊心动魄的屠杀！啊，骄傲的死神！

你用这样残忍的手腕，一下子杀死了这许多王裔贵胄，在你的永久的幽窟里，将要有一席多么丰美的盛筵！

使者甲

这一个景象太惨了。我们从英国奉命来此，本来是要回复这儿的王上，告诉他我们已经遵从他的命令，把罗森格兰兹和吉尔登斯吞两人处死；不幸我们来迟了一步，那应该听我们说话的耳朵已经没有知觉了，我们还希望从谁的嘴里得到一声感谢呢？

霍拉旭

即使他能够向你们开口说话，他也不会感谢你们；他从来不曾命令你们把他们处死。可是既然你们来得都是这样凑巧，有的刚从波兰回来，有的刚从英国到来，恰好看见这一幕流血的惨剧，那么请你们叫人把这几个尸体抬起来放在高台上面，让大家可以看见，让我向那一无所知的世人报告这些事情的发生经过；你们可以听到奸恶残杀、反常悖理的行为、冥冥中的判决、意外的屠戮、借手杀人的狡计以及陷人自害的结局：这一切我都可以确确实实地告诉你们。

福丁布拉斯

让我们赶快听你说；所有最尊贵的人，都叫他们一起来吧。我在这一个国内本来也有继承王位的权利，现在国中无主，正是我要求这一个权利的机会；可是我虽然准备接受我的幸运，我的心里却充满了悲哀。

霍拉旭

关于那一点，我受死者的嘱托，也有一句话要说，他的意见是可以影响许多人的；可是在这人心惶惶的时候，让我还是先把这一切解释明白了，免得引起更多的不幸、阴谋和错误来。

福丁布拉斯

让四个将士把哈姆雷特像一个军人似的扛到台上，因为要是他能够践登王位，一定会成为一个贤明的君主的；为了表示对他的悲悼，我们要用军乐和战地的仪式，向他致敬。把这些尸体一起扛起来。这一种情形在战场上是不足为奇的，可是在宫廷之内，却是非常的变故。去，叫兵士放起炮来。（**奏丧礼进行曲；众与尸同下；鸣炮**）

（朱生豪 译）

原著剧本

莎士比亚

　　威廉·莎士比亚（William Shakespeare），英国文学家、剧作家，1564年4月23日出生于英国沃里克郡的斯特拉福小镇，1616年4月23日因病离世，享年整整52岁。在他不算长的一生中，创作出无数伟大的戏剧作品，写尽人间冷暖、悲欢离合、善恶美丑。去世四百年来，他的作品依然在全世界的舞台、剧院上演，在读者中间一代代传递，再没有第二个剧作家的影响力能超过他。

　　莎士比亚的创作大致可分为三个阶段：早期主要是正面宣扬人文主义理想，充满愉快乐观的浪漫主义色彩的喜剧和历史剧；中期随着对现实认识的深入，剧作的批判力度加强，转为悲剧为主；到了晚年，愤世嫉俗的莎翁性情变得越来越平和，作品呈现出返璞归真的倾向，多宣扬宽恕和容忍的主题。

朱生豪

　　朱生豪（1912—1944），中国著名翻译家，生于浙江嘉兴，曾就读于杭州之江大学国文系与英文系，大学毕业后赴上海世界书局任英文编辑之职，参与编纂《英汉四用辞典》。1935年着手为世界书局翻译莎士比亚全集，1937年日寇侵入上海，辗转流徙，贫病交加，仍坚持翻译，先后共译出莎剧三十一个半，尚存历史剧五个半。1944年12月26日，因肺结核含怨离世，享年32岁。他是中国翻译莎士比亚作品较早的人之一，译文质量典雅生动，为国内外莎士比亚研究者公认。

兰姆姐弟

兰姆姐弟，即查尔斯·兰姆（Charles Lamb，1775—1834）和玛丽·兰姆（Mary Lamb，1764—1847），英国著名的散文家、诗人、剧作家，代表作：《伊利亚随笔》等。为了让小读者们也可以欣赏莎士比亚的作品，他们决定动手改写莎翁名著，把原著的精华神韵，以浅显易懂的文字向孩子呈现。这个计划在当时遭到不少非议，甚至有人认为他们是在毁坏莎翁经典。但凭借着和莎翁心灵上的默契、深厚的语言功力，他们改写的戏剧故事受到了无数孩子的喜爱，也让大人们转变了看法。并且，随着时间的验证，兰姆姐弟的改写本已经成为和莎士比亚戏剧一样为人们所称道的经典之作。这种改写本受到和原著一样高度的评价，甚至出现比原著更受欢迎的情形，在世界文学史上也是极为罕见的。

故事译者

漪然

    漪然（1977—2015），原名戴永安，儿童文学作家、翻译家，生于安徽芜湖，3岁意外致残，8岁开始自学，14岁从事专业写作，2015年因病去世，年仅38岁，一生共创作并翻译作品200多部。代表著作：《四季短笛》《忘忧公主》《记忆盒子》《心弦奏响的一刻》等；代表译作：《月亮的味道》《一个孩子的诗园》《莎士比亚戏剧故事集》《海精灵》《不一样的卡梅拉》等。

莎士比亚（少年版）

作者 _ [英]威廉·莎士比亚

改写 _ [英]查尔斯·兰姆　 [英]玛丽·兰姆

译者 _ 朱生豪 潇然

产品经理 _ 王奇奇　装帧设计 _ 何月婷　产品总监 _ 李静

技术编辑 _ 陈杰　责任印制 _ 梁拥军　策划人 _ 于桐

插画绘制 _ 宋祥瑜

果麦
www.guomai.cc

以 微 小 的 力 量 推 动 文 明

Shakespeare

莎士比亚
少年版

Othello

奥赛罗

[英]威廉·莎士比亚　著

[英]查尔斯·兰姆　[英]玛丽·兰姆　改写

朱生豪　漪然　译

北方联合出版传媒(集团)股份有限公司

万卷出版有限责任公司

果麦文化 出品

当心嫉妒，那是一个绿眼的妖魔，
　　惯于耍弄爪下的猎物。

Beware of jealousy; it is the green-eyed monster
which doth mock the meat it feeds on.

戏剧故事

Othello

奥赛罗

威尼斯元老勃拉班修有一个美丽温柔的女儿，名叫苔丝狄蒙娜。她的身边总是围绕着许多追求者，但是在众多门第相当的求婚者中，没有一个人能够打动这位姑娘的芳心，因为她觉得这些人只是喜欢她美丽的外表和父亲的财产，而她却更看重一个人的内心是否高尚。后来，在一个奇妙的机缘巧合下，她爱上了一个黑皮肤的摩尔人。

这个摩尔人名叫奥赛罗，是她父亲的朋友，常常到勃拉班修家中做客。他是一个勇敢的军人，参加了对抗土耳其人的战斗，并因为在战场上英勇的表现，被元老院封为将军。他曾行遍世界各地。苔丝狄蒙娜特别喜欢听他讲述自己的冒险故事。他常

常说起年轻时所经历的各种战役、围攻和搏斗；讲起在海上和陆地上惊人的奇遇，间不容发的脱险，在傲慢的敌人手中被俘为奴和遇赎脱身的经过，以及旅途中的种种见闻。他向她描述那些广袤荒凉的沙漠、高耸入云的峰岭，接着又讲到彼此相食的野蛮部落和肩下生头的海外异民。

苔丝狄蒙娜对于这种故事总是听得格外出神。有时为了家中的事务，她不得不离座而起，可她总是赶紧把事情办好，再回来专注地聆听奥赛罗所讲的每一个细节。有一天，在一个适当的时间，她向奥赛罗透露了自己真诚的心愿，她希望他能将一生的经历，完完整整地给她讲述一遍，因为她平日所听到的，只是一鳞半爪、残缺不全的片段。奥赛罗答应了她的要求。当他讲到自己在少年时代所遭逢的不幸的打击时，苔丝狄蒙娜忍不住掉下泪来。

奥赛罗的故事讲完以后，苔丝狄蒙娜发出了无数的叹息。她发誓自己从来不知道世界上还有这样奇异而悲惨的事情，她但愿自己从没听到这段故事，可又希望上天为她造下这样一个男子。她向奥赛罗道谢，并对他说，要是他有一个朋友爱上了她，他只要教他怎样讲述这样的故事，就可以得到她的爱情。听了这样的暗示，又看到她羞红的面颊，奥赛罗才明白姑娘的心意，于是大着胆子向她吐露自己求婚的诚意，并幸运地得到了苔丝狄蒙娜的应允。

可是对勃拉班修来说，这样的女婿却是他无论如何接受不了的，这不仅仅是因为他摩尔人的肤色和不够富有的家产，更因为勃拉班修一直满心以为女儿会嫁给一个和他一样尊贵的元老院贵族。然而，他完全想错了，苔丝狄蒙娜深深地爱着这个摩尔人，她的心灵完全为他高贵的品德所征服，并且把她的灵魂和命运也一并呈献给了他。在别人眼中意味着卑微低下的黑皮肤，在她看来却比所有她见过的威尼斯贵族的白皮肤要好上千百倍。

两个相爱的人为了避免夜长梦多，就悄悄举行了婚礼。可是纸包不住火，这个秘密很快就被勃拉班修知道了。他在元老院的议事会上，要求严惩奥赛罗，因为这个摩尔人用妖术蛊惑他女儿的心，使她违逆自己父亲的意愿。

与此同时，威尼斯的元老们却正在为刚刚接到的情报伤脑筋。原来，土耳其人正在向塞浦路斯岛大举进犯，这对于威尼斯的防守是很大的威胁。在这紧要关头，元老院决定将驻守塞浦路斯的重任交给奥赛罗，因为大家都觉得由这个英勇无畏的人去负责镇守，才可以万无一失。所以，当奥赛罗被元老院召唤去的时候，他既是被他们选中的战士，又是被他们审问的犯人。

勃拉班修声泪俱下地控诉摩尔人的卑劣行为。他觉得奥赛罗的所作所为是对威尼斯元老们的极大侮辱。他还说，要是这样的行为可以置之不理，奴隶都要来主持威尼斯的国政了。而奥赛罗对这些指控的回答只是一段简单坦白的陈述，他对元老们讲了他和苔丝狄蒙娜的恋爱故事。

他所说的朴素事实胜过一切雄辩，甚至感动了作为仲裁者的威尼斯公爵，并且，苔丝狄蒙娜的证词也表明她和奥赛罗是真心相爱，而非她父亲所说的是出于什么摩尔人的妖术。

这样一来，老父亲也不得不撤回自己的控诉，同意这个木已成舟的事实。他又对奥赛罗说，他是极其不情愿将女儿嫁给他的，假如他不是只有这么一个女儿，他一定会因为这件事，从此将自己其他的儿女都用锁链禁锢在家里。

奥赛罗刚刚在众人面前赢得自己婚姻上的胜利，就接到赶赴塞浦路斯去对抗土耳其军的任命，习惯了将战场当作眠床的他，毫不犹豫地接下了这个艰苦的使命。而对威尼斯一点也不感觉眷恋的苔丝狄蒙娜，也愿意随着丈夫一起出征。

奥赛罗和新婚妻子很快就来到了塞浦路斯岛上。他们刚刚抵达目的地，就传来一个消息：土耳其人的舰队已经在海上的暴风雨中被风浪吹散了，塞浦路斯岛的战事也因此结束。然而，奥赛罗并不知道，一场真正邪恶的战争，才正要在他和他纯洁的妻子之间拉开帷幕。

原来，奥赛罗有一个他非常信赖和喜欢的好朋友，名叫凯西奥。这是一个年轻而英俊的小伙子，能言善道，很受女孩子的欢迎。在奥赛罗同苔丝狄蒙娜恋爱的那段日子里，这个好朋友也帮他做了不少书信传情的事，后来，奥赛罗又任命凯西奥为自己的副将。

他给朋友的这份厚爱，招来了和凯西奥同在一个军营里的伊阿古的强烈妒忌。这个老兵觉得自己比凯西奥更有资格得到提升和重用，他憎恨这个像女人一样只会说话不会打仗的家伙，觉得他完全是靠阿谀奉承才得到奥赛罗的欢心。同时他也憎恨奥赛罗，不仅仅因为妒忌他娶了一个那样年轻美貌的妻子，更因为他对黑皮肤的摩尔人抱有一种极深的偏见，觉得他们都是色魔，并因此就毫无来由地猜测，奥赛罗对自己的妻子爱米利娅有什么不轨的企图。

心怀恨意的小人伊阿古想出了一条毒计，要让凯西奥、奥赛罗和苔丝狄蒙娜都在这个塞浦路斯岛上受尽折磨。

伊阿古非常狡诈，也非常了解人性的阴暗面，就像他了解自己一样。他知道妒忌的毒液可以使一个人发疯，这种精神上的痛苦远远胜过肉体所能承受的鞭笞。所以，他的计划就是要让奥赛罗妒忌凯西奥，然后让他们两人争斗起来，直至两败俱伤。

为了达成计划的第一步，他趁着塞浦路斯岛上的人们都在为土耳其人的退去而举杯欢庆的机会，将负责守卫站岗的凯西奥灌醉。然后，又指使一个人去故意向凯西奥挑衅。喝醉了酒的凯西奥不知是计，就和那人厮打起来。这情形正巧被经过此地的塞浦路斯的前任长官蒙太诺撞见，他上去劝架，却在混乱中被凯西奥刺伤。

伊阿古趁乱敲响了岛上的警钟，这声音惊动了正在酣睡中的奥赛罗。他匆匆赶到出事地点，询问

凯西奥这一片混战的起因。凯西奥这时才刚刚清醒了一点，他也不记得自己究竟做了些什么，只觉得又羞又愧，就一句话也没有说。而伊阿古却装着百般无奈的样子，向奥赛罗报告事情的来龙去脉。一贯以军纪严明著称的奥赛罗将军，听说自己如此信任的副官竟然酗酒闹事，不禁勃然大怒，就立即下令撤销了凯西奥的一切军职。

就这样，伊阿古顺利地达到了报复凯西奥的目的，可这还仅仅是个开始。

在一夜之间跌入情绪低谷的凯西奥，为自己的鲁莽行为悔恨不已，就向表面上极力维护和帮助他的伊阿古诉苦。伊阿古安慰他说醉酒对于男人来说在所难免，算不得什么过错。他又告诉凯西奥一个办法，说将军的夫人现在才是真正的将军，他只要在她面前坦白忏悔，恳求恳求她，她一定会帮助他官复原职。伊阿古的这个建议听上去是金玉良言，实际上却包藏祸心。

老实的凯西奥完全遵照伊阿古教他的办法去做了。他找到苔丝狄蒙娜，这位善良的夫人很快就答应了他的请求，并向凯西奥保证，她一定会帮他帮到底。

奥赛罗一回到家里，就听到妻子提出宽恕凯西奥的请求，感到很不高兴，因为这个人的过失还在令他生气。于是他回答道，这件事缓一缓再说。可是苔丝狄蒙娜是个单纯而固执的女子，她坚持要奥赛罗给自己一个明确的答复，是明天晚上，或者是星期二早上，或者是星期三早上，随他指定一个时间，可是不要超过三天。接着，她又告诉丈夫，凯西奥对于自己的行为失检是多么悔恨，而且他的过失实在是微乎其微，不该受这么严重的处分。当她看到奥赛罗仍然吞吞吐吐地要拒绝她的求情时，不禁急了起来。

"什么！我亲爱的丈夫，"她说道，"迈克尔·凯西奥，您向我求婚的时候，是他陪着您来的；好多次我表示对您不满意的时候，他总是为您辩护。现在我请您把他重新续用，您却这样为难！要是我真的向您提出什么要求，来试探探您的爱情，那一定是一件非常棘手而难以应允的事了。"

奥赛罗对这样的指责无话可说，只得答应妻子，他会让凯西奥早一点复职，只是现在他想要单独待一会儿。

原来，当凯西奥在将军的住宅里，正和苔丝狄蒙娜一起谈论着如何说服奥赛罗改变主意时，伊阿古也跟着奥赛罗一起到了门口。伊阿古看见了苔丝狄蒙娜和凯西奥的身影，就故意大声地自言自语："嘿！我不喜欢那种样子。"奥赛罗起初对他的话没有留意，可是，在苔丝狄蒙娜离开之后，伊阿古装着一副好奇的样子问奥赛罗，他向夫人求婚时，迈克尔·凯西奥也知道他们在恋爱吗？将军回答说，当然知道，不仅如此，那时凯西奥还常常在他们两人之间传递消息呢。伊阿古听到这话，就皱起眉头，佯装出吃惊的样子叫道："当真？"这奇怪的语调又让将军想起了他刚刚进门时伊阿古说的那句话来。他觉得这个人一定了解什么他不知道的事情。于是，他请求伊阿古把自己的想法告诉他，因为他相信伊阿古是个忠诚正直的人，从来不会让一句没有忖度过的话轻易出口。

"也许，我只不过是以小人之心度君子之腹。"伊阿古说道，假如他错怪了别人，还请将军凭着自己的见识，不要把他无稽的猜测放在心上，更不要因为他胡乱的妄言而自寻烦恼。他又装着关心将军的样子，叫他千万要留心嫉妒心对一个人的伤害。他越是这样说，奥赛罗的心里倒越是犯起嘀咕来。

"我知道,"将军向伊阿古保证道,"我的妻子貌美多姿,爱好交际,口才敏慧,能歌善舞,弹得一手好琴,但是对于一个贤淑的女子,这些都是锦上添花的美妙的外饰。我决不会对她妄起猜疑。"

在将军做了这样的表示之后,伊阿古这才说,自己还不能拿出什么确实的证据,只是希望他注意自己夫人的行动;留心观察她对凯西奥的态度;用冷静的眼光看着他们,不要一味多心,也不要过于大意。接着,他又巧妙地提到苔丝狄蒙娜是如何瞒过父亲,嫁给了奥赛罗的旧事。这番话在奥赛罗的心里引起了巨大的震动,他不由得想到,既然苔丝狄蒙娜可以欺骗自己的父亲,那又怎么能保证她就不会欺骗自己的丈夫呢?

伊阿古看到奥赛罗流露出呆滞的表情,知道他对爱情的信念已经开始动摇,于是故意请求将军原谅他刚刚说过的话,并假装要起身离去。奥赛罗请求他留下,继续把这些心里话说完。伊阿古装出一副痛苦的表情,说他不愿意说好朋友凯西奥的坏话,可随即,他又热心地提醒奥赛罗,要他想想当初苔丝狄蒙娜拒绝了多少跟她同国族、同肤色、同阶级的求婚者,却偏偏选中了他,一个摩尔人,这明明

是违反常情的举动，也许她后来会懊悔当初选择的错误，转而爱上那个和她在许多方面都更为相似的老乡凯西奥也说不定，建议将军对凯西奥的复职再拖延一些时候，看看苔丝狄蒙娜对此做何反应。

这个阴险的家伙就这样将怀疑和妒忌的种子种进了奥赛罗的心里，也将无辜的苔丝狄蒙娜套进了他布下的罪恶之网。

伊阿古再次向将军告别，并转身离去之时，还不忘嘱托将军一定要心平气和，在找到确凿的证据之前，仍旧应该将自己的夫人视作清白无罪。奥赛罗也向他保证自己会耐心等待和观察下去。

然而，从这一刻开始，他的心灵再也不能平静了。罂粟、曼陀罗或是世上一切使人昏迷的药草，都不能使他得到昨天晚上还安然享受的酣眠。他曾经为之奋斗的事业也变得毫无意义，他对长嘶的骏马、尖厉的号角、惊魂的战鼓、刺耳的横笛、庄严的大旗和一切战阵上的威仪都视而不见。他时而觉得妻子是贞洁的，时而又疑心她不大贞洁；时而认为伊阿古是诚实的，时而又怀疑他不大诚实。他甚至希望自己一直被蒙在鼓里，只要不知道妻子瞒着他做了什么，也就可以眼不见、心不烦，可他又受不了整天疑神疑鬼地过日子。在这些自相矛盾的念头纠缠下，他觉得自己快要疯了。

当伊阿古再次露面时，冲动的将军一把掐住他的脖子，要他赶快拿出能让他确信苔丝狄蒙娜有罪的证据，否则就要他的命。伊阿古装出一副万分委屈的模样，问奥赛罗有没有看见过自己夫人手里的一方绣着草莓花样的手帕。奥赛罗回答说，那是他第一次送给她的礼物。

"就是这样一方手帕，"伊阿古说道，"今天我看见凯西奥用它抹他的胡子。"

"假如事实是你说的那样——"奥赛罗说道，"我若是不能报这奇耻大辱，誓不为人！首先，为了表示你对我的忠诚，在这三天以内，让我听见你说凯西奥已经不在人世。我还要为那个美貌的魔鬼想出一个干脆的死法！"

像空气一样轻的小事，对于一个嫉妒的人，也会变成天书一样坚强的确证。一块小小的手帕，就足以使奥赛罗确信凯西奥和自己妻子的不轨关系了。

他那被妒忌的毒液泡得昏昏沉沉的头脑，根本就想不到，这一切只不过是伊阿古的一个小伎俩——正是他叫自己的妻子爱米利娅去苔丝狄蒙娜的身边偷了她的手帕，又将这件小玩意儿丢在凯西奥的脚下，造成一幕假象，让奥赛罗以为苔丝狄蒙娜将自己的东西送给了别人。

奥赛罗匆匆来到妻子的房间，谎称自己有些头疼（因为这个毛病他以前也犯过），并要她拿手帕按住他的太阳穴。妻子就照办了。

"不是这块，"奥赛罗说道，"我给你的那块呢？"

苔丝狄蒙娜说，她没有带在身边。实际上她不知道手帕去了哪里，只是不想让奥赛罗为这些小事操心。

"怎么？"奥赛罗说道，"那你可错了。那块手帕是一个埃及女人送给我母亲的。她是一个能够洞察人心的女巫，她对我母亲说，若她一直保存着这块手帕，就可以得到我的父亲的欢心，如果失去了它，或是把它送给旁人，我父亲就要对她产生憎厌，另觅新欢了。她在临死前把手帕给我，叫我有了妻子以后，就交给她。我遵照她的吩咐给了你，所以你必须格外小心，珍惜它像珍惜你宝贵的眼睛一样。"

"真会有这种事吗？"妻子吃惊地说道。

"真的，"奥赛罗补充道，"这一方小小的手帕，却有神奇的魔力织在里面。它是一个两百岁的神巫心血来潮之时缝就的。它那一缕缕的丝线，也不是一般世间的蚕儿所吐。织成以后，它还曾经在用稀罕之物炼成的丹液里浸泡过。"

可怜的苔丝狄蒙娜听到这些话，几乎要晕过去了，因为她很清楚，手帕已经丢了，她不禁担心丈夫对她的爱也会随之而去。这时，奥赛罗装作有事要离开的样子，并要求在临走前看看那块手帕，苔丝狄蒙娜自然拿不出来，她想试着将丈夫的注意力转到别的事情上去，就开玩笑地说这是一个诡计，是奥赛罗想把自己说过的话赖过去，她要求再谈谈凯西奥的事情。

这番话使得妒火中烧的奥赛罗恨不得立刻就将苔丝狄蒙娜置于死地，为了掩饰自己的情绪，他摔门而去，只留下惊愕的苔丝狄蒙娜呆在当场，不知道自己究竟是哪儿得罪了丈夫，才让他这样生气。

她也有些怀疑丈夫是因为嫉妒心而变得这么暴躁不安，可她转念一想，又觉得一定是威尼斯有什么国家大事，或是他在塞浦路斯发现了什么秘密的阴谋，扰乱了他原本温和的性情。于是，她安慰自己说："我们不能把男人当作完美的天神，也不能希望他们永远像新婚之夜那样殷勤体贴。"

想到这里，这个善良的女子又不禁为自己对丈夫的妄加揣测而自责起来。

　　然而，当奥赛罗再次回到苔丝狄蒙娜的房间时，他索性直截了当地把她称作罪人。他历数她不可饶恕的罪行，说着说着就流下泪来。对这些话完全不明白的苔丝狄蒙娜，不禁看着他叹息道："唉，不幸的日子！——您为什么哭？"而奥赛罗回答，他可以受尽种种折磨、痛苦和耻辱，可她的不忠却使他的心被揉成了碎片。他对她叫道："野草闲花啊！你的颜色是这样娇美，你的香气是这样芬芳，人家看见你嗅到你就会心疼，但愿世上从来不曾有过你！"

　　说完，他又一次转身离去。而被这些无端的指责惊得说不出话来的苔丝狄蒙娜，只觉得心如刀绞，她单纯的头脑承受不了这么多沉重的思想，只想用睡眠来给自己一点解脱。于是她吩咐仆人铺好床，就在她新婚时睡过的被褥上躺了下来，并叹道，小孩子做了错事，做父母的总是用温和的态度、轻微的责罚教训他们，他也可以这样责备她，因为她是一个该受管教的孩子。这就是这个温柔的女子为自己遭受的虐待所做的唯一抱怨。

　　苔丝狄蒙娜在黯然神伤中昏睡过去之后，奥赛罗又悄悄地回到了她的卧室，他是准备来杀死妻子的。他看着熟睡中的可爱女子，双手不觉颤抖起来，因为他不愿溅她的血，也不愿毁伤她那比白雪更皎洁、比石膏更滑腻的肌肤。可是他又决心要她死，否则她就会——像他认为的那样——去陷害更多的男子。于是他吻了她，说这是最后一次的吻别，接着又情不自禁地吻了她第二次，并且流下泪来，可他却把它们叫作无情的眼泪。

苔丝狄蒙娜被他的亲吻惊醒了，她看着紧咬嘴唇、眼珠滚动的奥赛罗，凭着对他的了解感觉到了他心中的杀气。奥赛罗叫她赶快祈祷，因为他不愿杀害她没有准备的灵魂。这个清白无辜的女人就抱着丈夫的双腿，祈求他的垂怜，并询问自己究竟犯了什么过错。奥赛罗这才提及了凯西奥的名字，还有那块被作为罪证的手帕。可怜的苔丝狄蒙娜刚要为这不白之冤做些辩解，奥赛罗却在这时猛然出手，夺去了她的生命。

这时，身负重伤、鲜血淋漓的凯西奥忽然闯进了房间，原来伊阿古派去刺杀他的家伙失了手，他没有被杀死。伊阿古因为怕秘密泄露，就杀了那个同谋，但人们从死者的身上搜出了几封密信，足以

证明伊阿古的累累罪行和凯西奥的清白无辜。凯西奥就带着这些证据，来向奥赛罗说明一切。

这个消息对于奥赛罗来说无异于晴天霹雳，他这才明白妻子从来不曾做过什么错事，而他才是罪大恶极的杀人凶手。一时间，他只觉得前方一片黑暗，再也看不到任何生存下去的意义。他拔出剑来，杀死了自己。

这惨烈的一幕震惊了所有认识奥赛罗的人。他是一个一向那么受人尊敬的男子汉，又是一个出名的宠爱妻子的好丈夫，他心地仁慈、待人和善，却仅仅因为一个小人的妒忌之心就落得了这样悲惨的结局。

为他的不幸而深深惋惜的人们，没有别的方法可以悼念他，只能用最严厉的刑罚来惩处伊阿古这个恶棍，然后向威尼斯的政府禀报，他们最英勇的将军——奥赛罗，已经死了。

（潇然 译）

剧本节选

第三幕　第三场

城堡前

出场人物

奥赛罗　摩尔人，威尼斯将军

苔丝狄蒙娜　奥赛罗的妻子

凯西奥　奥赛罗的好友和副将

伊阿古　奥赛罗的旗官

爱米利娅　伊阿古的妻子

苔丝狄蒙娜、凯西奥 及 爱米利娅 上。

苔丝狄蒙娜

好凯西奥，你放心吧，我一定尽力替你说情就是了。

爱米利娅

好夫人，请您千万出力。不瞒您说，我的丈夫为了这件事情，也懊恼得不得了，就像是他自己身上的事情一般。

苔丝狄蒙娜

啊！你的丈夫是一个好人。放心吧，凯西奥，我一定会设法使我的丈夫对你恢复原来的友谊。

凯西奥

大恩大德的夫人，无论迈克尔·凯西奥将来会有什么成就，他永远是您的忠实的仆人。

苔丝狄蒙娜

我知道；我感谢你的好意。你爱我的丈夫，你又是他的多年的知交；放心吧，他除了表面上因为避免嫌疑而对你略示疏远以外，决不会真的和你见外的。

凯西奥

您说得很对，夫人；可是我现在失去了在帐下供奔走的机会，日久之后，有人代替了我的地位，恐怕主帅就要把我的忠诚和微劳一起忘记了。

苔丝狄蒙娜

那你不用担心；当着爱米利娅的面，我保证你一定可以恢复原职。请你相信我，要是我发誓帮助一个朋友，我一定会帮助他到底。我的丈夫将要不得安息，无论睡觉还是吃饭，我都要在他耳旁聒噪；无论他干什么事，我都要插进嘴去替你说情。所以高兴起来吧，凯西奥，因为你的辩护人是宁死不愿放弃你的权益的。

奥赛罗 及 伊阿古 自远处上。

爱米利娅

夫人，将军来了。

凯西奥

夫人，我告辞了。

苔丝狄蒙娜

啊，等一等，听我说。

凯西奥

夫人，改日再谈吧；我现在心里很不自在，见了主帅恐怕反多不便。

苔丝狄蒙娜

好，随您的便。（凯西奥下）

伊阿古

吓！我不喜欢那种样子。

奥赛罗

你说什么?

伊阿古

没有什么,主帅;要是——我不知道。

奥赛罗

那从我妻子身边走开的,不是凯西奥吗?

伊阿古

凯西奥,主帅?不,我想他一定不会看见您来了,就好像做了什么心虚事似的偷偷溜走的。

奥赛罗

我相信是他。

苔丝狄蒙娜

啊,我的主!刚才有人在这儿向我请托,他因为失去了您的欢心,非常抑郁不快呢。

奥赛罗

你说的是什么人？

苔丝狄蒙娜

就是您的副将凯西奥呀。我的好夫君，要是我还有几分面子，或是几分可以左右您的力量，请您立刻对他恢复原来的恩宠吧；因为他倘不是一个真心爱您的人，他的过失倘不是无心而是有意的，那么我就是看错了人啦。请您叫他回来吧。

奥赛罗

他刚才是从这儿走开了吗？

苔丝狄蒙娜

嗯，是的；他是那样满含着羞愧，使我也不禁对他感到同情的悲哀。爱人，叫他回来吧。

奥赛罗

现在不必，亲爱的苔丝狄蒙娜；慢慢儿再说吧。

苔丝狄蒙娜

可是那不会太久吗？

奥赛罗

亲爱的，为了你的缘故，我叫他早一点复职就是了。

苔丝狄蒙娜

能不能在今天晚餐的时候？

奥赛罗

不，今晚可不能。

苔丝狄蒙娜

那么明天午餐的时候？

奥赛罗

明天我不在家里午餐；我要跟将领们在营中会面。

苔丝狄蒙娜

　　那么明天晚上吧；或者星期二早上，星期二中午、晚上，星期三早上，随您指定一个时间，可是不要超过三天以上。他对于自己的行为不检，的确非常悔恨；固然在这种战争的时期，地位较高的人必须以身作则，可是照我们平常的眼光看来，他的过失实在是微乎其微的。什么时候让他来？告诉我，奥赛罗。要是您有什么事情要求我，我想我决不会拒绝您，或是这样吞吞吐吐的。什么？迈克尔·凯西奥，您向我求婚的时候，是他陪着您来的；好多次我表示对您不满意的时候，他总是为您辩护；现在我请您把他重新叙用，却会这样为难！相信我，我可以——

奥赛罗

　　好了，不要说下去了。让他随便什么时候来吧；你要什么我总不愿拒绝的。

苔丝狄蒙娜

　　这并不是一个恩惠，就好像我请求您戴上您的手套，劝您吃些富于营养的菜肴，穿些温暖的衣服，或是叫您做一件对您自己有益的事情一样。不，要是我真的向您提出什么要求，来试探试探您的爱情，那一定会是一件非常棘手而难以应允的事。

奥赛罗

我什么都不愿拒绝你；可是现在你必须答应暂时离开我一会儿。

苔丝狄蒙娜

我会拒绝您的要求吗？不。再会，我的主。

奥赛罗

再会，我的苔丝狄蒙娜；我马上就来看你。

苔丝狄蒙娜

爱米利娅，来吧。您爱怎么样就怎么样，我总是服从您的。（苔丝狄蒙娜、爱米利娅同下）

奥赛罗

可爱的女人！我的灵魂永堕地狱，要是我不爱你！当我不爱你的时候，世界也要复归于混沌了。

伊阿古

尊贵的主帅——

奥赛罗

你说什么，伊阿古？

伊阿古

当您向夫人求婚的时候，迈克尔·凯西奥也知道你们的恋爱吗？

奥赛罗

他从头到尾都知道。你为什么问起这个？

伊阿古

不过是为了解释我心头的一个疑惑，并没有其他的用意。

奥赛罗

你有什么疑惑，伊阿古？

伊阿古

我以为他本来跟夫人是不相识的。

奥赛罗

啊，不，他常常在我们两人之间传递消息。

伊阿古

当真！

奥赛罗

当真！嗯，当真。你觉得有什么不对吗？他这人不老实吗？

伊阿古

老实，我的主帅？

奥赛罗

老实！嗯，老实。

伊阿古

主帅，照我所知道的——

奥赛罗

你有什么意见？

伊阿古

意见，我的主帅！

奥赛罗

意见，我的主帅！天哪，你在学我的舌头，好像在你的思想之中，藏着什么丑恶得不可见人的怪物似的。你的话里含着意思。刚才凯西奥离开我的妻子的时候，我听见你说，你不喜欢那种样子；你不喜欢什么样子呢？当我告诉你在我求婚的全部过程中，他都参与我们的秘密的时候，你又喊着说："当真！"蹙紧了你的眉头，好像在把一个可怕的思想关锁在你的脑筋里一样。要是你爱我，把你所想到的事告诉我吧。

伊阿古

主帅，您知道我是爱您的。

奥赛罗

我相信你的话；因为我知道你是一个忠爱正直的人，从来不让一句没有忖度过的话轻易说出口，所以你这种吞吞吐吐的口气格外使我惊疑。对于一个奸诈的小人，这些不过是一套玩惯了的戏法；可是对于一个正人君子，那就是从心底里不知不觉自然流露出来的秘密的抗议。

伊阿古

讲到迈克尔·凯西奥，我敢发誓我相信他是忠实的。

奥赛罗

我也是这样想。

伊阿古

人们的内心应该跟他们的外表一致，有的人却不是这样；要是他们能够脱下了假面，那就好了！

奥赛罗

不错，人们的内心应该跟他们的外表一致。

伊阿古

所以我想凯西奥是个忠实的人。

奥赛罗

不，我看你还有一些别的意思。请你老老实实把你的思想告诉我，尽管用最坏的字眼，说出你所想到的最坏的事情。

伊阿古

我的好主帅，请原谅我；凡是我名分上应尽的责任，我当然不敢躲避，可是您不能勉强我做那一切奴隶们也没有那种义务的事。吐露我的思想？也许它们是邪恶而卑劣的；哪一座庄严的宫殿里，不会有时被下贱的东西闯入呢？哪一个人的心胸这样纯洁，没有一些污秽的念头和正大的思想分庭抗礼呢？

奥赛罗

伊阿古，要是你以为你的朋友受人欺侮了，可是却不让他知道你的思想，这不成了党敌卖友了吗？

伊阿古

也许我是以小人之腹度君子之心，因为我是一个秉性多疑的人，常常会无中生有，错怪了人家；所以请您还是不要把我的无稽的猜测放在心上，更不要因为我的胡乱的妄言而自寻烦恼。要是我让您知道了我的思想，一则将会破坏您的安静，对您没有什么好处；二则那会影响我的人格，对我也是一件不智之举。

奥赛罗

你的话是什么意思？

伊阿古

我的好主帅，无论男人女人，名誉是他们灵魂里面最切身的珍宝。如果谁偷窃了我的钱囊，不过偷窃到一些废物，一些虚无的幻质，它从我的手里转到他的手里，它也曾做过千万人的奴隶；可是如果谁偷了我的名誉，那么他虽然并不因此而富足，我却因为失去它而成为赤贫了。

奥赛罗

凭着上天起誓，我一定要知道你的思想。

伊阿古

即使我的心在您的手里，您也不能知道我的思想；当它还在我的保管之下，我更不能让您知道。

奥赛罗

吓！

伊阿古

啊，主帅，您要留心嫉妒啊！那是一个绿眼的妖魔，谁做了它的牺牲，就要受它的玩弄。本来并不爱他的妻子的那种丈夫，虽然明知被他的妻子欺骗，算来还是幸福的；可是啊！一方面那样痴心疼爱，一方面又是那样满腹狐疑，这才是活活地受罪！

奥赛罗

啊，难堪的痛苦！

伊阿古

贫穷而知足，可以赛过富有；有钱的人要是时时刻刻都在担心他会有一天变成穷人，那么即使他有无限的资财，实际上也像冬天一样贫困。天啊，保佑我们不要嫉妒吧！

奥赛罗

咦，这是什么意思？你以为我会在嫉妒里消磨我的一生，随着每一次月亮的变化，发生一次新的猜疑吗？不，我有一天感到怀疑，就要把它立刻解决。要是我会让这种捕风捉影的推测支配我的心灵，像你所暗示的那样，我就是一头愚蠢的山羊。谁说我的妻子貌美多姿，爱好交际，口才敏慧，能歌善舞，绝不会使我嫉妒；对于一个贤淑的女子，这些是锦上添花的美妙的外饰。我也绝不因为我自己的缺点而担心她会背叛我；她倘不是独具慧眼，绝不会选中我的。不，伊阿古，我在没有亲眼看见以前，决不妄起猜疑；当我感到怀疑的时候，我就要把它证实；如果有了确实的证据，我就一了百了，让爱情和嫉妒同时毁灭。

伊阿古

您这番话使我听了很是高兴，因为我现在可以用更坦白的精神，向您披露我的忠爱之忱了。我还不能给您确实的证据。注意尊夫人的行动；留心观察她对凯西奥的态度；用冷静的眼光看着他们，不要一味多心，也不要过于大意。我不愿您的慷慨豪迈的天性被人欺罔；留心着吧。

奥赛罗

你真的这样说吗？

伊阿古

她当初跟您结婚，曾经骗过她的父亲；当她好像对您的容貌战栗畏惧的时候，她的心里却在热烈地爱着它。

奥赛罗

她正是这样。

伊阿古

好，她这样小小的年纪，就有这般能耐，做作得不露一丝破绽，把她父亲的眼睛完全遮掩过去，使他疑心您用妖术把她骗走——可是我不该说这种话；请您原谅我对您的过分的忠心吧。

奥赛罗

我永远感激你的好意。

伊阿古

我看这件事情有点儿扫了您的兴致。

奥赛罗

一点也不，一点也不。

伊阿古

真的，我怕您在恼啦。我希望您把我这番话当作善意的警戒。可是我看您真的在动怒啦。我必须请求您不要因为我这么说了，就武断地下了结论；不过是一点嫌疑，还不能就认为事实哩。

奥赛罗

我不会的。

伊阿古

您要是这样，主帅，那么我的话就要引起不幸的后果，完全违反我的本意了。凯西奥是我的好朋友——主帅，我看您在动怒啦！

奥赛罗

不，并不怎么动怒。我想苔丝狄蒙娜是贞洁的。

伊阿古

但愿她永远如此！但愿您永远这样想！

奥赛罗

可是一个人往往容易迷失本性——

伊阿古

嗯，问题就在这儿。说句大胆的话，当初多少跟她同国族、同肤色、同阶级的人向她求婚，她都置之不理，这明明是违反常情的举动；嘿！从这儿就可以看到一个荒唐的意志、乖僻的习性和不近人情的思想。可是原谅我，我不一定指着她说话；虽然我恐怕她因为一时的冲动跟随了您，也许后来会觉得您在各方面不能符合她所在国家的标准而懊悔她的选择的错误。

奥赛罗

再会，再会。要是你还观察到什么事，请让我知道；叫你的妻子留心察看。离开我，伊阿古。

伊阿古

主帅，我告辞了。（欲去）

奥赛罗

我为什么要结婚呢？这个诚实的汉子所看到所知道的事情，一定比他向我宣布出来的多得多。

伊阿古

（回转）主帅，我想请您最好把这件事情搁一搁，慢慢儿再看吧。虽然应该让凯西奥复职，因为他对于这一个职位是非常胜任的；可是您要是愿意对他暂时延宕一下，就可以借此窥探他的真相，看他钻的是哪一条门路。您只要注意尊夫人在您面前是不是着力替他说情；从那上头就可以看出不少情事。现在请您只把我的意见认作无谓的过虑——我相信我的确太多疑了——仍旧把尊夫人看成一个清白无罪的人。

奥赛罗

你放心吧，我不会失去自制的。

伊阿古

那么我告辞了。（下）

奥赛罗

　　这是一个非常诚实的家伙，对于人情世故是再熟悉不过的了。要是我能够证明她是一头没有驯服的野鹰，虽然我用自己的心弦把她系住，我也要放她随风远去，追寻她自己的命运。也许因为我生得黑丑，缺少绅士们温柔风雅的谈吐，也许因为我年纪老了点儿——虽然还不算顶老——所以她才会背叛我；我已经自取其辱，只好割断对她这一段痴情。啊，结婚的烦恼！我们可以在名义上把这些可爱的人儿称为我们所有，却不能支配她们的爱憎喜恶。我宁愿做一只蛤蟆，呼吸牢室中的浊气，也不愿占住了自己心爱之物的一角，让别人把它享用。可是那是富贵者也不能幸免的灾祸，他们并不比贫贱者享有更多的特权；那是像死一样不可逃避的命运，我们一生下来就已经在冥冥中注定了的。瞧！她来了。倘然她是不贞的，啊！那么上天在开自己的玩笑了。我不信。

苔丝狄蒙娜 及 爱米利娅 重上。

苔丝狄蒙娜

啊，我的亲爱的奥赛罗！您所宴请的那些岛上的贵人都在等着您去就席哩。

奥赛罗

是我失礼了。

苔丝狄蒙娜

您怎么说话这样没有劲？您不大舒服吗？

奥赛罗

我有点儿头痛。

苔丝狄蒙娜

那一定是为了少睡的缘故，不要紧的；让我替您绑紧了，一小时内就可以痊愈。

奥赛罗

你的手帕太小了。（苔丝狄蒙娜手帕坠地）随它去；来，我跟你一块儿进去。

苔丝狄蒙娜

您身子不舒服，我很懊恼。（奥赛罗、苔丝狄蒙娜下）

爱米利娅

我很高兴我拾到了这方手帕；这是她从那摩尔人手里第一次得到的礼物。我那古怪的丈夫向我说过了不知多少好话，要我把它偷了来；可是她非常喜欢这玩意儿，因为他叫她永远保存，不许遗失，所以她随时带在身边，一个人的时候就拿出来把它亲吻，对它说话。我要去把那花样描下来，再把它送给伊阿古；究竟他拿去有什么用，天才知道，我可不知道。我只不过为了讨他的欢喜。

伊阿古 重上。

伊阿古

啊！你一个人在这儿干吗？

爱米利娅

不要骂；我有一件好东西给你。

伊阿古

一件好东西给我？一件不值钱的东西——

爱米利娅

吓！

伊阿古

娶了一个愚蠢的老婆。

爱米利娅

啊！当真？要是我现在把那方手帕给了你，你给我什么东西？

伊阿古

什么手帕？

爱米利娅

什么手帕！就是那摩尔人第一次送给苔丝狄蒙娜，你老是叫我偷了来的那方手帕呀。

伊阿古

已经偷来了吗？

爱米利娅

不，不瞒你说，她自己不小心掉了下来，我正在旁边，趁此机会就把它拾起来了。瞧，这不是吗？

伊阿古

好娘子，给我。

爱米利娅

你一定要我偷了它来，究竟有什么用？

伊阿古

哼，那干你什么事？（夺帕）

爱米利娅

要是没有重要的用途，还是把它还了我吧。可怜的夫人！她失去这方手帕，准要发疯了。

伊阿古

不要说出来；我自有用处。去，离开我。（**爱米利娅下**）我要把这手帕丢在凯西奥的寓所里，让他找到它。像空气一样轻的小事，对于一个嫉妒的人，也会变成天书一样坚强的确证；也许这就可以引起一场是非。这摩尔人为我的毒药所中，他的心理上已经发生变化了；危险的思想本来就是一种毒药，虽然在开始的时候尝不到什么苦涩的味道，可是渐渐在血液里活动起来，就会像火山一样轰然爆发。我已经说过了；瞧，他又来了！

奥赛罗 重上。

伊阿古

罂粟，曼陀罗，或是世上一切使人昏迷的药草，都不能使你得到昨天晚上你还安然享受的酣眠。

奥赛罗

吓！吓！对我不忠？

伊阿古

啊，怎么，主帅！别老是想着那件事啦。

奥赛罗

去！滚开！你害得我好苦。与其知道得不明不白，还是糊里糊涂受人家欺弄的好。

伊阿古

怎么，主帅！

奥赛罗

她背叛了我，我不是一无知觉的吗？我没有看见，没有想到，它于我漠不相干；到了晚上，我还是睡得好好的，逍遥自得，无忧无虑。被盗的人要是不知道偷儿盗去了他什么东西，他就是等于没有被盗一样。

伊阿古

我很抱歉听见您说这样的话。

奥赛罗

啊！从今以后，永别了，宁静的心绪！永别了，平和的幸福！永别了，威武的大军，激发壮志的战争！啊，永别了！永别了，长嘶的骏马，尖厉的号角，惊魂的战鼓，刺耳的横笛，庄严的大旗，和一切战阵上的威仪！还有你，杀人的巨炮啊，你的残暴的喉管里模仿着天神的怒吼，永别了！奥赛罗的事业已经完了。

伊阿古

难道已至于此吗，主帅？

奥赛罗

恶人，你必须证明我的爱人的不忠，你必须给我目击的证据；否则凭着人类永生的灵魂起誓，我的激起了的怒火将要喷射在你的身上，使你悔恨自己当初投胎竟做了一个人！

伊阿古

竟会到了这样的地步吗？

奥赛罗

让我亲眼看见这种事实，或者至少给我无可置疑的切实的证据，否则我要活活取你的命！

伊阿古

尊贵的主帅——

奥赛罗

你要是故意捏造谣言，毁坏她的名誉，使我受到难堪的痛苦，那么你再不用祈祷了；放弃一切恻隐之心，让各种残酷的罪恶集于你的一身，尽管做一些使上天悲泣，使人世惊愕的暴行吧，因为你现在已经罪大恶极，没有什么可以使你在地狱里沉沦得更深了。

伊阿古

天啊！您是一个汉子吗？您有灵魂吗？您有知觉吗？上帝和您同在！我也不要做这劳什子的旗官

了。啊，倒霉的傻瓜！你以为自己是个老实人，人家却把你的老实当作了罪恶！啊，丑恶的世界！注意，注意，世人啊！说老实话，做老实人，是一件危险的事哩。谢谢您给我这个有益的教训；既然善意反而遭人嗔怪，从此以后，我再也不对什么朋友献出我的真情了。

奥赛罗

不，且慢；你应该做一个老实的人。

伊阿古

我应该做一个聪明人；因为老实人就是傻瓜，虽然一片好心，结果还是不能取信于人。

奥赛罗

我想我的妻子是贞洁的，可是又疑心她不大贞洁；我想你是诚实的，可是又疑心你不大诚实。我一定要得到一些证据。她的名誉本来是像月亮女神的容颜一样皎洁的，现在已经染上污垢，像我自己的脸庞一样黝黑了。要是这儿有绳子、刀子、毒药、火焰或是使人窒息的河水，我一定不能忍受活下去。但愿我能够扫空这一块疑团！

伊阿古

主帅，我看您完全被感情所支配了。我很后悔不该惹起您的疑心。那么您愿意知道究竟吗？

奥赛罗

愿意！嘿，我一定要知道。

伊阿古

那倒是可以的；可是怎样去知道它呢，主帅？难道您想眼睁睁地当场看她背叛您吗？

奥赛罗

啊！该死该死！

伊阿古

叫他们当场出丑，我想很不容易；他们干这种事，总是要避人眼目的。可是我说，有了确凿的线索，就可以探出事实的真相；要是这一类间接的旁证可以替您解除疑惑，那倒是不难得到的。

奥赛罗

给我一个充分的理由。

伊阿古

我不喜欢这件差使；可是既然愚蠢的忠心已经把我拉进了这一桩纠纷里去，我也不能再守沉默了。最近我曾经和凯西奥同过榻；我因为牙痛不能入睡；世上有一种人，他们的灵魂是不能保守秘密的，往往会在睡梦之中吐露他们的私事，凯西奥也就是这一种人；我听见他在梦寐中说："亲爱的苔丝狄蒙娜，我们必须要小心，不要让别人窥破了我们的爱情！"于是，主帅，他就紧紧地捏住我的手，嘴里喊："啊，可爱的人儿！"然后他又把他的脚搁在我的大腿上，叹一口气，喊一声："该死的命运，把你给了那摩尔人！"

奥赛罗

啊，可恶！可恶！

伊阿古

不，这不过是他的梦。

奥赛罗

虽然只是一个梦，已经可以断定一切。

伊阿古

这也许可以进一步证实其他的疑窦。

奥赛罗

我要她付出代价。

伊阿古

不，您不能太鲁莽了；我们还没有看见实际的行动；也许她还是贞洁的。告诉我这一点：您有没有看见过在尊夫人的手里有一方绣着草莓花样的手帕？

奥赛罗

我给过她这样一方手帕；那是我第一次送给她的礼物。

伊阿古

那我不知道；可是今天我看见凯西奥用这样一方手帕抹他的胡子，我相信它一定就是尊夫人的。

奥赛罗

假如就是那一方手帕——

伊阿古

假如就是那一方手帕，或者是其他她所用过的手帕，那么又是一个对她不利的证据了。

奥赛罗

啊，我但愿那家伙有四万条生命！单单让他死一次是发泄不了我的愤怒的。现在我明白这件事情全然是真的了。瞧，伊阿古，我把我的全部痴情向天空中吹散；它已经随风消失了。黑暗的复仇，从你的幽窟之中升起来吧！爱情啊，把你的王冠和你的心灵深处的宝座让给残暴的憎恨吧！胀起来吧，我的胸膛，因为你已经满载着毒蛇的长舌！

伊阿古

请不要发恼。

奥赛罗

啊，血！血！血！

伊阿古

忍耐点儿吧；也许您的想法会改变过来的。

奥赛罗

决不，伊阿古。正像黑海的寒涛滚滚奔流，永远不会后退一样，我的风驰电掣的流血的思想，在复仇的目的没有充分达到以前，也决不会踟蹰却顾，化为绕指的柔情。（跪）苍天在上，我倘不能报复这奇耻大辱，誓不偷生人世。

伊阿古

且慢起来。（跪）亘古炳耀的日月星辰，环抱宇宙的风云雨雾，请你们为我做证：从现在起，伊阿古愿意尽心竭力，为被欺的奥赛罗效劳；无论他叫我做什么残酷的工作，我一切唯命是从。

奥赛罗

我不用空口的感谢接受你的好意，为了表示我的诚心的嘉纳，我要请你立刻履行你的诺言：在这三天以内，让我听见你说凯西奥已经不在人世。

伊阿古

我的朋友的死已经确定了，因为这是您的意旨；可是放苔丝狄蒙娜活命吧。

奥赛罗

该死！啊，诅咒她！来，跟我去；我要为这美貌的魔鬼想出一个干脆的死法。现在你是我的副将了。

伊阿古

我永远是您的忠仆。（同下）

（朱生豪 译）

莎士比亚

威廉·莎士比亚（William Shakespeare），英国文学家、剧作家，1564年4月23日出生于英国沃里克郡的斯特拉福小镇，1616年4月23日因病离世，享年整整52岁。在他不算长的一生中，创作出无数伟大的戏剧作品，写尽人间冷暖、悲欢离合、善恶美丑。去世四百年来，他的作品依然在全世界的舞台、剧院上演，在读者中间一代代传递，再没有第二个剧作家的影响力能超过他。

莎士比亚的创作大致可分为三个阶段：早期主要是正面宣扬人文主义理想，充满愉快乐观的浪漫主义色彩的喜剧和历史剧；中期随着对现实认识的深入，剧作的批判力度加强，转为悲剧为主；到了晚年，愤世嫉俗的莎翁性情变得越来越平和，作品呈现出返璞归真的倾向，多宣扬宽恕和容忍的主题。

朱生豪

朱生豪（1912—1944），中国著名翻译家，生于浙江嘉兴，曾就读于杭州之江大学国文系与英文系，大学毕业后赴上海世界书局任英文编辑之职，参与编纂《英汉四用辞典》。1935年着手为世界书局翻译莎士比亚全集，1937年日寇侵入上海，辗转流徙，贫病交加，仍坚持翻译，先后共译出莎剧三十一个半，尚存历史剧五个半。1944年12月26日，因肺结核含怨离世，享年32岁。他是中国翻译莎士比亚作品较早的人之一，译文质量典雅生动，为国内外莎士比亚研究者公认。

兰姆姐弟

兰姆姐弟，即查尔斯·兰姆（Charles Lamb，1775—1834）和玛丽·兰姆（Mary Lamb，1764—1847），英国著名的散文家、诗人、剧作家，代表作：《伊利亚随笔》等。为了让小读者们也可以欣赏莎士比亚的作品，他们决定动手改写莎翁名著，把原著的精华神韵，以浅显易懂的文字向孩子呈现。这个计划在当时遭到不少非议，甚至有人认为他们是在毁坏莎翁经典。但凭借着和莎翁心灵上的默契、深厚的语言功力，他们改写的戏剧故事受到了无数孩子的喜爱，也让大人们转变了看法。并且，随着时间的验证，兰姆姐弟的改写本已经成为和莎士比亚戏剧一样为人们所称道的经典之作。这种改写本受到和原著一样高度的评价，甚至出现比原著更受欢迎的情形，在世界文学史上也是极为罕见的。

故事译者

漪然

　　漪然（1977—2015），原名戴永安，儿童文学作家、翻译家，生于安徽芜湖，3岁意外致残，8岁开始自学，14岁从事专业写作，2015年因病去世，年仅38岁，一生共创作并翻译作品200多部。代表著作：《四季短笛》《忘忧公主》《记忆盒子》《心弦奏响的一刻》等；代表译作：《月亮的味道》《一个孩子的诗园》《莎士比亚戏剧故事集》《海精灵》《不一样的卡梅拉》等。

莎士比亚（少年版）

作者 _ [英]威廉·莎士比亚

改写 _ [英]查尔斯·兰姆　　[英]玛丽·兰姆

译者 _ 朱生豪 澍然

产品经理 _ 王奇奇　　装帧设计 _ 何月婷　　产品总监 _ 李静

技术编辑 _ 陈杰　　责任印制 _ 梁拥军　　策划人 _ 于桐

插画绘制 _ 宋祥瑜

果麦

www.guomai.cc

以 微 小 的 力 量 推 动 文 明

Shakespeare

莎士比亚

少年版

King Lear

李尔王

[英]威廉·莎士比亚　著

[英]查尔斯·兰姆　[英]玛丽·兰姆　改写

朱生豪　澍然　译

北方联合出版传媒(集团)股份有限公司

万卷出版有限责任公司

果麦文化 出品

一无所有只能换来一无所有。

Nothing will come of nothing.

戏剧故事

King Lear

李尔王

不列颠国王李尔膝下有三个女儿：大女儿贡纳莉嫁给了奥本尼公爵；二女儿吕甘是康沃尔公爵的夫人；三女儿考狄莉娅还待字闺中，法兰西国王和勃艮第公爵都在热情地追求她，并为了求婚一直住在李尔王的宫里。

年迈的李尔王早已厌倦了每日忙于政务、操劳不休的生活，决定在八十岁时退位让贤，好安享舒适无忧的晚年。一天，他叫来三个女儿，要她们亲口告诉他，究竟她们之中哪一个最爱他。而他将会根据她们的回答，看看谁最有孝心，就分给她最多的财产和国土。

大女儿贡纳莉说，她对父亲的爱，不是言语所能表达的。她爱他胜过自己的眼睛、整个的空间和广大的自由。尽管这些都是夸大之词，却深得老国王的欢心，他天真地相信女儿每一句动听的表白，高兴地将王国的三分之一送给了大女儿和女婿。

轮到二女儿吕甘说话了。她表示自己也跟大姐一样，真心地爱着父亲，而大姐的那番话还不能充分表达出她对于父亲的崇拜：她厌弃世界上一切能以知觉感受到的快乐，只有爱自己的好爸爸才是自己无上的幸福。李尔王为能有这样深爱自己的好女儿庆幸不已，于是又毫不犹豫地将自己王国的另外三分之一送给了二女儿和她的丈夫。

接下来，就只有小女儿尚未开口了。李尔王最是疼爱这个孩子，把她当作自己幸福和欢乐的源泉，所以满心以为会从小女儿考狄莉娅那里听到更多的溢美之词。然而考狄莉娅对于两个姐姐的阿谀奉承早就反感至极，她深知两个姐姐向来心口不一，对父亲说那么一套漂亮话也不过是想从他手里骗得更多的财富和土地罢了，所以她异常冷静地回答——她爱父亲只是按照她的名分，一分不多，一分不少。

最喜爱的小女儿竟说出如此忘恩负义的话来，李尔王感到十分震惊。他生气地警告她，如果不将

刚刚说出口的话修正一下，她就要自毁前途了。

考狄莉娅却回答道，既然李尔是她的父亲，生下了她，就应该把她教养成人，爱她。她受到这样的恩德，只有恪尽自己的责任，服从他、爱他、敬重他，但是她不会像姐姐们那样，许诺将这个世界上并不存在的那种爱献给他。如果姐姐们是用整个的心来爱父亲，那为什么还要嫁人呢？假如她有一天出嫁了，那自然要使丈夫得到她一半的爱、一半的关心和责任；假如她只爱着父亲，她就不会像两个姐姐一样再去嫁人了。

考狄莉娅对父亲的爱其实并不比两个姐姐夸张的形容少几分。如果换到一个寻常的时间和场合，她会很愉快地将自己的这份爱表现出来，也不会说出这种听上去确实显得十分冷酷的话语。可是在两个姐姐天花乱坠地说了一通奉承话，并因此得到一份那样丰厚的奖励之后，她觉得最好还是不声不响地爱父亲，这样才能证明她仅仅是为了爱而爱，而不是为了得到什么酬报。

她的这番真诚坦白的话语，却被李尔王视为狂妄之词。年老的君王怒不可遏——长久以来养成的暴躁脾气使他听不进一句逆耳的忠言——在一腔怒火的焚烧下，他将原本要留给小女儿的国土一分为二，全部送给另外两个女儿和她们的丈夫，并当着所有在场朝臣的面，将自己的王冠以及君主的一切特权赐给两位公爵，只给自己保留一个国王的名义和尊号，还有一百名武士。而他从此将在这两位公爵的宫殿里按月轮流居住，由女儿们负责供养。

　　这个决定是如此盲目、如此草率、如此不负责任，使得王宫中所有的臣子都心痛不已，可他们之中没有一个人敢于向恼怒的君王提出任何异议，只有肯特伯爵挺身而出，为考狄莉娅申辩。可他刚开始替考狄莉娅说几句好话，暴跳如雷的李尔就叫他住嘴，不然就要他的命。善良的肯特并没有被威吓住。他一向都对李尔忠心耿耿，把他当国王来尊敬，当父亲来爱戴，当主人来追随。为了保卫国王的安全，他甚至从来不看重自己的生命，心甘情愿地像个士兵一样同国王的仇敌战斗。

　　如今，李尔所做的一切，恰恰是对他自己最不利的。为了使疯狂的李尔王回心转意，忠实的肯特只好不顾君臣的礼节，把坦率的话全说了出来。一直以来，他都是国王最忠实的谏臣，在许多重大事情上国王都曾经听从他的意见，这一次他也请求国王再次接受他的意见，收回自己草率的命令。他敢用性命担保，小女儿的孝心绝不逊于姐姐们，尽管她不会口若悬河，说得天花乱坠，但绝非薄情寡义。肯特只想尽到自己的责任，早已将生死置之度外，因此不管李尔王如何恫吓、威胁，他就是不肯住口。

可这位忠心的肯特伯爵的直言劝告，只不过叫国王更生气罢了。就像一个疯子会杀害他的医生，却对那会令他送命的病症依依不舍一样，李尔王宣布放逐这个忠实的臣仆，限他五天内动身离开。假如他所痛恨的这个人第六天还留在不列颠的国土上，就会被立即处死。于是，肯特向国王告辞，说国王既然不知悔改，他留在王宫也不过像困在囚笼。走之前，他又祈祷神明保佑考狄莉娅这个心地纯洁、说话真诚的姑娘，并祈愿她的两个姐姐能用孝顺的行为来证实她们说过的大话。说完，肯特离开了，表示要到新的国土去重新开辟一片天地。

法兰西国王和勃艮第公爵此时被召来听取李尔关于小女儿的决定，并且得知，如今考狄莉娅已经失去父亲的宠爱，什么财产也分不到，只剩下孑然一身。勃艮第公爵立即谢绝了这桩婚事，表示在这种情形下已无意娶她。而法兰西国王却理解考狄莉娅，明白她只是不愿假意虚言，不愿像姐姐们那样巧舌如簧来献媚。他拉住年轻姑娘的手，称她的品德是比王国还要贵重的嫁妆。他叫考狄莉娅跟两个姐姐告别，也向父亲告别——尽管他待她那样坏。然后，请她跟自己走，做自己锦绣法兰西的王后，她统治的王国将要比姐姐们的更加灿烂。他又用轻蔑的口气管勃艮第公爵叫"如水公爵"，因为他对这位年轻姑娘的爱就像流水，一眨眼就不见了。

于是，考狄莉娅洒泪向姐姐们道别，同时嘱咐她们要好好爱父亲，要照她们所表白的那样做。姐姐们却绷着脸说，她们会尽自己的本分，用不着她指点。她们还嘲笑道，既然丈夫把她当作命运的施舍，考狄莉娅还是小心侍候丈夫去吧。考狄莉娅心情沉重地离开了。她知道姐姐们为人刁滑，把父亲交托给她们，她始终有些放心不下。

考狄莉娅刚走，姐姐们恶魔般的本性就显露了出来。李尔王跟着大女儿贡纳莉的第一个月还没过完，就发现她的行为跟她的诺言是两回事。这个女人已经得到了父亲所能赏赐的一切，甚至连他头顶的王冠都摘了下来，这时却不能容忍父亲为了保留国王的尊严而残留的一点皇家排场。她讨厌看到国王和他那一百名武士。每逢看到老父亲，她总是愁眉苦脸的，而且，每当老人家要跟她说话，她就装病，或者想方设法躲开他。显然她是将老李尔当作一个累赘，将他的侍从当作一种浪费。不但她自己对国王越来越怠慢，而且由于她的榜样，甚至可能还由于她暗地里的唆使，连仆人们也对老人冷淡起来，常常不听他的吩咐，或者更轻蔑地装出没听见他在说什么的样子。

李尔王对女儿一言一行的改变自然也能看出几分，可他还是尽量装作什么也不知道，因为人们总是拒绝相信由于自己的错误和固执所造成的不幸。

一个人的爱和忠诚若是真实的，你待他如何冷酷也不能使他疏远，正如你无论如何仁慈也不能感化一个心地虚伪之人一样。这一点在高尚的肯特伯爵身上又一次得到了证明。他虽然被李尔王流放，却宁愿冒一切危险留下来（假使他在不列颠被人发现，就会送掉性命），只求对国王还有一点用处。看哪，忠实的可怜人有时候被情势所迫，得化装成多么卑微的样子来掩盖自己的身份呀！然而这绝不是自甘堕落，因为他这样化装只是为了尽到自己应尽的责任。好心的伯爵就这样放弃了尊严和排场，乔

装成一个仆人，请求国王雇用他。

国王没有认出乔装的肯特，却很高兴听到他直爽甚至可以说有些粗鲁的言谈——这跟他女儿那油腔滑调的献媚大大不同，而他对那种奉承也早就感到厌恶了。于是，他们很快就谈妥了。李尔收下了这个自称为卡厄斯的人做仆人。他丝毫也不曾想到，这就是当年他最宠爱的臣子——那位位高权重的肯特伯爵。

没多久，这个卡厄斯就以实际行动表现出对老国王的忠诚和敬爱。那一天，贡纳莉的管家对李尔十分傲慢，言语和神情都很无礼，这无疑都是基于女主人私下里的唆使。卡厄斯看到他这样公然侮辱国王，就干脆绊了他一跤，让这个没礼貌的奴才滚到了阴沟里。因为这个友好的举动，李尔跟卡厄斯更加亲近起来。

跟李尔亲近的还不单肯特一个人。照当时的习俗，国王或大人物身边都带着个被称为"弄臣"的人。弄臣负责在主人忙完一天的繁重公事以后，为主人逗乐解闷。李尔还拥有自己的王宫时，宫里也有这么个可怜的弄臣。这个地位低微、无足轻重的人对李尔很是敬爱和忠诚。在李尔放弃王位后，这个可怜的弄臣仍然跟着他，用他那诙谐的口才逗老国王开心，只是有时候他不免也会讥笑国王放弃王位，把一切都给了不孝女儿的这种轻率举动。他还编曲唱道：

> 她们高兴得眼泪盈眶，
> 我只好唱歌自遣哀愁，
> 可怜你堂堂一国之王，
> 却跟傻瓜们做伴嬉游。

他的滑稽话和俏皮歌词总是源源不断。甚至当着贡纳莉的面，这个愉快、正直的弄臣也毫不避讳地讲自己的真心话，用尖锐的讥讽直刺贡纳莉的心坎。他把国王比作一只篱雀，那篱雀养大了幼小的杜鹃鸟，反过来却被杜鹃咬掉了自己的头。他还唱道，马儿颠倒过来给车子拖着走，就是一头驴也看得清（意思是：李尔王的女儿本应站在父亲后面，如今却站到前面去了）。他又说，李尔已经不是李尔了，他只是李尔的影子。因为这些放肆之词，弄臣也受到过一两次吃鞭子的警告。

李尔只是觉得不肖的女儿对他越发冷淡、越来越不尊敬他，然而这个糊涂而溺爱女儿的父亲将要遭受的还远远不止这些。大女儿现在明明白白地说：如果一定要保留那一百名武士，她的王宫就不能再给他住了。她认为那种排场既没用处，又很费钱，这些武士到处吵吵嚷嚷，大吃大喝，把她的宫里闹得不成体统。她还要求裁减人数，只留一些像李尔那样上了岁数的人，这样才跟他相称。

李尔起初无法相信自己的眼睛和耳朵，也无法相信说这样刻薄话的正是自己的女儿。他不能相信由他手里得到王冠的贡纳莉，居然会连他晚年应享受的这一点点尊贵都要夺去。可是贡纳莉坚持她那不肖的要求。

老人不禁大发脾气，骂她是只"可恶的鸢"，指责她满口谎言。事实上，那一百名武士都品行端正，绝不会胡作非为，他们一举一动都恪守礼节，从来也不像她说的那样吵吵嚷嚷，大吃大喝。然后，他吩咐备马，要带着一百名武士到二女儿吕甘家里去。

他痛斥忘恩负义的行为，认为这种德行就像铁石心肠的魔鬼，把一个孩子变得比海怪还要可怕。他诅咒大女儿贡纳莉永远不能生儿育女，即使生养，子女长大了也会用同样的嘲弄侮辱来报答她，让她也感受到一个负心的孩子就像毒蛇的牙齿一样令人痛入骨髓。

这时候，贡纳莉的丈夫奥本尼公爵站出来替自己解释说，他并不赞赏这种不义的行为。可李尔王根本不等他把话讲完，就大吼着命人将马鞍备好，带着侍从动身到二女儿吕甘家里去了。李尔心想，考狄莉娅的过错（如果那是过错的话）和她这个姐姐的行为相比，是多么微不足道啊！想到这里，他不禁流下了眼泪。当他想到像贡纳莉这么个东西，居然叫他这个大丈夫像女人一样流泪哭泣，又感到十分羞愧。

吕甘和丈夫正在王宫里大肆摆阔。李尔王派仆人卡厄斯带着信去见她，好让她在父亲和侍卫没到前可做好接待准备。而贡纳莉却派人先送了信来，责备父亲固执任性、脾气乖张，劝妹妹不要收容他带来的这么多侍从。这个送信人跟卡厄斯同时到达。冤家路窄，他刚好就是贡纳莉的那个管家，即曾经因为对李尔态度蛮横，被卡厄斯绊过一跤的那个对头。

卡厄斯很不喜欢这家伙的神气，也猜出了他的来意，于是就破口大骂，要跟他决斗。那家伙不肯决斗，卡厄斯气愤不过，就把这制造祸端、传递恶信的家伙结结实实地揍了一顿。吕甘和丈夫听到这件事，尽管知道卡厄斯是父王派来的，应该受到最高的礼遇，却吩咐给他戴上脚枷。于是，老国王走进王宫时，第一眼看到的，就是他忠实的仆人卡厄斯正坐在那里备受屈辱。

然而，这不过是老国王将要遭到不幸的一个预兆罢了。紧跟着，更坏的事情发生了：当李尔要求见自己的女儿女婿时，后者却拒绝跟他说话，并回复道，他们前一天晚上走路辛苦，不能见他。最后，由于老国王怒气冲天，坚决地表示非见到不可，他们才出来，而陪他们一道来见李尔的不是别人，偏偏就是可恨的贡纳莉。她跑来向妹妹加油添醋地讲了一通自己的遭遇，并且挑拨妹妹也反对父王。

老人家望到这情景，十分生气，尤其看见吕甘握着贡纳莉的手。他质问贡纳莉，看看父亲这一大把白胡须，她难道不觉得惭愧？吕甘却在一旁劝他仍然回到贡纳莉家里去；建议他把侍从裁掉一半，向贡纳莉赔个礼，老老实实地跟她在一起过日子；而且，因为他年纪大了，缺乏辨别是非的能力，必须有一个比较有见识的人来约束他、引导他。

李尔表示，要自己低声下气地向亲生的女儿去讨吃讨穿实在是太荒唐了，他永远不会再回到贡纳莉那里去，他和那一百名武士要留下来跟吕甘一道过日子。他认为吕甘还没有无情地忘记他把半个王国都给了她的事实，他认为吕甘的眼睛是温和善良的，不像贡纳莉的那么凶狠。与其把侍从的人数裁掉一半，回到贡纳莉那里去，他宁愿到法兰西去，向那个不要嫁妆娶了他小女儿的国王请求一笔微薄的养老金。

可李尔又错了。他以为吕甘待他会比姐姐好一些，可吕甘却像有意要赛过她姐姐的忤逆，说她认为用五十名武士来侍候父亲太多了，二十五名就足够了。此时，李尔的心都要碎了。他转过身来向贡纳莉表示愿意跟她回去，毕竟五十还是二十五的双倍，证明她对他的爱还比吕甘的多一倍。可这时大女儿又变了卦。她说道，为什么要用二十五名这么多呢？连十名、五名也用不着，因为他尽可以使唤她和她妹妹家里的仆人。

这两个坏心肠的姐妹，在虐待老父亲方面像是在拼命比赛似的，最后竟想全部取消能证实他曾经作为国王的那点尊严和那些侍从（作为曾经统治过一个王国的人来说，他剩的已经很少了）。虽然不是说非得有一群衣冠华丽的侍从侍候左右才算幸福，但从统治几百万人弄到没有一个侍从，从国王沦落成为乞丐，这种巨变未免太过让人难以接受。使可怜的国王伤透了心的还不是缺乏侍从，而是女儿们竟然忘恩负义地拒绝他的要求。

李尔一方面受到双重的虐待，一方面又懊悔自己不该糊里糊涂地把王国抛弃，所有这些打击使得他的神志开始有些不正常。他一面说着连自己也不明白的话，一面发誓要向不孝的女儿报仇，要她们遭到使全世界都震惊的报应。

他正这样信口恫吓，要做他那软弱的胳膊力所不及的事情，夜色降临了，来了一场又是雷鸣又是闪电的暴风雨。此时，女儿们仍然不肯让李尔的侍从进宫殿去。李尔就吩咐把马拉过来，他宁可到外面去承受狂风暴雨的袭击，也不愿跟这两个无情无义的女儿住在同一个屋檐下。而她们则狠心地表示，刚愎自用的人不管遭到什么伤害，只要是自找的，那就是罪有应得。于是，她们就关上大门，听凭李尔在风雨交加中离去。

风刮得很猛，雷雨也更大了，但风雨的袭击也比不上女儿们的狠毒叫人寒心。老人家冲出去，走

了好几英里路，也没看见一片可以遮蔽风雨的树丛。老国王就在黑夜里迎着狂风暴雨，在一片荒原上彷徨、嘶吼。他呼吁狂风把大地吹下海里，叫泛滥的波涛吞没陆地，好让叫作人类的这种忘恩负义的动物绝迹。此时，老国王身边只剩下那个可怜的弄臣。弄臣依然跟着国王，竭力想拿诙谐和怪诞的话来排遣这种不幸的遭遇。他讲道，在这样糟糕的夜晚来漫游真没意思，老实说，国王还不如回去向女儿们去乞求祝福呢！

只怪自己糊涂自己笨，
嗨呵，一阵雨来一阵风，
背时倒运莫把天公恨，
管它朝朝雨雨又风风。

他还声称这是宜于叫一个傲慢的女人懂得谦虚的晚上。

曾经是堂堂一国之君的李尔，如今只剩下孤零零一个侍从。这时，他的忠实仆人、乔装成卡厄斯的好心的肯特伯爵终于找到了他。虽然老国王不知道他的真实身份，他却一直形影不离地跟着国王。

肯特说道："唉！陛下，您在这儿呀？喜爱黑夜的东西，也不会喜爱这样的黑夜。狂怒的天色吓怕了黑暗中的野兽，使它们躲在洞里不敢出来。人类的心灵经受不起这样的折磨和恐怖。"

李尔反驳道，一个人要是身染重病，就不会感觉到小小的痛楚。人只有在心绪宁静的时候，肉体才是敏感的，而他内心的暴风雨已经夺去了他的一切感觉，只剩下心头的热血还在那儿搏动。他谈到女儿的忘恩，说那就像一张嘴把喂她的手咬了下来，因为对于儿女来说，父母就像是手，是食物，是一切。

好心的卡厄斯一再请求老国王不要在露天待着，最后终于把他劝到荒原上一间破草棚子底下。弄臣刚一进去，就慌慌张张地跑了出来，嚷着说看见了鬼。仔细一看，这个"鬼"原来是一个可怜的疯乞丐，他爬到了这没人住的草棚里来避雨。那时候，有这样一些人，给自己起名叫"可怜的托姆"，或是"可怜的屠列古德"，他们要么是真疯，要么就是装疯，好逼着软心肠的乡下人施舍。他们在乡下到处漂泊，嘴里嚷着："哪位赏点儿什么给可怜的托姆吧！"然后把针、钉子或是迷迭香的刺扎到胳膊上，使胳膊汨汨地流着血。他们一面祈祷，一面疯疯癫癫地诅咒，就靠这种可怕的动作使那些无知的乡下人见了感动或者害怕，不得不周济他们。这个可怜的家伙就是这种人。

李尔看见他这样穷苦，浑身一丝不挂，只在腰上围着一条毯子，就断定说，这个人一定也是把自己所有的财产都分给了女儿们，所以才落到这般田地，因为他认为除非是养了狠毒的女儿们，再没有别的原因可以把一个人弄得这样悲惨了。

好心的卡厄斯听到他说的这许多疯话，就看出老国王已经神志失常，女儿们的虐待也真的把他气疯了。可敬的肯特伯爵在紧要关头表现了最大的忠诚。天亮时，一些仍忠于国王的侍从帮助他把国王送到多弗城堡去。在那里，他的朋友特别多，作为肯特伯爵，他的势力也特别大。而他自己则搭船到法国，匆匆赶到考狄莉娅的王宫，叙述了她父王的悲惨遭遇，生动地描述了她那两个姐姐惨无人道的行径。这个善良孝顺的孩子听后流下泪来，要求法兰西国王准许她坐船前往英国，带上足够的人马去讨伐那两个残忍的姐姐和她们的丈夫，把老父王重新扶上王位。丈夫同意后，她就带着一支王家的军队出发，在多弗登了陆。

李尔发疯以后，好心的肯特伯爵派了些人守护他。可老人却抓了个空子从那些人手里逃了出来，他正在多弗附近的田野里流浪，却被考狄莉娅的侍从撞见了。当时李尔的情况真是凄惨，他已经完全疯了，一个人大声唱着歌，头上还戴着用稻草秆、荨麻和从麦地里拾到的野草编成的王冠。

遵照大夫们的劝告，急于要见到父亲的考狄莉娅强忍心痛，决定暂时先不见面，好让睡眠和药草发挥作用，使李尔完全镇定下来。考狄莉娅许诺，只要能治好老国王，她愿意把自己所有的金子和珠宝都送给那些精通医术的大夫。在精心治疗下，李尔不久就清醒过来，重新见到了小女儿。

父女团圆的情景十分动人。可怜的老国王一方面为重新见到自己钟爱过的孩子而欢喜，一方面又感到惭愧，因为当初他为了那么一点点过错就责怪她，把她遗弃，如今却受到她这样的孝敬。这两种感情和尚未痊愈的疾病，在他那半疯狂的头脑里纠缠在一起，使他一时记不清身在何处，又是谁这么好心地吻着他，跟他说话。然后他说，这位夫人想来是他的女儿考狄莉娅，假如他弄错了，请旁边的人不要见笑。接着他跪下来，向女儿告饶。

而那位好心的夫人也一直跪在那里请他祝福，并且说这是她应尽的孝道，因为她是他的孩子，他自己的、真真实实的考狄莉娅！她一面吻他，一面说希望这一吻可以拭去姐姐们对他的伤害。姐姐们把白发苍苍的慈父赶到寒冷的暴风雨底下，应该觉得羞愧。她气愤地表示，哪怕是敌人的狗，哪怕它曾经咬了她，在那样的夜里，她也还要让它卧在火炉旁暖暖身子呢。考狄莉娅告诉父亲，这次她从法国赶来是特意为了搭救他。

李尔说，过去的事一定要请她忘记，请她原谅，因为他老了，糊涂了，不知道自己干了什么事，她的确有理由抛弃他，而她两个姐姐却没有理由。但考狄莉娅说，她跟姐姐们同样没有理由不孝敬他。

这样，我们暂时把老国王托付给这位孝敬他、爱他的孩子去保护吧。因为考狄莉娅和她丈夫的努力，被两个狠毒女儿的行为弄得神经错乱的国王，终于在睡眠和药草中渐渐康复了。现在我们回过头来谈一谈他那两个狠毒的女儿。

这两个无情无义的妖魔既然对父亲那么虚伪，那么对自己的丈夫自然也不会忠实。没过多久，她们连表面上也不屑装出守本分和恩爱的样子了，公然表示她们已经另有所爱。刚巧她们两个的新欢是同一个家伙，就是已故的葛罗斯特伯爵的私生子埃德蒙。他使出诡计，剥夺了应该由哥哥埃德加继承的爵位，凭着这种卑劣的行为成了伯爵。这样的小人，跟贡纳莉和吕甘这两个恶女勾搭，倒正好是半斤对八两。

吕甘的丈夫康沃尔公爵恰巧这时候死了，吕甘马上就宣布要跟葛罗斯特伯爵结婚。贡纳莉得知了他们即将结婚的消息，嫉妒极了，竟设法毒死了吕甘。丈夫奥本尼公爵发觉了此事，并听说了她跟伯爵的暧昧关系，就把她关进了监牢。她又气又恼，不久就自尽而死。上天的公道就这样降到了这两个坏女儿的身上。

当大家都在关注这件事，说这两个女人死得公道时，忽然又移开视线，惊愕地看到同一股力量是怎样不可思议地施加于年轻、品德高尚的小女儿考狄莉娅身上，令她命运悲惨。她行为端正，本应获得美好的结局，但事实却是残酷的：纯洁和孝顺之人不一定总能得好报。贡纳莉和吕甘派去的那个卑鄙的葛罗斯特伯爵率领军队俘虏了考狄莉娅和老国王李尔。这个坏伯爵不愿意有人妨碍他篡夺王位，

就在监牢里杀害了考狄莉娅。

从李尔王最初受到女儿的虐待，到悲痛欲绝的此刻，好心的肯特伯爵一直紧紧伴随着老主人。考狄莉娅死后不久，肯特想让国王知道自己的真实身份，可是这时候李尔已经因为小女儿的死伤心得发了疯，根本不能理解那样奇怪的事：肯特和卡厄斯怎么会是一个人。肯特想，此时再解释也是多余的了。不久，心碎的李尔王就去世了。而国王这位忠实的臣仆，也因为上了年纪，并为了老主人的痛苦而悲伤，不久也跟着进了坟墓。

上天的公道终于还是降临到卑劣的葛罗斯特伯爵头上，他的阴谋败露，在和哥哥埃德加的决斗中被刺死。贡纳莉的丈夫奥本尼公爵没有参与害死考狄莉娅之事，也从来没鼓励过妻子那样虐待她父亲。李尔死后，他就当了不列颠的国王，对此就不再赘述，毕竟这个故事讲的只是李尔王和他三个女儿的经历，而他们，都已经死了。

（潇然 译）

剧本节选

第一幕　第一场

李尔王宫中大厅

出场人物

李尔　不列颠国王

贡纳莉　李尔的大女儿

吕甘　李尔的二女儿

考狄莉娅　李尔的小女儿

奥本尼公爵　李尔的大女婿

康沃尔公爵　李尔的二女婿

肯特伯爵　李尔的臣子

葛罗斯特伯爵　李尔的臣子

法兰西国王　考狄莉娅的求婚者

勃艮第公爵　考狄莉娅的求婚者

兵士及侍从等

喇叭奏花腔。李尔、肯特、康沃尔、奥本尼、贡纳莉、吕甘、考狄莉娅 及侍从等上。

李尔

现在我要向你们说明我的心事。把那地图给我。告诉你们吧，我已经把我的国土划成三部分；我因为自己年纪老了，决心摆脱一切事务的牵萦，把责任交卸给年轻力壮之人，让自己松一松肩，好安安心心地等死。康沃尔和奥本尼两位贤婿，为了预防他日的争执，我想还是趁现在把我的几个女儿的嫁妆安排清楚。法兰西和勃艮第两位君主正在竞争我的小女儿的爱情，他们为了求婚而住在我们宫廷里，也已经有好多时候了，现在他们就可以得到答复。孩子们，在我还没有把我的政权、领土和国事的重任全部放弃以前，告诉我，你们中间哪一个人最爱我？我要看看谁最有孝心，最有贤德，我就给她最大的恩惠。贡纳莉，我的大女儿，你先说。

贡纳莉

父亲，我对您的爱，不是言语所能表达的；我爱您胜过自己的眼睛、整个的空间和广大的自由；超越一切可以估价的贵重稀有的事物；不亚于赋有淑德、康健、美貌和荣誉的生命；不曾有一个儿女这样爱过他的父亲，也不曾有一个父亲这样被他的儿女所爱；这一种爱可以使唇舌失去能力，辩才无所效用；我爱您是不能以数量计算的。

考狄莉娅

（旁白）考狄莉娅应该怎么做呢？默默地爱着吧。

李尔

在这些疆界以内，从这一条界线起，直到这一条界线为止，所有一切浓密的森林、膏腴的平原、富庶的河流、广大的牧场，都要奉你为它们的女主人；这一块土地永远为你和奥本尼的子孙所保有。我的二女儿，最亲爱的吕甘，康沃尔的夫人，你怎么说？

吕甘

我跟姐姐是一样的，您凭着她就可以判断我。在我的真心之中，我觉得她刚才所说的话，正是我爱您的实际的情形，可是她还不能充分说明我的心理：我厌弃一切凡是敏锐的知觉所能感受到的快乐，只有爱您才是我的无上的幸福。

考狄莉娅

（旁白）那么，考狄莉娅，你只好自安于贫穷了！可是我并不贫穷，因为我深信我的爱心是比我的口才更富有的。

李尔

这一块从我们这美好的王国中划分出来的三分之一的沃壤，是你和你的子孙永远世袭的产业，和贡纳莉所得到的一份同样的广大，同样的富庶，也是同样的佳美。现在，我的宝贝，虽然是最后的一个，我却并不对你歧视；法兰西的葡萄和勃艮第的奶酪都在竞争你的青春之爱；你有些什么话，可以换到一份比你的两个姐妹更富庶的土地？说吧。

考狄莉娅

父亲，我没有话说。

李尔

没有？

考狄莉娅

没有。

李尔

没有只能换到没有，重新说过。

考狄莉娅

我是个笨拙的人，不会把我的心涌上我的嘴里；我爱您只是按照我的名分，一分不多，一分不少。

李尔

怎么，考狄莉娅！把你的话修正修正，否则你要毁坏你自己的命运了。

考狄莉娅

父亲，您生下我来，把我教养成人，爱惜我，厚待我；我受到您这样的恩德，只有恪尽我的责任，服从您，爱您，敬重您。我的姐姐们要是用她们整个的心来爱您，那么她们为什么要嫁人呢？要是我有一天出嫁了，那接受我的忠诚的誓约的丈夫，将要得到我的一半的爱，我的一半的关心和责任；假如我只爱我的父亲，我一定不会像我的姐姐们一样再去嫁人的。

李尔

你这些话果然是从心里说出来的吗？

考狄莉娅

是的，父亲。

李尔

年纪这样小，却这样没有良心吗？

考狄莉娅

父亲，我年纪虽小，我的心是忠实的。

李尔

好，那么让你的忠实做你的嫁妆吧。凭着太阳神圣的光辉，凭着黑夜的神秘，凭着主宰人类生死的星球的运行，我发誓从现在起，永远和你断绝一切父女之情和亲属的关系，把你当作一个路人看待。啖食自己儿女的野蛮人，比起你，我的旧日的女儿来，也不会更受我的憎恨。

肯特

陛下——

李尔

闭嘴，肯特！不要来批怒龙的逆鳞。她是我最爱的一个，我本来想要在她的殷勤看护之下，终养我的天年。去，不要让我看见你的脸！让坟墓做我安息的眠床，我从此割断对她的天伦的慈爱了！叫法兰西王来！都是死人吗？叫勃艮第来！康沃尔、奥本尼，你们已经分到我的两个女儿的嫁妆，现在把我第三个女儿那一份也拿去分了吧；让骄傲，她自己所称为坦白的，替她找一个丈夫吧。我把我的威力、特权和一切君主的尊荣一起给了你们。我自己只保留一百名武士，在你们两人的地方按月轮流居住，由你们负责供养。除了国王的名义和尊号以外，所有行政的大权、国库的收入和大小事务的处理，完全交在你们手里；为了证实我说的话，两位贤婿，我赐给你们这一顶宝冠，归你们两人共同保有。

肯特

尊严的李尔，我一向敬重您像敬重我的君王，爱您像爱我的父亲，跟随您像跟随我的主人，在我的祈祷之中，我总是把您当作我的伟大的恩主——

李尔

弓已经弯好拉满，你留心躲开箭锋吧。

肯特

让它落下来吧，即使箭镞会刺进我的心里。李尔发了疯，肯特也只好不顾礼貌了。你究竟要怎样，老头儿？你以为有权有位的人向谄媚者低头，尽忠守职的臣僚就不敢说话了吗？君主不顾自己的尊严，干下了愚蠢的事情，在朝的端人正士只好直言极谏。保留你的权力，仔细考虑一下你的举措，收回这一种鲁莽草率的成命。你的小女儿并不是最不孝顺你的一个；那两个有口无心的女儿，她们的柔和的低声反映不出她们内心的空虚，也绝不是真心爱你。我的判断要是有错，你尽管取我的命。

李尔

肯特，你要是想活命，赶快停住你的嘴。

肯特

我的生命本来是预备向你的仇敌抛掷的；为了你的安全，我也不怕把它失去。

李尔

走开，不要让我看见你！

肯特

瞧明白一些，李尔；还是让我永远留在你的眼前吧。

李尔

凭着神明起誓——

肯特

凭着神明，老王，你向神明发誓也是没用的。

李尔

啊，可恶的奴才！（以手按剑）

奥、康

陛下请息怒。

肯特

好，杀了你的医生，把你的恶病养得一天比一天厉害吧。赶快撤销你的分土授国的原议；否则只要我的喉舌尚在，我就要大声疾呼，告诉你你做了错事啦。

李尔

听着，逆贼！你想要怂恿我毁弃我的不容更改的誓言，凭着你的不法的跋扈，对我的命令和权力妄加阻挠，这一种目无君上的态度，使我忍无可忍；为了维持王命的尊严，不能不给你应得的处分。我现在宽容你五天的时间，让你预备些应用的衣服食物，免得受饥寒的痛苦；在第六天上，你那可憎的身体必须离开我的国境；要是在此后十天之内，我们的领土上再发现了你的踪迹，那时候就要把你当场处死。去！凭着众神之王发誓，这一个判决是无可改移的。

肯特

再会，国王；你既不知悔改，
囚笼里也没有自由存在。

（向考狄莉娅）

神明荫护你，善良的女郎！
你的正心直言无愧纲常。

（向吕甘、贡纳莉）

愿你们的夸口变成实事，
假树上会结下真的果子。
各位王子，肯特从此远去；

到新的国土走他的旧路。(下)

喇叭奏花腔。葛罗斯特 率 法兰西王、勃艮第公爵 及侍从等上。

葛罗斯特

陛下，法兰西王和勃艮第公爵来了。

李尔

勃艮第公爵，您跟这位国王都是来向我的女儿求婚的，现在我先问您：您希望她至少要有多少陪嫁的奁资，否则宁愿放弃对她的追求？

勃艮第

陛下，照着您所已经答应的数目，我就很满足了；想来您也不会再有吝惜的。

李尔

尊贵的勃艮第，当她为我所宠爱的时候，我是把她看得非常珍重的，可是现在她的价格已经跌落了。公爵，您瞧她站在那儿，一个小小的东西，要是除了我的憎恨以外，我什么都不给她，而您仍然觉得她有使您欢喜的地方，或者您觉得她整个儿都能使您满意，那么她就在那儿，您把她带去好了。

勃艮第

我不知道怎样回答。

李尔

像她这样一个一无可取的女孩子，没有亲友的照顾，新近遭到我的憎恨，诅咒是她的嫁妆，我已经立誓和她断绝关系了，您是愿意娶她呢，还是愿意把她放弃？

勃艮第

恕我，陛下；在这种条件之下，决定取舍是一件很为难的事。

李尔

那么放弃她吧，公爵；凭着神明起誓，我已经告诉您她的全部的价值。（向法兰西王）至于您，伟大的国王，为了重视你我的友谊，我断不愿把一个我所憎恶的人匹配于您；所以请您还是丢开了这一个为天地所不容的女人，另外去找寻佳偶吧。

法兰西王

这太奇怪了，她刚才还是您的眼中的珍宝、您的赞美的题目、您的老年的安慰、您的最心爱的人儿，怎么一转瞬间，就会干下这么一件罪大恶极的行为，丧失了您的深恩厚爱！她的罪恶倘不是超乎寻常，您的爱心决不会变化得这样厉害；可是除非那是一桩奇迹，我无论如何不相信她会干那样的事。

考狄莉娅

陛下，我只是因为缺少娓娓动人的口才，不会讲一些违心的话，凡是我心里想到的事情，我总不愿在没有把它实行以前就放在嘴里宣扬；要是您因此而恼我，我必须请求您让世人知道，我所以失去您的欢心的原因，并不是什么丑恶的污点、不轨的行动，或是不名誉的举止；只是因为我缺少像人家那样的一双献媚希恩的眼睛，一条我所认为可耻的善于逢迎的舌头，虽然没有了这些使我不能再受您的宠爱，可是唯其如此，却使我格外尊重我自己的人格。

李尔

你不能在我面前曲意承欢，我还是不要把你生养下来的好。

法兰西王

只是为了这一个原因吗？历史上往往有许多远大的计划，因为不求人知而失于记载。勃艮第公爵，您对于这位公主意下如何？爱情里面要是掺杂了和它本身不相关涉的顾虑，那就不是真的爱情。您愿不愿意娶她？她自己就是一注无价的嫁妆。

勃艮第

尊严的李尔，只要把您原来已经允许过的那一份嫁妆给我，我现在就可以使考狄莉娅成为勃艮第公爵的夫人。

李尔

我什么都不给；我已经发过誓再也没有挽回了。

勃艮第

那么抱歉得很，（向考狄莉娅）您已经失去一个父亲，现在必须再失去一个丈夫了。

考狄莉娅

愿勃艮第平安！他所爱的既然只是财产，我也不愿做他的妻子。

法兰西王

最美丽的考狄莉娅！你因为贫穷，所以是最富有的；你因为被遗弃，所以是最可宝贵的；你因为遭人轻视，所以最蒙我的怜爱。我现在把你和你的美德一起攫在我的手里，人弃我取是法理上所许可的。天啊天！想不到他们的冷酷的蔑视，却会激起我热烈的敬爱。陛下，您的没有嫁妆的女儿跟我三生缘定，现在是我的分享荣华的王后，法兰西全国的女主人了；沼泽之邦的勃艮第所有的公爵，都不能从我手里买去这一个无价之宝的女郎。考狄莉娅，向他们告别吧，虽然他们是这样无良；你抛弃了故国，将要得到一个更好的家乡。

李尔

你带了她去吧，法兰西王；她是你的，我没有这样的女儿，也再不要看见她的脸，去吧，你们不要想得到我的恩宠和祝福。来，尊贵的勃艮第。（喇叭奏花腔。李尔、勃艮第、康沃尔、奥本尼、葛罗斯特及侍从等同下）

法兰西王

向你的姐姐们告别。

考狄莉娅

父亲眼中的两颗宝玉，考狄莉娅用泪洗过的眼睛向你们告别。我知道你们是怎样的人；因为碍着姐妹的情分，我不愿直言指斥你们的错处。好好对待父亲；你们自己说是孝敬他的，我把他托付给你们了。可是，唉！要是我没有失去他的欢心，我一定不让他受你们的照顾。再会了，两位姐姐。

吕甘

我们用不到你教训。

贡纳莉

你还是去小心伺候你的丈夫吧，命运的慈悲把你交在他的手里；你自己忤逆不孝，今天空手跟了男人去也是活该。

考狄莉娅

慢慢儿总有一天，深藏的奸诈会显出它的原形；罪恶虽然可以掩饰一时，但掩饰不了一世。愿你们幸福！

法兰西王

来，我的考狄莉娅。（法兰西王、考狄莉娅同下）

贡纳莉

妹妹，我有许多对我们两人有切身关系的话必须跟你谈谈。我想我们的父亲今晚就要离开此地。

吕甘

那是十分确定的事，他要住到你们那儿去；下个月他就要跟我们住在一起了。

贡纳莉

你瞧他现在年纪老了，他的脾气多么变化不定；我们已经屡次注意到他的行为的乖僻了。他一向都是最爱我们妹妹的，现在他凭着一时的气恼就把她撵走，这就可以见得他是多么糊涂。

吕甘

这是他老年的昏悖；可是他向来就是这样喜怒无常的。

贡纳莉

他年轻的时候性子就很暴躁，现在他任性惯了，再加上老年人刚愎自用的怪脾气，看来我们只好准备受他的气了。

吕甘

他把肯特也放逐了；谁知道他心里一不高兴起来，会不会用同样的手段对付我们？

贡纳莉

法王辞行回国，跟他还有一番礼仪上的应酬。让我们同心合力，决定一个方策；要是我们的父亲顺着他这种脾气滥施威权起来，这一次的让国对于我们未必有什么好处。

吕甘

我们还要仔细考虑一下。

贡纳莉

我们必须趁早想个办法。(同下)

第二幕　第四场

葛罗斯特城堡前

出场人物

李尔　不列颠国王

肯特伯爵　李尔的使臣

弄人　李尔宫中逗乐的小丑

吕甘　李尔的二女儿

康沃尔公爵　李尔的二女婿

贡纳莉　李尔的大女儿

武士、军官及侍从等

肯特 被困足枷中。李尔、弄人及侍臣 上。

李尔

真奇怪，他们不在家里，又不打发我的使者回去。

肯特

祝福您，尊贵的主人！

李尔

吓！你把这样的羞辱作为消遣吗？

肯特

不，陛下。

李尔

谁认错了人，把你锁在这儿？

肯特

您的女婿和女儿。

李尔

不。

肯特

是的。

李尔

我说不。

肯特

我说是的。

李尔

不，不，他们不会干这样的事。

肯特

他们已经干了。

李尔

凭着众神之王起誓，没有这样的事。

肯特

凭着众神之母起誓，有这样的事。

李尔

　　他们不敢做这样的事；他们不能，也不会做这样的事；要是他们有意做出这种重大的暴行来，那简直比杀人更不可恕了。赶快告诉我，你究竟犯了什么罪，他们才会用这种刑罚来对待一个国王的使者。

肯特

　　陛下，我带了您的信到了他们家里，当我跪在地上把信交上去，还没有立起身来的时候，又有一个使者汗流满面、气喘吁吁、急急忙忙地奔了进来，代他的女主人贡纳莉向他们请安；他们看见她也有信来，就来不及理睬我，先读她的信；读罢了信，他们立刻召集仆从，上马出发，叫我跟到这儿来，等候他们的答复，对待我十分冷淡。一到这儿，我又碰见了那个使者，他也就是最近对您非常无礼的那个家伙，我知道他们对我这样冷淡，都是因为他来了的缘故，一时激于气愤，不加考虑地向他动起武来；他看见我这样，就高声发出怯懦的叫喊，惊动了全屋子的人。您的女婿女儿认为我犯了这样的罪，应该把我羞辱一下，所以就把我枷起来了。

弄人

冬天还没有过去，要是野雁净往那个方向飞。

老父衣百结，
儿女不相识；
老父满囊金，
儿女尽孝心。
命运如戏子，
贫贱遭遗弃。

虽然这样说，你的女儿们还要孝敬你数不清的烦恼哩。

李尔

啊！我这一肚子的气都涌上我的心头来了！我这女儿呢？

康沃尔、吕甘 及众仆上。

李尔

你们两位早安！

康沃尔

祝福陛下！（众人解开肯特）

吕甘

我很高兴看见陛下。

李尔

吕甘，我想你一定高兴看见我的；我知道为什么我要这样想：要是你不高兴看见我，我就要跟你已故的母亲离婚。（**向肯特**）啊！你放出来了吗？等会儿再谈吧。亲爱的吕甘，你的姐姐太不孝啦。啊，吕甘！她的无情的凶恶像饿鹰的利喙一样猛啄我的心。我简直不能告诉你；你不会相信她忍心害理到什么地步——啊，吕甘！

吕甘

父亲，请您不要恼怒。我想她不会对您有失敬礼，恐怕还是您不能谅解她的苦心哩。

李尔

啊，这是什么意思？

吕甘

我想我的姐姐绝不会有什么地方不尽孝道；要是，父亲，她约束了您那班随从的放荡的行动，那当然有充分的理由和正大的目的，绝对不能怪她的。

李尔

我的诅咒降在她的头上！

吕甘

啊，父亲！您年纪老了，应该让一个比您自己更明白您的地位的人管教管教您；所以我劝您还是回到姐姐的地方去，对她赔一个不是。

李尔

请求她的饶恕吗？你看这样像不像个样子："好女儿，我承认我年纪老，不中用啦，让我跪在地上，（**跪**）请求您赏给我几件衣服穿，赏给我一张床睡，赏给我一些东西吃吧。"

吕甘

父亲，别这样子；这算个什么，简直是胡闹！回到我姐姐那儿去吧。

李尔

（**起立**）再也不回去了，吕甘。她裁减了我一半的侍从；不给我好脸色看；用她的毒蛇一样的舌头打击我的心。但愿上天蓄积的愤怒一起降在她的无情无义的头上！但愿恶风吹打她的腹中的胎儿，让他生下地来就是个跛子！

康沃尔

嘿！这是什么话！

李尔

迅疾的闪电啊，把你的炫目的火焰，射进她的傲慢的眼睛里去吧！在烈日的熏灼下蒸发起来的沼地的瘴气啊，损坏她的美貌，毁灭她的骄傲吧！

吕甘

天上的神明啊！您要是对我发起怒来，也会这样咒我的。

李尔

不，吕甘，你永远不会受我的诅咒；你的温柔的天性绝不会使你干出冷酷残忍的行为来。她的眼睛里有一股凶光，可是你的眼睛却是温存而和蔼的。你决不会吝惜我的享受，裁撤我的侍从，用不逊之言向我顶撞，削减我的费用，甚至于把我关在门外不让我进来；你是懂得天伦的义务、儿女的责任、孝敬的礼貌和受恩的感激的；你总还没有忘记我曾经赐给你一半的国土。

吕甘

父亲，不要把话说到岔儿上去。

李尔

是谁把我的人枷起来？（内喇叭吹花腔）

康沃尔

那是什么喇叭声音？

吕甘

我知道，是我的姐姐来了；她信上说是就要到这儿来的。

贡纳莉 上。

李尔

天啊，要是你爱老人，要是你认为子女应该孝顺他们的父母，要是你自己也是老人，那么不要漠然无动，降下你的愤怒来，帮我申雪我的怨恨吧！（向贡纳莉）你看见我这一把胡须，不觉得惭愧吗？

（向吕甘）啊，吕甘，你愿意跟她握手吗？

贡纳莉

为什么她不能跟我握手呢！我干了什么错事？难道凭着一张糊涂昏悖的嘴里的胡言乱语，就可以成立我的罪名？

李尔

啊，我的胸膛！你还没有胀破吗？我的人怎么给你们枷了起来？

康沃尔

陛下，是我把他枷在那儿的；照他狂妄的行为，这样的惩戒还是太轻啦。

李尔

你！是你干的事吗？

吕甘

父亲，您该明白您是一个衰弱的老人，一切只好将就点儿。要是您现在仍旧回去跟姐姐住在一起，裁撤了您的一半的侍从，那么等住满了一个月，再到我这儿来吧。我现在不在自己家里，要供养您也有许多不便。

李尔

回到她那儿去？裁撤了五十名侍从！不，我宁愿什么屋子也不要住，过着风餐露宿的生活，和无情的大自然抗争，和豺狼、鸱鸮做伴侣，忍受一切饥寒的痛苦！回去跟她住在一起！嘿，我宁愿到那娶了我的没有嫁妆的小女儿去的热情的法兰西国王的座前匍匐膝行，像一个臣仆一样向他讨一份微薄的恩俸，苟延我的残喘。回去跟她住在一起！你还是劝我当奴才，当牛马吧。

贡纳莉

随你的便。

李尔

（向贡纳莉）女儿，请你不要使我发疯；我也不愿再来打扰你了，我的孩子。再会吧，我们从此不再相见。可是你是我的肉，我的血，我的女儿；或者还不如说是我身体上的一个恶瘤，我不能不承认你是我的；你是我的腐败的血液里的一个瘀块、一个肿毒的疔疮。可是我不愿责骂你；让羞辱自己降临到你身上吧，我没有呼召它；我不要求天雷把你打死，我也不把你的忤逆向垂察善恶的天神控诉，你回去仔细想一想，趁早悔改前非，还来得及。我可以忍耐；我可以带着我的一百个武士，跟吕甘住在一起。

吕甘

那绝对不行；现在还轮不到我，我也没有预备好招待您的礼数。父亲，听我姐姐的话吧；人家冷眼看着您这种愤怒的神气，他们心里都要说您因为老了，所以——可是姐姐是知道她自己所做的事的。

李尔

这是你的好意的劝告吗？

吕甘

是的，父亲，这是我的真诚的意见。什么！五十个卫士？这不是很好吗？再多一些有什么用处？就是这么许多人，数目也不少了，别说供养他们不起，而且让他们成群结党，也是一件危险的事。一间屋子里养了这许多人，拥戴两个主人，怎么不会发生争闹？简直不成话。

贡纳莉

父亲，您为什么不让我们的仆人侍候您呢？

吕甘

对啊，父亲，那不是很好吗？要是他们怠慢了您，我们也可以训斥他们。您下回到我这儿来的时候，请您只带二十五个人来，因为现在我已经看到了一种危险；超过这个数目，我是恕不招待的。

李尔

我把一切都给了你们——

吕甘

您总算拣了适当的时候给了我们。

李尔

叫你们做我的代理人、保管者，我的唯一的条件，只是让我保留这么多的侍从。什么！我必须只带二十五个人，到你这儿来吗？吕甘，你是不是这样说？

吕甘

父亲，我可以再说一遍，我只允许您带这么几个人来。

李尔

恶人的脸相虽然狰狞可怖，要是再有人比他更恶，相形之下，就会变得和蔼可亲；不是绝顶的凶恶，总还有几分可取。（向贡纳莉）我愿意跟你去；你的五十个人还比她的二十五个人多上一倍，你的孝心也比她大一倍。

贡纳莉

父亲，我们家里难道没有两倍这么多的仆人可以侍候您？依我说，不但用不到二十五个人，就是十个五个也是多事。

吕甘

依我看来，一个也不需要。

李尔

啊！不要跟我讲什么需要不需要；最卑贱的乞丐，也有他的不值钱的身外之物；人生除了天然的需要以外，要是没有其他的享受，那和畜类的生活有什么分别。你是一位夫人；你穿着这样华丽的衣服，如果你的目的只是保持温暖，那就根本不合你的需要，因为这种盛装艳饰并不能使你温暖。可是，讲到真的需要，那么天啊，给我忍耐吧，我需要忍耐！神啊，你们看见我在这儿，一个可怜的老头子，被忧伤和老迈折磨得好苦！假如是你们鼓动这些女儿的心，使她们忤逆她们的父亲，那么请你们不要尽是愚弄我，叫我默然忍受吧；让我的心里激起了刚强的怒火，让弱者所恃为武器的泪点不要玷污我的男子汉的脸颊！不，你们这两个不孝的妖妇，我要向你们复仇，我要做出一些使全世界惊怖的事情来，虽然我现在还不知道我要怎么做。你们以为我将要哭泣；不，我不愿哭泣，我虽然有充分的哭泣的理由，可是我宁愿让这颗心碎成万片，也不愿流下一滴泪来。啊，傻瓜！我要发疯了！（李尔、肯特及弄人同下）

康沃尔

我们进去吧；一场暴风雨将要来了。（远处暴风雨声）

吕甘

这间屋子太小了，这老头儿带着他那班人来是容纳不下的。

贡纳莉

是他自己不好，放着安逸的日子不过，一定要吃些苦，才知道自己的蠢。

吕甘

　　单是他一个人，我倒也很愿意收留他，可是他的那班跟随的人，我可一个也不能容纳。

贡纳莉

我也是这个意思。（同下）

（朱生豪　译）

莎士比亚

威廉·莎士比亚（William Shakespeare），英国文学家、剧作家，1564年4月23日出生于英国沃里克郡的斯特拉福小镇，1616年4月23日因病离世，享年整整52岁。在他不算长的一生中，创作出无数伟大的戏剧作品，写尽人间冷暖、悲欢离合、善恶美丑。去世四百年来，他的作品依然在全世界的舞台、剧院上演，在读者中间一代代传递，再没有第二个剧作家的影响力能超过他。

莎士比亚的创作大致可分为三个阶段：早期主要是正面宣扬人文主义理想，充满愉快乐观的浪漫主义色彩的喜剧和历史剧；中期随着对现实认识的深入，剧作的批判力度加强，转为悲剧为主；到了晚年，愤世嫉俗的莎翁性情变得越来越平和，作品呈现出返璞归真的倾向，多宣扬宽恕和容忍的主题。

朱生豪

朱生豪（1912—1944），中国著名翻译家，生于浙江嘉兴，曾就读于杭州之江大学国文系与英文系，大学毕业后赴上海世界书局任英文编辑之职，参与编纂《英汉四用辞典》。1935年着手为世界书局翻译莎士比亚全集，1937年日寇侵入上海，辗转流徙，贫病交加，仍坚持翻译，先后共译出莎剧三十一个半，尚存历史剧五个半。1944年12月26日，因肺结核含怨离世，享年32岁。他是中国翻译莎士比亚作品较早的人之一，译文质量典雅生动，为国内外莎士比亚研究者公认。

兰姆姐弟

兰姆姐弟，即查尔斯·兰姆（Charles Lamb，1775—1834）和玛丽·兰姆（Mary Lamb，1764—1847），英国著名的散文家、诗人、剧作家，代表作：《伊利亚随笔》等。为了让小读者们也可以欣赏莎士比亚的作品，他们决定动手改写莎翁名著，把原著的精华神韵，以浅显易懂的文字向孩子呈现。这个计划在当时遭到不少非议，甚至有人认为他们是在毁坏莎翁经典。但凭借着和莎翁心灵上的默契、深厚的语言功力，他们改写的戏剧故事受到了无数孩子的喜爱，也让大人们转变了看法。并且，随着时间的验证，兰姆姐弟的改写本已经成为和莎士比亚戏剧一样为人们所称道的经典之作。这种改写本受到和原著一样高度的评价，甚至出现比原著更受欢迎的情形，在世界文学史上也是极为罕见的。

漪然

　　漪然（1977—2015），原名戴永安，儿童文学作家、翻译家，生于安徽芜湖，3岁意外致残，8岁开始自学，14岁从事专业写作，2015年因病去世，年仅38岁，一生共创作并翻译作品200多部。代表著作：《四季短笛》《忘忧公主》《记忆盒子》《心弦奏响的一刻》等；代表译作：《月亮的味道》《一个孩子的诗园》《莎士比亚戏剧故事集》《海精灵》《不一样的卡梅拉》等。

莎士比亚（少年版）

作者 _ [英]威廉·莎士比亚

改写 _ [英]查尔斯·兰姆　[英]玛丽·兰姆

译者 _ 朱生豪　潘然

产品经理 _ 王奇奇　　装帧设计 _ 何月婷　　产品总监 _ 李静

技术编辑 _ 陈杰　　责任印制 _ 梁拥军　　策划人 _ 于桐

插画绘制 _ 宋祥瑜

果麦

www.guomai.cc

以 微 小 的 力 量 推 动 文 明

Shakespeare

莎士比亚

少年版

Macbeth

麦克白

［英］威廉·莎士比亚　著

［英］查尔斯·兰姆　［英］玛丽·兰姆　改写

朱生豪　漪然　译

北方联合出版传媒(集团)股份有限公司

万卷出版有限责任公司

果麦文化 出品

世上还没有一种方法，
可以从一个人脸上探察他的居心。

There is no way in the world to
detect a person's mind from his face.

戏剧故事

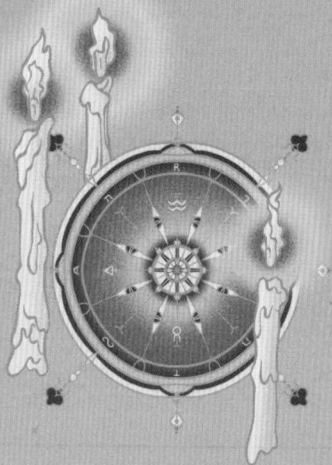

Macbeth

麦克白

在温和的邓肯国王治理苏格兰王国时，身边有一位以勇猛著称的将军，名叫麦克白。这位将军刚平定了国内的叛乱，还和大举来犯的挪威军队对抗，立下了赫赫战功。

在一场鏖战之后，麦克白和班柯这两个苏格兰将领，正走在凯旋之途上。这时，面前的荒原上忽然出现了三个模样奇怪的女人。她们长着胡须，皮肤像干枯的树皮，身穿破烂的衣衫，看上去仿佛是活在另一个世界上的生物。她们把满是皱纹的手指按在干枯的嘴唇上，好像有什么话要说。麦克白大胆地向她们问话，三个女人中的第一个站出来向他致意，称他为葛莱密斯爵士；将军正在惊讶她们怎么会认识自己，第二个女人又站了出来，称他为考特爵士；他刚要声明这个头衔并不属于自己，第三个女人也站了出来，并向他呼喊道："万福，麦克白，未来的君王！"

这一番莫名其妙的话让麦克白吃惊极了，他怎么也想不通，自己又不是王子，怎么会变成一国之君呢？这时，女人们又一个接一个地对着班柯说起奇怪的话来。她们说道，他比麦克白低微，可是地位在他之上；不像麦克白那样幸运，可是比他更有福；并且又说，班柯虽然不是君王，可他的子孙将会成为苏格兰的国王。她们说完这些话，就转身随风而去、消逝不见了。两位将军这才知道，原来自己看到的是三个女巫。

他们还站在原地深思着这个不寻常的征兆是凶是吉，国王派来的使者赶来了，还带来了一个令麦克白激动不已的消息。原来，国王因为麦克白这一次立下了战功，决定封他为考特爵士。这正与女巫们的预言不谋而合。麦克白被这个发生在自己眼前的奇迹惊得说不出话来。忽然间，他的心中涌动起一股巨大的热望，因为他想起了那第三个女巫所说的：他有朝一日会变成苏格兰尊贵的国王。

他激动地转身向班柯说道："你不希望你的子孙将来做君王吗？方才她们称呼我考特爵士，不是同时也许给你的子孙莫大的尊荣吗？"

"这样的念头，"班柯冷静地回答，"会让你渴望把王冠攫到手里。魔鬼为了要陷害我们，往往故意对我们说一些真话，在小事情上取得我们的信任，然后在重要的关头我们便会堕入他的圈套。"

然而女巫的预言已经点燃了麦克白内心的欲望之火，使得他一句也听不进好朋友的忠告。从这一刻开始，他全部的心思就放在如何成为苏格兰国君上了。

麦克白有一个妻子。他写信告诉妻子在荒原上发生的一切，以及女巫的话如何得到了应验。这个女人比她的丈夫还要野心勃勃，为了攫取荣华富贵，她会不惜使用任何卑劣的手段。她料到自己优柔寡断的丈夫不会采取残酷的行动来争夺王位，所以暗下决心，要帮他来扫清阻止他得到王冠的一切障碍。

正巧就在这时，平素喜欢和朝臣聚首言欢的老国王带着两个儿子——马尔康和道纳本，还有一群大臣和侍从，来到了麦克白家，要和大家一起为他的胜利庆功。麦克白的城堡坐落在一处景色极好的福地。空气中飘着诱人的香味，檐下梁间、墙头屋角，无一不是鸟儿们安置小巢的地方，凡是它们生息繁殖之处，空气总是很新鲜芬芳。国王对这可爱的地方着了迷，一点儿也没有注意到麦克白夫人对他表现出的异样热情。她的眼睛里流露着喜迎贵宾的笑容，瞧上去像一朵纯洁的花朵，可是在花瓣底下却潜伏着一条毒蛇。

国王因为长途旅行感觉有些疲惫，早早地就上床休息了，随身带的两个侍卫守卫在卧房。他这一天玩得非常高兴，在就寝前赏了仆人许多东西。还赏给麦克白夫人一颗金刚钻，称她为最殷勤的主妇。

夜深了，半个世界上的生命都仿佛死去了一般安静，罪恶的梦境却扰乱了麦克白的睡眠，豺狼在他的梦中哀嚎。这时，麦克白夫人悄悄地起身，开始执行自己那可怕的计划。她知道丈夫不是没有野心，可缺少和那种野心相连属的奸恶。她虽然说服了他对老国王采取那种残酷的手段，但是她唯恐那脆弱的天性会动摇麦克白的决心，所以她早早地就准备好了一把锋利的匕首，又来到国王的寝室里将两个侍卫灌得大醉。可当她要对国王下手的时候，她看见了那老人熟睡的脸，那面孔看上去是那么像她自己的父亲，这使得她终于没有勇气对着他将刀子插下去。

于是她重又鼓动丈夫去做这件事，可是麦克白却犹豫起来。他觉得，自己和国王有着亲族的关系，又是招待贵宾的主人，理应保障他身体的安全，怎么可以自己持刀行刺？而且，秉性仁慈的老国王一直视他为最可靠最忠心的臣子，最近更是给了他极大的尊荣，他的名声现在正散发着最灿烂的光彩，怎么能这么快就把它丢弃呢？

麦克白夫人发现丈夫有这种退缩不前的念头，很是恼火。她可不是那种会轻言放弃的女人，于是她摇动舌尖，将自己邪恶的精神力量倾注到丈夫的耳中。她说，为什么要违抗命运的力量呢，这件事做起来轻而易举，一切都唾手可得，而且这一夜的所为可以给他们带来朝朝夕夕享不尽的荣华。她又对丈夫的懦弱无能表示轻蔑，说她知道母亲是怎样怜爱自己的子女，可如果她也像麦克白一样，曾经发誓要下毒手的话，她仍然会在那婴儿看着自己的脸微笑的时候，夺去他的性命！她又补充说，即使被人发现国王死了，他们也可以把这一件重大的谋杀罪案推在那两个酒醉的侍卫身上，这件事只要做得干净利落，就丝毫不会招来众人的怀疑。在这样一番软硬兼施的怂恿下，麦克白终于下了决心往国王的寝室走去。

　　他手握匕首，在黑暗中摸索前进。这时，他仿佛看见空中出现了另一把刀子，那刀柄对着他，刀刃上还有一滴滴的鲜血在往下流淌。可当他想要抓住这刀子的时候，却只是扑了个空。这一件可视不可触的东西，原来仅仅是存在于他杀人的恶念里的一个幻象。

　　他强压心中的恐惧，来到了国王的床前，用手中的刀，一下子结束了国王的性命。刚做完这桩可怕的事，从一个睡着的侍卫那儿就传来了一阵令他胆战心惊的笑声，而另一个侍卫则在睡梦中大喊："杀人啦！"他们惊醒了彼此，就迷迷糊糊地念起了祷告："上天保佑！"说完他们就又睡着了。麦克白站定在那里听他们说话，听到他们说"上天保佑！"，他也想祈求一句，但是，尽管他才是最需要上天宽恕的，那几个字却哽在喉头，让他说不出话来。

　　紧接着，他仿佛又听到一个声音在喊："不要再睡了！麦克白已经杀害了睡眠，那清白的睡眠，那生命的养分！"那声音又继续向整个屋子喊道，"不

要再睡了！葛莱密斯已经杀害了睡眠，所以考特将再也得不到睡眠，麦克白将再也得不到睡眠！"

这些幻觉使得麦克白如失魂落魄一般，昏昏沉沉地回到了正在焦急等待他的妻子身边。她看到他这副可怜样子，很是不满，就叫他去拿些水把血手洗净。同时，她拿了那把匕首，又返回到国王的寝室去，在侍卫们的脸上涂抹了血迹，好将谋杀的罪责推在他们身上。

黎明破晓时，一切都隐藏不住了，大家发现了国王的尸体。尽管麦克白和妻子都装出一副悲痛欲绝的样子，血迹和匕首也在两个侍卫身上留下了他们谋杀国王的确实可信的证据，人们心中的怀疑还是落在了麦克白身上，因为他杀人的动机要比两个侍卫更加明显。为了避免和国王落得一样不幸的结局，国王邓肯的两个儿子一起逃走了。大儿子马尔康去了英格兰的王宫，小儿子道纳本则前往爱尔兰寻求庇护。

因为王位的继承人都逃往了国外，麦克白作为和国王关系最亲密的亲属，就名正言顺地登上了苏格兰的宝座。就这样，三个女巫对他的预言全部应验了。

然而，这预言的应验并没有给麦克白国王和他的王后带来多少快乐，恰恰相反，他们倒是总想起女巫所说的，班柯的后代将在未来成为苏格兰的统治者。如果真是如此，他们背负着那重大的愧疚，岂不只是为了使班柯的子孙可以登上王座？他们曾经那样信赖的命运的力量，如今却使他们苦恼不已，为了和那可恶的预言做一番抗争，他们决心要将班柯和他的儿子也置于死地。

　　为了达到这个罪恶的目的，他们举行了一次盛大的晚宴，邀请所有的大臣前来参加，班柯和他的儿子弗里恩斯自然也在被邀之列。麦克白预先在王宫里安插下了几个刺客，要他们在班柯出现时发起突袭。可是，班柯横遭杀害时，弗里恩斯却幸运地得以逃脱。

　　这时，热闹的宴会上，仪态万方的王后正在款待所有衣着华丽的朝臣，而麦克白则在和各位客人的闲聊中说道，要是班柯此刻也在座，那么全国的俊杰，真可以说是汇集一堂了。实际上，他内心里十分清楚，这已经是不可能的了。可正在他说着这些话的时候，班柯却忽然无声无息地出现在王宫里，并且就在空着的宝座上坐了下来。

麦克白是个堂堂男子，就连能使魔鬼胆裂的东西也敢正眼面对，看到这一幕时却吓得脸色发白。他瞪大了双眼，呆若木鸡，王后和众位大臣却不知道发生了什么事，因为他们什么也看不见，只觉得麦克白是在对着一张空椅子发呆。

王后一边责备丈夫怠慢了贵宾，一边悄悄地问他是不是又像那天晚上看见空中的匕首一样产生了幻觉。可国王的注意力此刻完全被这个自己的幻觉给吸引住了，根本顾及不到周围的人对他说了些什么，他甚至对着死去的班柯大声说起话来。王后唯恐这些狂呓会泄露他们可怕的秘密，便赶紧告诉客人们国王的旧病复发，然后匆匆忙忙地解散了宴席。

麦克白不断地被这些可怕的异象困扰着，他和妻子也整日整夜地生活在恐惧和噩梦之中。这种内心的不安和对未来的担忧，甚至比弗里恩斯的逃脱更让他们心神不宁。终于，麦克白忍无可忍，他决定要亲自去找到那些女巫，再对自己的命运问个究竟。

他又一次来到曾经看到她们的那片荒郊，而早就预见到他的到来的女巫们，已经在一个山洞里准备好召唤魔鬼的大锅。她们往锅里放进蛤蟆、蝙蝠、

毒蟒，还有蝾螈的眼睛、狗的舌头、蜥蜴的爪子和猫头鹰的翅膀；她们还放进龙鳞和狼牙、鲨鱼的肚子、毒芹的根块、山羊的胆汁，以及坟茔上的杉树枝。当所有这些材料在锅里煮得沸腾起来的时候，她们又用动物的血来使锅子冷却，就这样，她们用自己的蛊术唤出了地狱里的鬼怪。

赶到这里的麦克白一心一意只想了解自己未来的命运，至于这答案是女巫还是魔鬼告诉他的，对他来说都无所谓，因此他一点也不为摆在面前的可怖的一切所动，反而大胆地喊叫着："叫他们出来，让我见见他们！"

于是，幽灵出现了。

第一个幽灵是一个戴着头盔的脑袋，它告诉麦克白，要留心麦克德夫——他是费辅的爵士。这话正合麦克白的心思，因为他一向不喜欢这个麦克德夫。于是他向幽灵道谢，它就不见了。

第二个幽灵是一个受了伤的孩子，它让麦克白不要害怕，尽管把人类的力量付之一笑好了，因为没有一个妇人所生下的人可以伤害他。并且，它还让麦克白必须做到残忍、勇敢、坚决。"那么尽管活下去吧，麦克德夫！"国王得意地喊道，"我何必惧怕你呢？可是我要使确定的事实加倍确定，我还是要你死，让我可以斥胆怯的恐惧为虚妄，在雷电怒作的夜里也能安心睡觉。"

第二个幽灵消逝的同时，第三个幽灵又出现了。它是一个戴着王冠的小孩，手里还拿着一根树枝。它安慰麦克白说，他永远不会被人打败，除非有一天勃南的树林会冲着他向邓西嫩高山移动。"幸运的预兆！"麦克白叫道，"谁能够命令树木，叫它从泥土之中拔起它的深根来呢？我将要尽其天年，不会遭到可怕的屠杀了。可是我的心还在跳动着想要知道一件事情。要是你们的法术能够解释我的疑惑，告诉我，班柯的后裔会不会在这一片国土上称王？"

可是，大锅这时已经沉入地下。传来了一阵音乐声，八个身着国王装束的影子从麦克白身边经过，班柯的影子紧随他们之后。他举着一面大镜子，在那里面，麦克白看到更多的戴着王冠、拿着权杖的形象。班柯向麦克白微笑着，用手指点着他们，于是麦克白明白了，这些都是班柯那些将要在未来统治苏格兰的子孙。这时，女巫们也随着一阵柔和的音乐跳起舞来。不一会儿，她们和那些影子就都不见了，只留下沮丧到极点的麦克白独自一人站在洞穴中。

麦克白走出来后，立刻听说了一个新的消息：麦克德夫已经到英格兰去参加马尔康带领的叛军。麦克德夫的背叛虽然早在麦克白的意料之中，却还是激起了他巨大的愤怒。他立刻下令突袭麦克德夫的城堡，并将他留在家中的妻子和孩子，以及一切跟他有血缘之亲的人全部处死。

这残忍的行为使得许多贵族领主都远离了麦克白，反而转去投靠麦克德夫和马尔康的阵营。而没有去英格兰的人们也巴不得马尔康的大军早日开伐过来，只是出于对国王的畏惧，他们还不敢把这种想法公开而已。麦克白招募新兵的计划几乎进行不下去，因为没有一个人愿意支持这个暴君。现在他才开始觉得，还是已死的邓肯要幸福得多，他睡在自己的坟墓里，承受过了最狠毒的伤害，刀剑、毒药、内乱和外患不可能再加害于他。

就在这众叛亲离的时刻，麦克白唯一的精神上的依靠，他那比男子还要坚强的妻子，也忽然死去了。她可能是死于噩梦缠身，或者是因为忍受不了那么多人对她的憎恨。但无论是什么原因导致了这种死亡，麦克白现在都是孤家寡人了。他身边再也没有一个爱他的人，也没有一个人会倾听他内心隐藏的恐惧了。

他变得悲观厌世，每日只是盼望着死亡早些到来，直到马尔康带大军来攻打苏格兰的战报传来，他才又恢复一点好胜的天性。他想，既然要死去，也要让自己如过去所发过的誓言一样："战死于沙场。"此外，幽灵们的话也给了他一种盲目的自信，他想起它们说过，没有一个妇人所生的人可以伤害自己，而只要勃南树林不会到邓西嫩来，他也就不会战败。于是，他关闭了自己的城堡，将它变成一座易守难攻的堡垒，就在那里等待着马尔康大军的攻打。

一天，忽然从外面跑来一个慌慌张张的信使，他几乎不知道该如何报告他所看见的情景。原来，当他站在山头守望的时候，向勃南一眼望去，却发现那边的树木居然开始移动了！

"说谎的奴才！"麦克白叫道，"要是你说了谎话，我就要把你吊在最近的一株树上，让你饿死；要是你的话是真的，我希望你把我吊上去吧。"这时，麦克白的决心已经有些动摇，他开始怀疑起那魔鬼所说的似是而非的暧昧的话了。魔鬼叫他不要害怕，除非勃南树林会到邓西嫩来。现在一座树林却真的来了！

"无论如何，"他说道，"魔鬼所说的这种事情要是真的出现，那么逃走肯定是徒劳无益的，留在这儿也不过是坐以待毙。我现在开始厌倦白昼的阳光了，但愿这世界早一点崩溃！"他绝望地说着，起身来到了敌人的阵营之前。此刻，敌人已经团团包围住了他的城堡。

其实，勃南的树林并没有移动。只是因为马尔康这个细心的统领在经过树林时，不想让守城人看清他大军的人数，所以就命令自己的士兵都砍下一根树枝挡在面前，作为掩护。前进的士兵们手持树枝，远远地望去，就仿佛一片树林在走动似的。这个景象吓坏了送信的使者，他以为自己看见了怪物；而对麦克白来说，这却是一个更加可怕的征兆，他那不可被人战胜的信心因此彻底崩溃了。

一场残酷的战斗终于开始了。尽管麦克白这边的随从几乎都已经投向他敌人的阵营，可是麦克白毕竟是身经百战的将军，他奋勇地在包围他的人群中杀出一条血路，阻挡他的士兵没有一个可以生还。这时，麦克德夫忽然出现在麦克白的面前。麦克白

想起幽灵提醒过他要格外提防这个人，同时也因为心里多少对麦克德夫一家的惨死感到有些愧疚，所以想要避开他，不与他正面交手。可是，麦克德夫一直在战场上苦苦寻找着麦克白，要为妻儿报仇，现在当然不会这样轻易地让他溜走。"暴君！恶狗！"麦克德夫挥剑拦住麦克白的去路，两人开始了一场激战。

这时，麦克白还记着幽灵说过的话，所以他自信地笑着对麦克德夫说："你不过是白费气力，麦克德夫！你要使我流血，正像用你的剑锋在空气上划一道痕迹一样困难。我的生命是有魔法保护的，没有一个妇人所生的人可以把它伤害。"

"不要再信任你的魔法了吧！"麦克德夫说道，"让你所信奉的神告诉你，麦克德夫是没有足月就从他母亲的腹中剖出来的。"

"愿那告诉我这话的舌头永受诅咒，"麦克白颤抖着说道，他感觉自己的最后一线希望也破灭了，"愿这些欺人的魔鬼再也不要被人相信。他们用模棱两可的话愚弄我们，听来好像大有希望，结果却完全和我们原来的期望相反。我不愿跟你交战。"

"投降吧！"麦克德夫叫道，"我们会把你展览在众人面前，就像展览怪兽一样，还要挂一张画像在帐篷外面，底下写着：'请来看暴君的原形！'"

"不，"麦克白回答，他在绝望中又鼓起了拼死的勇气，"我不愿低头吻那马尔康小子足下的泥土，不愿被那些卑微的民众任意唾骂。虽然勃南树林已经到了邓西嫩，虽然今天和你狭路相逢，你偏偏不是妇人所生下的，可我还要尽我最后的力量！"说着，他就奋力向麦克德夫扑去。

而麦克德夫，用尽浑身力气给出了一个凶猛的回击，终于将麦克白杀死。然后，他就将麦克白的死讯当作一件礼物，送给了新登基的国王——邓肯的儿子，马尔康。

（潇然　译）

剧本节选

第一幕 第三场

荒野

出场人物

女巫　做出预言的三个神秘女人

麦克白　苏格兰将军

班柯　苏格兰将军

洛斯　苏格兰贵族

安格斯　苏格兰贵族

雷电。三女巫 上。

女巫合

手携手，三姐妹，

沧海高山弹指地，

朝飞暮返任游戏。

姐三巡，妹三巡，

三三九转蛊方成。

麦克白 及 班柯 上。

麦克白

我从来没有见过这样阴郁而又是这样光明的
日子。

班柯

到福累斯还有多少路？这些是什么人，形容这
样枯瘦，服装这样怪诞，不像是地上的居民，可是却
在地上出现？你们是活人吗？你们能不能回答我们
的问题？好像你们懂得我的话，每一个人都同时把她

满是皱纹的手指按在她的干枯的嘴唇上。你们应当是女人，可是你们的胡须却使我不敢相信你们是女人。

麦克白

你们要是能够讲话，告诉我们你们是什么人？

女巫甲

万福，麦克白！祝福你，葛莱密斯爵士！

女巫乙

万福，麦克白！祝福你，考特爵士！

女巫丙

万福，麦克白，未来的君王！

班柯

将军，您为什么这样吃惊，好像害怕这种听上去很好的消息似的？（向女巫）用真理的名义回答我，你们是幻象呢，还是果然是像你们所显现的那个样子的生物？你们向我的高贵的同伴致敬，并且预言他未来的尊荣和远大的希望，使他听得出了神；可是你们却没有对我说一句话。要是你们能够洞察时间所播的种子，知道哪一颗会长成哪一颗不会长成，那么请对我说明；我既不乞讨你们的恩惠，也不惧怕你们的憎恨。

女巫甲

祝福！

女巫乙

祝福！

女巫丙

祝福！

女巫甲

比麦克白低微，可是你的地位在他之上。

女巫乙

不像麦克白那样幸运，可是你比他更为有福。

女巫丙

你虽然不是君王，你的子孙将要君临一国。万福，麦克白和班柯！

女巫甲

班柯和麦克白，万福！

麦克白

且慢，你们这些闪烁其词的预言者，明白一些告诉我。西纳尔死了以后，我知道我已经晋封为葛莱密斯爵士，可是怎么会做起考特爵士来呢？考特爵士现在还活着，他的势力非常煊赫。至于说我是未来的君王，那正像说我是考特爵士一样难以置信。说，你们这种奇怪的消息是从什么地方来的？为什么你们要在这荒凉的旷野用这种预言式的称呼使我们止步？说，我命令你们。(三女巫隐去)

班柯

水上有泡沫，土地也有泡沫，这些便是大地上的泡沫。她们消失到什么地方去了？

麦克白

消失在空气之中，好像是有形体的东西，却像呼吸一样融化在风里了。我倒希望她们再多留一会儿。

班柯

我们正在谈论的这些怪物，果然曾经在这儿出现吗？还是因为我们误食了令人疯狂的草根，已经丧失了我们的理智？

麦克白

您的子孙将要成为君王。

班柯

您自己将要成为君王。

麦克白

而且还要做考特爵士，她们不是这样说吗？

班柯

正是这样说。谁来啦？

洛斯 及 安格斯 上。

洛斯

麦克白，王上已经很高兴地接到了你的胜利的消息；当他听见你在这次征讨叛逆的战争中所表现的英勇的勋绩的时候，他简直不知道应当惊异还是应当赞叹，在这两种心理的交相冲突之下，他快乐得说不出话来。他又知道你在同一天之内，又在雄壮的挪威大军的阵地上出现，不因为你自己亲手造成的死亡的惨影而感到些微的恐惧。报信的人像密雹一样接踵而至，异口同声地在他的面前称颂你的保卫祖国的大功。我们奉王上的命令前来，向你传达他的慰劳的诚意；我们的使命只是迎接你回去面谒王上，不是来酬答你的功绩。

安格斯

为了向你保证他将给你更大的尊荣起见，他叫我替你加上考特爵士的称号；祝福你，最尊贵的爵士！这一个尊号是属于你的了。

班柯

什么！魔鬼居然会说真话吗？

麦克白

考特爵士现在还活着，为什么你们要替我穿上借来的衣服呢？

安格斯

原来的考特爵士现在还活着，可是因为他自取其咎，犯了不赦的重罪，在无情的判决之下，将要失去他的生命。他究竟有没有和挪威人公然联合，或者曾经给叛党秘密的援助，或者同时用这两种手段来图谋颠覆他的祖国，我还不能确实知道；可是他的叛国的重罪，已经由他亲口供认，并且有了事实的证明，使他遭到了毁灭的命运。

麦克白

（旁白）葛莱密斯，考特爵士；最大的尊荣还在后面。（向洛斯、安格斯）谢谢你们的跋涉。（向班柯）她们叫我做考特爵士，果然被她们说中了；您不希望您的子孙将来做君王吗？

您要是果然相信了她们的话，也许做了考特爵士以后，还想把王冠攫到手里。可是这种事情很奇怪；魔鬼为了要陷害我们起见，往往故意向我们说真话，在小事情上取得我们的信任，然后我们在重要的关头便会堕入他的圈套。两位大人，让我对你们说句话。

麦克白

（旁白）两句话已经证实，这是我有一天将会跻登王座的幸运的预告。（向洛斯、安格斯）谢谢你们两位。（旁白）这种神奇的启示不会是凶兆，可是也不像是好兆。假如它是凶兆，为什么用一句灵验的预言，保证我未来的成功呢？我现在不是已经做了考特爵士了吗？假如它是好兆，为什么那句话会在我脑中引起可怖的印象，使我毛发森然，使我的心全然失去常态，勃勃地跳个不住呢？想象中的恐怖远过于实际上的恐怖；我的思想中不过偶然浮起了杀人的妄念，就已经使我全身震撼，心灵在疑似的猜测之中丧失了作用，把虚无的幻影认为真实了。

班柯

瞧，我们的同伴想得多么出神。

麦克白

（旁白）要是命运将会使我成为君王，那么也许命运会替我加上王冠，用不到我自己费力。

班柯

新的尊荣加在他的身上，就像我们穿上新衣服一样，在没有穿惯以前，总觉得有些不大适合身材似的。

麦克白

（旁白）无论事情怎样发生，最难堪的日子也是会过去的。

班柯

尊贵的麦克白，我们在等候着您的意旨。

麦克白

原谅我；我的迟钝的脑筋刚才偶然想起了一些已经忘记了的事情，两位大人，你们的辛苦已经铭刻在我的心版上，我每天都要把它翻开来诵读。让我们到王上那儿去。想一想最近发生的这些事情；等我们把一切详细考虑过了以后，再把各人心里的意思彼此开诚相告吧。

班柯

很好。

麦克白

现在暂时不必多说。来，朋友们。(同下)

第一幕　第七场

麦克白堡中一室

出场人物

麦克白　苏格兰将军

麦克白夫人　麦克白的妻子

高音笛奏乐，室中遍燃火炬。一司膳及若干仆人持食具上，自台前经过。麦克白 上。

麦克白

要是干了以后就完了，那么还是快一点干；要是凭着暗杀的手段，可以攫取美满的结果；要是这一刀砍下去，就可以完成一切，终结一切；要是我们就可以在这里跳过时间的浅濑，展开生命的新页……可是在这种事情上，我们往往可以看见冥冥中的裁判：教唆杀人的人，结果反而自己被人所杀；把毒药投入酒杯里的人，结果也会自己饮鸩而死。他到这儿来是有两重的信任：第一，我是他的亲戚，又是他的臣子，按照名分绝对不能干这样的事；第二，我是他做客之地的主人，应当保障他的身体的安全，怎么可以自己持刀行刺？而且，这个邓肯秉性仁慈，处理国政，从来没有过失，要是把他杀死了，他的生前的美德将要像天使一般发出喇叭一样清澈的声音，向世人昭告我的弑君重罪；"怜悯"像一个御气而行的天婴，将要把这可憎的行为揭露在每一个人的眼中，使眼泪淹没了天风。没有一种力量可以鞭策我前进，可是我的跃跃欲试的野心，却不顾一切地驱着我去冒颠覆的危险。

麦克白夫人 上。

麦克白

啊！什么消息？

麦克白夫人

他快要吃好了，你为什么跑了出来？

麦克白

他有没有问起我？

麦克白夫人

你不知道他问起过你吗？

麦克白

我们还是不要进行这一件事情。他最近给我极大的尊荣；我也好不容易从各种人的嘴里博到了无上的美誉，我的名声现在正在发射最灿烂的光彩，不能这么快就把它丢弃了。

麦克白夫人

难道你把自己沉浸在里面的那种希望，只是醉后的妄想吗？它现在从一场睡梦中醒来，因为追悔自己的孟浪，而吓得脸色这样苍白吗？从这一刻起，我要把你的爱情看作同样靠不住的东西。你不敢让你在自己的行为和勇气上跟你的欲望一致吗？你宁愿像一头畏首畏尾的猫儿，顾全你所认为生命的装饰品的名誉，不惜让你在自己眼中成为一个懦夫，让"我不敢"永远跟随在"我想要"的后面吗？

麦克白

请你不要说了。只要是男子汉做的事，我都敢做；没有人比我有更大的胆量。

麦克白夫人

那么当初是什么畜生使你把这一种企图告诉我呢？是男子汉就应当敢作敢为；要是你敢做你所不

能做的事，那才更是一个男子汉。那时候无论时间和地点都不曾给你下手的方便，可是你却居然会决意实现你的愿望；现在你有了大好的机会，你又失去勇气了。我曾经乳哺过婴孩，知道一个母亲是怎样怜爱那吮吸她乳汁的子女；可要是我也像你一样，曾经发誓下这样毒手的话，我会在他看着我的脸微笑的时候，夺取他的性命。

麦克白

假如我们失败了——

麦克白夫人

我们失败！只要你集中你的全副勇气，我们绝不会失败。邓肯赶了这一天辛苦的路程，一定睡得很熟；我再去陪他那两个侍卫饮酒作乐，灌得他们头脑模糊，记忆化成了一阵烟雾；等他们烂醉如泥，像死猪一样睡去以后，我们不就可以把那毫无防卫的邓肯随意摆布了吗？我们不是可以把这一件重大的谋杀罪案，推在他的酒醉的侍卫身上吗？

麦克白

愿你所生育的全是男孩子，因为你的无畏的精神，只应该铸造一些刚强的男性。要是我们在那睡在他寝室里的两个人身上涂抹一些血迹，而且就用他们的刀子，人家会不会相信真是他们干下的事？

麦克白夫人

等他的死讯传出以后，我们就假意装出号啕痛哭的样子，这样还有谁敢不相信？

麦克白

我的决心已定，我要用全身的力量，去干这件惊人的举动。去，用最美妙的外表把人们的耳目欺骗；奸诈的心必须罩上虚伪的笑脸。（同下）

第四幕　第三场

英格兰，王宫前

出场人物

马尔康　苏格兰国王邓肯之子

麦克德夫　苏格兰贵族

洛斯　苏格兰贵族

马尔康 及 麦克德夫 上。

马尔康

让我们找一处没有人踪的树荫，在那边把我们胸中的悲哀痛痛快快地哭个干净吧。

麦克德夫

我们还是紧握着利剑，像好汉子似的大踏步跨过我们颠覆了的身世吧。每一个新的黎明都听得见新孀的寡妇在哭泣，新失父母的孤儿在号啕，新的悲哀上冲霄汉，发出凄厉的回声，就像哀悼苏格兰的命运，替她奏唱挽歌一样。

马尔康

我要为我所知道的一切痛哭，我还要等待机会报复我的仇恨。您说的话也许是事实。一提起这个暴君的名字，就使我们切齿腐舌，可是他曾经有过正直的名声；您对他也有很好的交情；他也还没有加害于您。我虽然年轻识浅，可是您也许可以利用我向他邀功求赏，把一头柔弱无罪的羔羊向一个愤怒的天神献祭，不失为一件聪明的事。

麦克德夫

我不是一个奸诈小人。

马尔康

麦克白却是的。在尊严的王命之下，忠实仁善的人也许不得不背着天良行事，可是我必须请您原谅；您的忠诚的人格绝不会因为我用小人之心去测度它而发生变化；最光明的天使也许会堕落，可是天使总是光明的；罪恶虽然可以遮蔽美德，美德仍然会露出它的光辉来。

麦克德夫

我已经失去我的希望。

马尔康

也许您的希望就失去在使我发生怀疑的地方。您为什么不告而别，丢下您的妻子儿女、那些生活中的宝贵的原动力、爱情的坚强的联系，让他们担惊受险呢？请您不要把我的多心引为耻辱，为了我自己的安全，我不能不这样顾虑。不管我心里怎样想，也许您真是一个忠义的汉子。

麦克德夫

流血吧，流血吧，可怜的国家！不可一世的暴君，奠下你的安若泰山的基业吧，因为正义的力量不敢向你诛讨！忍受你的屈辱吧，这是你的已经确定的名分！再会，殿下；即使把这暴君掌握下的全部土地一起给我，再加上富庶的东方，我也不愿做一个像你所猜疑我那样的奸人。

马尔康

不要生气；我说这样的话，并不是完全为了不放心您。我想我们的国家呻吟在虐政之下，流泪，流血，每天都有一道新的伤痕加在旧日的疮痍之上；我也想到一定有许多人愿意为了我的权利奋臂而起，就在这里友好的英格兰，也已经有数千义士愿意给我助力；可是虽然这样说，要是我有一天能够把暴君的头颅放在足下践踏，或者把它悬挂在我的剑上，我的可怜的祖国却要在一个新的暴君的统治之下，滋生更多的罪恶，忍受更大的苦痛，造成更分歧的局面。

麦克德夫

这新的暴君是谁？

马尔康

我的意思就是说我自己；我知道在我的天性之中，深植着各种的罪恶，要是有一天暴露出来，黑暗的麦克白在相形之下，将会变成白雪一样纯洁；我们的可怜的国家看见了我的无限的暴虐，将会把他当作一头羔羊。

麦克德夫

踏遍地狱也找不出一个比麦克白更万恶不赦的魔鬼。

马尔康

我承认他嗜杀、骄奢、贪婪、虚伪、欺诈、躁急、凶恶，一切可以指名的罪恶他都有；可是我对女色的渴求是没有止境的：你们的妻子、女儿，都不能填满我的欲壑；我的猖狂的欲念会冲决一切节制和约束；与其让这样一个人做国王，还是让麦克白统治的好。

麦克德夫

无限制的纵欲是一种虐政，它曾经颠覆了不少王位，推翻了无数君主。可是您还不必担心，谁也不能禁止您满足您的分内的欲望；您可以一方面尽情欢乐，一方面在外表上装出庄重的神气，世人的耳目是很容易遮掩过去的。我们国内尽多自愿献身的女子，无论您怎样贪欢好色，也应付不了这许多求容取媚的娇娥。

马尔康

除了这一种弱点以外，在我的邪僻的心中还有一种不顾廉耻的贪婪，要是我做了国王，我一定要诛锄贵族，侵夺他们的土地；不是向这个人需索珠宝，就是向那个人需索房屋；我所有的越多，我的贪心越不知道餍足，我一定会为了图谋财富的缘故，向善良忠贞的人无端寻衅，把他们陷于死地。

麦克德夫

这一种贪婪比起少年的好色来，它的根是更深而更有毒的，我们曾经有许多过去的国王死在它的剑下。可是您不用担心，苏格兰有足够您享用的财富，它都是属于您的；只要有其他的美德，这些缺点都算不得什么。

马尔康

可是我一点没有君人之德，什么公平、正直、俭约、镇定、慷慨、坚毅、仁慈、谦恭、诚敬、宽容、勇敢、刚强，我全没有；各种罪恶却应有尽有，在各方面表现出来。嘿，要是我掌握了大权，我一定要把和谐的甘乳倾入地狱，扰乱世界的和平，破坏地上的统一。

麦克德夫

啊，苏格兰，苏格兰！

马尔康

你说这样一个人是不是适宜于统治？我正是做我所说那样的人。

麦克德夫

适宜于统治！不，这样的人是不该让他留在人世的。啊，多难的国家，一个篡位的暴君握着染血的御杖高踞在王座上，你的最合法的嗣君又亲口吐露了他是这样一个可诅咒的人，辱没了他的高贵的血统，那么你几时才能重见天日呢？（向马尔康）你的父王是一个最圣明的君主；生养你的母后每天在死中过活，她朝晚都在屈膝乞求上天的垂怜。再会！你自己供认的这些罪恶，已经把我从苏格兰放逐。啊，我的胸膛，你的希望永远在这儿埋葬了！

马尔康

麦克德夫，只有一颗正直的心，才会有这种勃发的忠义之情，它已经把黑暗的疑虑从我的灵魂上一扫而空，使我充分信任你的真诚。魔鬼般的麦克白曾经派了许多说客来，想要把我诱进他的罗网，所以我不得不着意提防；可是上帝鉴临在你我二人的中间！从现在起，我委身听从你的指导，并且撤回我刚才对我自己所讲的坏话，我所加在我自己身上的一切污点，都是我的天性中所没有的。我还没有近过女色，从来没有背过誓，即使是我自己的东西，我也没有贪得的欲念；我从不曾失信于人，我不愿把魔鬼出卖给他的同伴，我珍爱忠诚不亚于生命；刚才我对自己所作的诽谤，是我第一次说谎。那真诚的我，是准备随时接受你和我的不幸的祖国的命令的。在你还没有到这儿来以前，年老的西华德已经带领了一万个战士，向苏格兰出发了。现在我们就可以把我们的力量并合在一起；我们堂堂正正的义师，一定可以马到成功。您为什么不说话？

麦克德夫

好消息和恶消息同时传进了我的耳朵里，使我的喜怒都失去了自主。瞧，谁来啦！

马尔康

是我们国里的人，可是我还认不出他是谁。

洛斯 上。

麦克德夫

我的贤弟，欢迎。

马尔康

我现在认识他了。好上帝，赶快除去使我们成为陌路之人的那一层隔膜吧！

洛斯

殿下。

麦克德夫

苏格兰还是原来那样子吗？

洛斯

唉！可怜的祖国！它简直不敢认识它自己。它不能再称为我们的母亲，只是我们的坟墓；除了浑浑噩噩、一无所知的人以外，谁的脸上也不曾有过一丝笑容；叹息、呻吟、震撼天空的呼号，都是日常听惯的声音，不再能引起人们的注意；剧烈的悲哀变成一般的风气；葬钟敲响的时候，谁也不再关心它是为谁而鸣；善良人的生命往往在他们帽上的花朵还没有枯萎以前就化为朝露。

麦克德夫

啊！太巧妙，也是太真实的描写！

马尔康

最近有什么可为痛心的事情？

洛斯

一小时以前的变故，在叙述者的嘴里就已经变成陈迹了；每一分钟都产生新的祸难。

麦克德夫

我的妻子安好吗？

洛斯

呃，她很安好。

麦克德夫

我的孩子们呢?

洛斯

也很安好。

麦克德夫

那暴君还没有毁坏他们的平和吗?

洛斯

没有,当我离开他们的时候,他们是很平安的。

麦克德夫

不要吝惜你的言语,究竟怎样?

洛斯

当我带着沉重的消息,预备到这儿来传报的时候,一路上听见谣传,说是许多有名望的人都已经纷纷去位;这种谣言照我想起来是很可靠的,因为我亲眼看见那暴君的肆虐。现在是应该出动全力,挽救祖国沦夷的时候了；你们要是在苏格兰出现，可以使男人们个个变成军士，使女人们愿意为了从她们的困苦之下获得解放而奋斗。

马尔康

我们正要回去，让这消息作为他们的安慰吧。友好的英格兰已经借给我们西华德将军和一万兵士，所有国家里找不出一个比他更老练更优秀的军人。

洛斯

我希望我也有同样好的消息给你们！可是我所要说的话，是应该把它在荒野里呼喊，不让它钻进人们耳中的。

麦克德夫

它是关于哪方面的？是和大众有关的呢？还是一两个人单独的不幸？

洛斯

天良未泯的人，对于这件事谁都要觉得像自己身受一样伤心，虽然你是最感到切身之痛的一个。

麦克德夫

倘然那是有关于我的事，那么不要瞒过我；快让我知道了吧。

洛斯

但愿你的耳朵不要从此永远憎恨我的舌头，因为它将要让你听见你有生以来所听到的最惨痛的声音。

麦克德夫

哼，我猜到了。

洛斯

你的城堡受到袭击；你的妻子和儿女都惨死在野蛮的刀剑之下；要是我把他们的死状告诉你，那么不但他们已经成为猎场上被杀害的驯鹿，就是你也要痛不欲生的。

马尔康

慈悲的上天！什么，朋友！不要把你的帽子拉下来遮住你的额角；用言语把你的悲伤宣泄出来吧；无言的哀痛是会向那不堪重压的心低声耳语，叫它裂成碎片的。

麦克德夫

我的孩子也都死了吗？

洛斯

妻子、孩子、仆人，凡是被他们找得到的，杀得一个不存。

麦克德夫

我却必须离开那里！我的妻子也被杀了吗？

洛斯

我已经说过了。

马尔康

请宽心吧；让我们用壮烈的复仇做药饵，治疗这一段残酷的悲痛。

麦克德夫

他自己没有儿女，却把我的可爱的宝贝们都杀死了吗？你说他们一个也不存吗？啊，地狱里的恶鸟！一个也不存？什么！我的可爱的鸡雏们和他们的母亲一起葬送在毒手之下了吗？

马尔康

放出丈夫的气概来。

麦克德夫

我要放出丈夫的气概来，可是我不能抹杀我的人类的感情。我怎么能够把我所最珍爱的人置之度外，不去想念他们呢？难道上天看见这一幕惨剧，而不对他们抱以同情吗？罪恶深重的麦克德夫！他们都是为了你的缘故而死于非命。我真该死，他们没有一点罪过，只是因为我自己不好，无情的屠戮才会降临到他们的身上。愿上天给他们安息！

马尔康

把这桩仇恨作为磨快你剑锋的砺石；让哀痛变成愤怒；不要让你的心麻木下去，激起它的怒火吧。

麦克德夫

啊！我可以一方面让我的眼睛里流着妇人之泪，一方面让我的舌头发出大言壮语。可是仁慈的上天，求你撤除一切中途的障碍，让我跟这苏格兰的恶魔正面相对，使我的剑能够刺到他的身上；要是我放他逃走了，那么上天饶恕他吧！

马尔康

这几句话说得很像个汉子。来，我们见国王去；我们的军队已经调齐，一切全备，只待整装出发。麦克白气数将绝，天诛将至；黑夜无论怎样悠长，白昼总会到来。（同下）

（朱生豪 译）

莎士比亚

威廉·莎士比亚（William Shakespeare），英国文学家、剧作家，1564年4月23日出生于英国沃里克郡的斯特拉福小镇，1616年4月23日因病离世，享年整整52岁。在他不算长的一生中，创作出无数伟大的戏剧作品，写尽人间冷暖、悲欢离合、善恶美丑。去世四百年来，他的作品依然在全世界的舞台、剧院上演，在读者中间一代代传递，再没有第二个剧作家的影响力能超过他。

莎士比亚的创作大致可分为三个阶段：早期主要是正面宣扬人文主义理想，充满愉快乐观的浪漫主义色彩的喜剧和历史剧；中期随着对现实认识的深入，剧作的批判力度加强，转为悲剧为主；到了晚年，愤世嫉俗的莎翁性情变得越来越平和，作品呈现出返璞归真的倾向，多宣扬宽恕和容忍的主题。

朱生豪

朱生豪（1912—1944），中国著名翻译家，生于浙江嘉兴，曾就读于杭州之江大学国文系与英文系，大学毕业后赴上海世界书局任英文编辑之职，参与编纂《英汉四用辞典》。1935年着手为世界书局翻译莎士比亚全集，1937年日寇侵入上海，辗转流徙，贫病交加，仍坚持翻译，先后共译出莎剧三十一个半，尚存历史剧五个半。1944年12月26日，因肺结核含怨离世，享年32岁。他是中国翻译莎士比亚作品较早的人之一，译文质量典雅生动，为国内外莎士比亚研究者公认。

兰姆姐弟

兰姆姐弟,即查尔斯·兰姆(Charles Lamb,1775—1834)和玛丽·兰姆(Mary Lamb,1764—1847),英国著名的散文家、诗人、剧作家,代表作:《伊利亚随笔》等。为了让小读者们也可以欣赏莎士比亚的作品,他们决定动手改写莎翁名著,把原著的精华神韵,以浅显易懂的文字向孩子呈现。这个计划在当时遭到不少非议,甚至有人认为他们是在毁坏莎翁经典。但凭借着和莎翁心灵上的默契、深厚的语言功力,他们改写的戏剧故事受到了无数孩子的喜爱,也让大人们转变了看法。并且,随着时间的验证,兰姆姐弟的改写本已经成为和莎士比亚戏剧一样为人们所称道的经典之作。这种改写本受到和原著一样高度的评价,甚至出现比原著更受欢迎的情形,在世界文学史上也是极为罕见的。

漪然

　　漪然（1977—2015），原名戴永安，儿童文学作家、翻译家，生于安徽芜湖，3岁意外致残，8岁开始自学，14岁从事专业写作，2015年因病去世，年仅38岁，一生共创作并翻译作品200多部。代表著作：《四季短笛》《忘忧公主》《记忆盒子》《心弦奏响的一刻》等；代表译作：《月亮的味道》《一个孩子的诗园》《莎士比亚戏剧故事集》《海精灵》《不一样的卡梅拉》等。

莎士比亚（少年版）

作者 _ [英]威廉·莎士比亚

改写 _ [英]查尔斯·兰姆　　[英]玛丽·兰姆

译者 _ 朱生豪　潇然

产品经理 _ 王奇奇　　装帧设计 _ 何月婷　　产品总监 _ 李静

技术编辑 _ 陈杰　　责任印制 _ 梁拥军　　策划人 _ 于桐

插画绘制 _ 宋祥瑜

果麦

www.guomai.cc

以 微 小 的 力 量 推 动 文 明

Shakespeare

莎士比亚
少年版

The Merchant of Venice

威尼斯商人

[英]威廉·莎士比亚　著

[英]查尔斯·兰姆　[英]玛丽·兰姆　改写

朱生豪　澍然　译

北方联合出版传媒(集团)股份有限公司
万卷出版有限责任公司

会闪光的不全是金子。

All that glisters is not gold.

戏剧故事

The Merchant of Venice

威尼斯商人

威尼斯住着一个放高利贷的犹太人夏洛克。他借钱给其他的商人，靠着捞取高昂的利息，大发横财。他是个刻薄的小人，讨起债来斤斤计较，使得许多人都讨厌他，尤其是一位名叫安东尼奥的年轻的威尼斯商人。安东尼奥特别看不起夏洛克，夏洛克也特别恨他，因为安东尼奥时常借钱给有困难的人，而且从来不收利息。因此，贪婪的夏洛克和慷慨的安东尼奥之间就结下了深深的仇怨。安东尼奥在商业交易所碰到夏洛克时，总是谴责后者放高利贷时的刻薄行为。而那个夏洛克表面上很耐心地听着，暗地里却打定主意要报复安东尼奥。

安东尼奥是世界上最善良的人了，他很富有，而且一向乐意帮助别人。大家都深深地爱戴他。不过他最亲密、来往也最多的一个朋友还是巴萨尼奥。巴萨尼奥是威尼斯的一个贵族，家境本来就不宽裕，加上为了虚荣心大肆地挥霍——就像那些地位高而财产少的年轻人一样，他那点小小家当很快就全部耗尽了。而每当巴萨尼奥缺钱用的时候，安东尼奥都会接济他，他们两人不但一条心，还合用一只钱包。

一天，巴萨尼奥来找安东尼奥，说他想跟一位他深爱着的小姐结婚。这位小姐的父亲最近死了，并给她留下一大笔遗产。她父亲还在世的时候，巴萨尼奥常常到她家去做客，有时候，他能够感觉到她含情脉脉的眼神，就好像是在对他说，如果他来求婚，她是不会拒绝的。可是要跟这样有钱的小姐谈恋爱，没有钱来摆摆排场是不行的，他就来恳求安东尼奥，请这位一贯助人为乐的好朋友再帮他一次忙：借给他三千块金币。

安东尼奥没有那么多现钱借给朋友，可是他想到自己有些满载货物的商船，不久就会开回来，就决定去找那个放高利贷的富翁夏洛克，用自己的船只作担保，先向他借这笔钱。

安东尼奥和巴萨尼奥一起去了夏洛克那里。安东尼奥向夏洛克开口借三千块金币，并答应付给他高昂的利息，用那些商船上载的货物来还。这时候，夏洛克却在暗想："要是我有一天抓住他的把柄，一定要痛痛快快地向他报复那些宿怨。他瞧不起我，他借钱给人不取利钱，还在商人会集的地方当众辱骂我，说我辛辛苦苦赚下来的钱都是盘剥来的。要是我饶过了他，就让我受诅咒吧！"

安东尼奥急等钱用，见夏洛克没有作答，反而显出一副沉思的样子，就急切地说："夏洛克，你听见了吗？这钱你借还是不借呀？"

这时，夏洛克才开口回答道："安东尼奥先生，好多次您在交易所里骂我，说我盘剥取利，我总是耸耸肩膀，没有跟您争辩，一再忍耐。后来您又骂我是杀人的狗，把唾沫吐在我的犹太长袍上，用您的脚踢我，好像我是您门口的一条野狗一样。哦，看来现在是您来向我求助了。可您就这样跑来见我，说什么'夏洛克，我要几个钱'。一条狗会有钱吗？一条恶狗能够借人三千块金币吗？或者我是不是应该弯下身子，恭恭敬敬地说：'好先生，您在上星期三把唾沫吐在我身上，还有一天您骂我是狗……为了

报答您这许多恩典，所以我要借给您这么些钱呀！'"

安东尼奥回答："我恨不得再这样骂你、啐你、踢你。要是你愿意把这钱借给我，不要把它当作借给你的朋友，你就把它当作借给你的仇人吧。倘使我失了信用，你尽管拉下脸来照约处罚就是了。"

"哎哟，瞧您呀，"夏洛克说，"火气有多旺啊！我愿意跟您交个朋友，得到您的友情。您从前加在我身上的种种羞辱，我愿意完全忘掉。您现在需要多少钱，我愿意如数供给您，而且不要您一个子儿的利息。"

这个看起来如此慷慨的表示使安东尼奥大为吃惊。而这时夏洛克继续假仁假义地说，他这样做全是为了得到安东尼奥的友谊。只是安东尼奥得跟他到一个律师那里去，开玩笑似的签一张借约：如果在约定的日子还不上钱，安东尼奥就得赔偿一磅肉，随便夏洛克从他身上割哪块儿。

"好吧，"安东尼奥说，"我愿意签下这样一张约，还要对别人说这个犹太人的心肠不算坏呢。"

巴萨尼奥叫安东尼奥不要为了他签这样的借据，可安东尼奥坚持要签，因为他相信自己的船会在还钱的期限之前回来，船上货物的价值要比这笔借款多出许多倍呢。

夏洛克听到这场争论，就大声说："老祖宗啊！瞧这些家伙的疑心病有多重！他们自己待人刻薄，所以就认为人人都有这种想法。请您告诉我，巴萨尼奥，要是他到期不还，我照着约上规定的条款向他执行处罚，那对我又有什么好处？从人身上割下来的一磅肉，它的价值可以比得上一磅羊肉、牛肉或是山羊肉吗？我为了要博得他的好感，所以才向他卖这样一个交情。要是他愿意接受我的条件，很好，否则就算了。"

最后，安东尼奥不听巴萨尼奥的劝告，还是签了借约，他觉得这不过是（像那个犹太人说的）闹着玩儿罢了。

巴萨尼奥想娶的那位小姐就住在离威尼斯不远的一个叫贝尔蒙特的地方，她名叫鲍西娅，在容貌和才智上，比起古代凯图的女儿、勃鲁托斯的贤妻鲍西娅来，她也毫不逊色。巴萨尼奥得到了安东尼奥冒着风险给他筹集来的慷慨资助以后，就领着一队衣着华丽的侍从，在一位名叫葛莱西安诺的先生的陪伴下来到了贝尔蒙特。

巴萨尼奥的求婚十分顺利，没多久鲍西娅就答应嫁给他了。

巴萨尼奥老老实实地告诉鲍西娅说，他没有什么财产，他可以夸耀的只不过是他生在上等家庭，祖上是贵族罢了。鲍西娅爱上他本来就是为了他那可贵的人品。她自己很有钱，因而不在乎丈夫有没有钱。于是她很谦逊大方地对他说，她愿自己有一千倍的美丽、一万倍的富有，这样才更加配得上他。随后，多才多艺的鲍西娅很谦虚地贬低自己说：她是个没受过多少教育、没念过许多书、没有什么经验的女孩子，幸而她还年轻，还能学习，她要把自己柔顺的心灵托付给他，事事都受他的指导、管教。

她说："我自己以及我所有的一切，现在都变成您的所有了。昨天我还拥有着这一座华丽的大厦，我的仆人都听从着我的指挥，我是支配我自己的女王，可是就在现在，这大厦、这些仆人和这一个我，都是属于您的了，我的夫君。凭着这一个指环，我把这一切完全呈献给您。"说着，她交给了巴萨尼奥一枚戒指。

富有而且高贵的鲍西娅竟用这样亲切的态度来接受一个没什么钱的丈夫，巴萨尼奥感到分外感激和惊奇。他简直不知道该怎样表示他的快乐，还有对如此尊重他的小姐的崇敬之心，只断断续续说了一些爱慕和感谢的话，然后接过戒指来，发誓说：他将永远戴着它不离手。

鲍西娅就这样落落大方地答应嫁给巴萨尼奥，成为他柔顺的妻子，此时，葛莱西安诺和鲍西娅的丫鬟尼莉莎也都在场，各自侍候着他们的少爷和小姐。葛莱西安诺向巴萨尼奥和那位慷慨的小姐道了喜，并请求准许他也同时举行婚礼。

"我全心全意地赞成，葛莱西安诺，"巴萨尼奥说，"只要你能找到一个妻子。"

葛莱西安诺说，他已经爱上了鲍西娅的那位漂亮的丫鬟尼莉莎，而她也已经答应要是她的女主人嫁给巴萨尼奥，她就嫁给葛莱西安诺。鲍西娅问尼莉莎是真的吗，尼莉莎回答说："是真的，小姐，要是您赞成的话。"鲍西娅欣然同意。

巴萨尼奥愉快地说："葛莱西安诺，我们的喜宴有你们的婚礼添兴，那真是喜上加喜了。"

这两对情人此时的兴高采烈，却不幸被一个送信人的闯入打断了，他从安东尼奥那里带来了一封信，里面写着可怕的消息。巴萨尼奥看到那封信，

脸色顿时惨白，鲍西娅担心是他的什么好朋友死了，就问他是什么消息让他这样难过，他说道："啊，亲爱的鲍西娅！这信里所写的，是自有纸墨以来最悲惨的字句。好小姐，当我初次向您倾吐我的爱慕之忱的时候，我坦白地告诉您，我高贵的家世是我仅有的财产，可是，我还应该告诉你，我不但一无所有，还负着一身债务。"然后巴萨尼奥将一切经过告诉了鲍西娅，说到他怎样向安东尼奥借钱，而安东尼奥又怎样去夏洛克那里通融；也说到安东尼奥签了那张借约，债务到期那天如果付不出钱来，就要赔上一磅肉。

随后，巴萨尼奥就念起安东尼奥的信来，信里说："亲爱的巴萨尼奥，我的船全都沉了，如果按照跟夏洛克签的那张借约上面规定的受罚，割去一磅肉以后，我估计性命也保不住，我希望临死能见你一面。如果你现在不忍和爱人离别，我也不勉强你，就将这封信放在一边好了。"

"啊，我亲爱的，"鲍西娅说，"把事情安排一下，立刻去吧。你可以带着偿还这笔小小借款的二十倍那么多的钱去，万万不能因为你的过失，害这样一位好朋友损伤一根毛发。你既然是用这么大的代价换来的，我一定要格外珍爱你。"

然后鲍西娅提议在巴萨尼奥动身之前结婚，这样巴萨尼奥才好取得使用她的钱财的合法权利。他们当天就结了婚，葛莱西安诺也娶了尼莉莎。婚礼刚结束，巴萨尼奥就立刻匆匆忙忙地动身来到威尼斯，在监牢中找到了安东尼奥。

还债的日期已经过了，狠毒的夏洛克不肯收巴萨尼奥的钱，坚持要得到安东尼奥身上的一磅肉，这桩惊人案件将由威尼斯公爵主审，审判日子也确定了下来。巴萨尼奥心慌意乱地等候着这一天的到来。

鲍西娅跟丈夫分别时，虽然很愉快地说要等他和他的好朋友一起回来，实际上，她担心安东尼奥会凶多吉少。只剩下自己一个人时，她就思量着能不能尽力帮上些忙，去救救她亲爱的巴萨尼奥的这个朋友。为了尊重丈夫，鲍西娅曾经用一个贤惠妻子的那种温顺态度对他说，他比她聪明能干，因此，在一切事情上她都会听从他的指示。可她觉得不能就这样眼看着她敬爱的丈夫的朋友送命。她确信自己能助他们一臂之力，并且凭自己那准确无误的判断力的指点，立刻决定亲自到威尼斯去替安东尼奥辩护。

鲍西娅有一位律师亲戚，名为裴拉里奥。她给这位先生写了一封信，告诉了他这一案情，征求他的意见，并且希望他能够寄给她一套律师穿的衣服。派去的送信人回来以后，就给鲍西娅带来了她需要的服装以及裴拉里奥关于进行辩护的意见。

鲍西娅和丫鬟尼莉莎都穿上了男人的衣裳，鲍西娅还披上律师的长袍，带着尼莉莎，作为她的秘书。她们匆匆动身，在开庭的当天赶到了威尼斯。案子刚要当着威尼斯公爵和元老们的面在元老院开审，鲍西娅就走进了这个高等法庭。她递上那位有学问的律师裴拉里奥写给公爵的一封信，说他本想亲自来替安东尼奥辩护，可是因病不能出庭，所以请求允许让这位学识渊博的年轻博士鲍尔萨泽（他这样称呼鲍西娅）代表他出庭辩护。公爵批准了这个请求，同时对这个年轻陌生人的英俊感到惊奇：她披着律师的袍子，戴着一顶律师的夸张的假发，乔装得很是好看。

就这样，一场重大的审判开始了。鲍西娅环顾四周，看到了那个毫无仁慈心的夏洛克。她也看到了巴萨尼奥，可他却没认出乔装的鲍西娅来。

他正站在安东尼奥旁边，替他的朋友提心吊胆，十分痛苦。

这个温柔的妻子想到自己担任的这件艰巨工作有多么重要，就鼓起了勇气，大胆地执行她所承担下来的职责。她先对夏洛克讲话，承认根据威尼斯的法律，他有权索取借约里写明的那一磅肉，然后她说起仁慈有多么高贵，说得那样动听，除了毫无心肝的夏洛克以外，随便什么人听了也会心软下来。她说：仁慈就像从天上降下尘世的甘霖一样。仁慈是双重的幸福，奉献它的人感到幸福，得到它的人也感到幸福。仁慈如同一种神性，对君王来说，它比王冠还要贵重。在世俗的公道中包含仁慈的成分越多，它就越接近上帝的威权。她要夏洛克记住，我们既然都祷告上帝，恳求他对我们仁慈，那么这个祷文也应当教我们对别人仁慈。夏洛克却只是回答她，他要讨回借约上规定的那一磅肉。

"他是不是无力偿还这笔借款？"鲍西娅问。

巴萨尼奥立即表示他愿意替朋友付出三千块金币，除此以外，随便夏洛克要加多少倍的钱都可以给。可是夏洛克拒绝了这个建议，还是一口咬定要安东尼奥身上的一磅肉。

巴萨尼奥央求这位学问渊博的年轻律师想法变通一下法律条文，救一救安东尼奥的命，可是鲍西娅很庄重地说，法律一经订立，那是绝对不能变动的。夏洛克听到鲍西娅说起法律是不能变动的，觉得她好像站在自己这方说话了，高兴地说："一个但尼尔（以色列人的著名预言家，以善于判案闻名于世）来做法官了！聪明的青年法官啊，我真佩服你！你的学问比你的年纪要大多啦！"

这时，鲍西娅要求夏洛克让她看一看那张借约。看完之后，她说："应该照借约规定的来处罚。根据法律，夏洛克有权要求从安东尼奥的胸口割下一磅肉来。"然后，她又转身对夏洛克说，"还是慈悲一点，把钱拿去，让我撕了这张借约吧。"

可是冷酷的夏洛克是不肯发慈悲的。他说："凭着我的灵魂起誓，谁也不能用他的口舌改变我的决心。"

"好，那么安东尼奥，"鲍西娅说，"你必须准备让他的刀子刺进你的胸膛了。"

当夏洛克兴奋地磨着一把长刀，准备来割那一磅肉的时候，鲍西娅问安东尼奥："你还有什么话要说吗？"

安东尼奥带着平静豁达的神情回答说，他没什么可说的，因为他早就准备好去死了。然后他对巴萨尼奥说："把你的手给我，巴萨尼奥，再会吧！不要因为我为了你遭到这种结局而悲伤。替我问候尊夫人，告诉她我怎样爱过你！"

　　巴萨尼奥的心里痛苦万分，就回答说："安东尼奥，我爱我的妻子，就像爱我自己的生命一样。可是我的生命、我的妻子以及整个的世界，在我的眼中都比不上你的生命更为贵重。只要能救你，我愿意丧失一切，把它们献给这恶魔做牺牲。"

　　尽管丈夫用这么强烈的言辞来表示他对安东尼奥忠实的友情，善良的妻子倒是一点儿也没气恼，不过她禁不住说了一句："尊夫人要是就在这儿听见您说这样的话，恐怕不见得会感谢您吧。"

　　接着，一举一动都喜欢模仿他主人的葛莱西安诺，觉得他也应该说几句像巴萨尼奥那样的话。扮作律师秘书的尼莉莎这时候正在鲍西娅身边写着什么，葛莱西安诺就当着她的面说："我有一个妻子，我可以发誓我是爱她的。可是我希望她马上归天，好去请求上帝改变这恶狗一样的夏洛克的心。"

　　"幸亏你是在她的背后说这样的话，否则你们家一定要吵得鸡犬不宁。"尼莉莎说。

夏洛克这时候不耐烦了，大声嚷着："别再浪费时间了，请快点儿宣判吧！"

此刻，法庭里充满了一种不安的预感，每颗心都在替安东尼奥悲痛着。

鲍西娅问称肉的天平预备好了没有，然后对那个夏洛克说："夏洛克，你得请一位外科医生来替他堵住伤口，免得他流血而死。"

夏洛克整个的打算就是叫安东尼奥流血，这样好要他的命，因此对这些请求只干脆回答一句："我找不到。借约里根本就没这一条。"

"那么，"鲍西娅说，"安东尼奥身上的一磅肉是你的了。法庭判给你，法律许可你，你可以从他胸脯上割这块肉。"

夏洛克又一次大叫着："明智又正直的法官！一位但尼尔来裁判啦！"随后他重新磨起他那把长刀，急切地望着安东尼奥说，"来，准备好吧！"

"等一等，夏洛克，"鲍西娅说，"还有别的话哩。这借约上并没有允许你取他的一滴血，只是写明着'一磅肉'。你在割肉的时候，要是流下一滴安东尼奥的血，你的土地财产，按照威尼斯的法律，就要全部充公。"

夏洛克当然没法子割掉一磅肉又不让安东尼奥流一点血，于是鲍西娅这个聪明的发现——借约上只写了肉而没有写血——就救了安东尼奥的命。大家都为想出这条妙计的年轻律师的惊人机智所折服，元老院里四面八方欢声雷动。葛莱西安诺用夏洛克的话大声嚷道："啊，明智又正直的法官！看吧，夏洛克，一位但尼尔来裁判啦！"

夏洛克这才发觉他的毒计一败涂地，就带着沮丧的神情说，他愿意接受还款。巴萨尼奥因为安东尼奥出乎意外地得了救，非常高兴，就嚷着："把钱拿去吧！"

可是鲍西娅阻止了他，说："别忙，慢点儿！他除了照约处罚以外，不能接受其他的赔偿。因此，夏洛克，准备好割那块肉吧。可是你当心别让他流出血来。要是你割下来的肉，比一磅略微轻一点或是重一点，即使相差只有一丝一毫，那就要照威尼斯的法律被判死罪，你的财产要全部充公。"

"把我的本钱还我，放我去吧。"夏洛克说。

"我准备好了，"巴萨尼奥说，"你拿去吧。"

夏洛克刚要接过钱来，鲍西娅又把他拦住了，说："等一等，夏洛克。根据威尼斯的法律，因为你设下诡计，想谋害一个市民的性命，你的财产已经充公没入公库，你的死活也要悉听公爵处置。因此，跪下来，求他饶恕吧。"

公爵对夏洛克说："为了让你瞧瞧仁慈的精神，你虽然没有向我开口，我已经自动饶恕了你的死罪。不过你的财产一半划归安东尼奥，还有一半要没入公库。"

慷慨的安东尼奥说，只要夏洛克肯签个字据，答应在他临死时把财产留给女儿和女婿，安东尼奥情愿放弃夏洛克应该给他的那一半财产。原来安东尼奥知道夏洛克有个独生女儿，她违背父亲的意思，跟一个年轻人结了婚，这个人名叫罗兰佐，是安东尼奥的朋友。他们的结婚惹恼了夏洛克，他最近已经宣布取消女儿的财产继承权。

夏洛克答应了这个条件。想要报复的阴谋失败了，财产又大大受了损失，他只好说："请你们允许我回家吧，我不大舒服。字据写好了送到我家里，我在上面签名就是了。"

"那么你就去吧，"公爵说，"可是你一定要签那张字据。要是你悔悟了过去的错误，国家还会赦免你，把那一半财产也发还给你。"

公爵这时释放了安东尼奥，宣布审判已经结束。然后他大大夸奖这个年轻律师的才智，邀他到家里去吃饭。鲍西娅一心想赶在丈夫前头回到贝尔蒙特去，就回答说："您这番盛情我心领了，可我必须现在就动身赶回去。"公爵说，律师这样忙，不能留下来一道吃顿饭，他觉得很遗憾。然后他转过身来，对安东尼奥补充一句："好好报答这位先生吧，你这回得救可全亏了他。"

公爵和他的元老们退庭了。巴萨尼奥对鲍西娅说："最可尊敬的先生，多亏您的机智，我和我的朋友安东尼奥今天才免去一场无妄之灾。这三千块金币本来是预备还那坏家伙夏洛克的，请您收下吧！"

"您的大恩大德，我们永远不会忘记。"安东尼奥也说道。

鲍西娅不管怎样也不肯收那笔钱。不过当巴萨尼奥再三恳求她接受点报酬时，她说道："那么把你的手套送给我吧，我要戴着留个纪念。"于是，巴萨尼奥就把手套脱了下来，她一眼望到他手指上戴着她送的那枚戒指。原来这位乖巧的夫人是想把那枚戒指弄到手，好在见到巴萨尼奥的时候跟他开开玩笑。看见那戒指，她就说："您既然是一片诚意，那么就把这戒指送给我吧。"

巴萨尼奥十分为难，因为律师要的正是他唯一不能离身的东西。他惶惶不安地说，这枚戒指他实在不能送人，因为这是他妻子的礼物，他已经发过誓，要终身戴着它。可是他愿意把威尼斯最贵重的戒指弄来送给他，并且去公开征求。听到这话，鲍西娅故意装作很不高兴的样子。她一边走出法庭，一边说："先生，您这是教会我怎样对付一个乞丐了！"

"亲爱的巴萨尼奥，"安东尼奥说，"让他把那指环拿去吧。看在他的功劳和我的交情分上，违犯一次尊夫人的命令，想来不会有什么要紧。"

巴萨尼奥很惭愧自己显得这样忘恩负义，就让步了。他派葛莱西安诺拿着戒指去追上鲍西娅。随后，曾给过葛莱西安诺一枚戒指的秘书尼莉莎，就也照样向他要戒指。葛莱西安诺随手就给了她（他在慷慨上不甘心落在主人的后头）。两位夫人想到丈夫回家以后，她们可以怎样责备他们一顿，一口咬定说他们把戒指当作礼物送给别的女人了，都忍不住笑起来。

一个人做了件好事，心里总是畅快的。鲍西娅回家以后，也是这样。她看到什么都觉得很快活，月光从来没有比那晚更加皎洁。当那轮看了令人喜欢的月亮隐藏到云彩后面时，从她贝尔蒙特的家里透出来的一束灯光，也使她充满了愉悦的幻想。她对尼莉莎说："那灯光是从我家里发出来的。一支小小的蜡烛，它的光照耀得多么远！一件善事也正像这支蜡烛一样，在这罪恶的世界上发出广大的光辉。"听到家里传来乐声，她说，"我觉得那音乐比在白天好听得多哪。"

于是，鲍西娅和尼莉莎进了房间，各自换上原来的装束，等着她们的丈夫归来。没过一会儿，他们就带着安东尼奥一道回来了。巴萨尼奥把他亲密的朋友介绍给他的夫人鲍西娅，鲍西娅正在祝贺安东尼奥脱险，并且表示欢迎，却在这时看到尼莉莎跟她的丈夫在房间的一个角落里拌起嘴来了。

"已经在吵架了吗？"鲍西娅说，"出了什么事？"

葛莱西安诺回答说："夫人，都是为了尼莉莎给过我的一枚不值钱的镀金戒指。上面刻着的诗句，就跟那些刀匠们刻在刀子上的差不多，什么'爱我，不要离开我'。"

"你管它什么诗句，什么值钱不值钱？"尼莉莎

说，"我给你的时候，你曾经向我发誓，说你要戴着它直到死去。可现在你说你送给律师的秘书了。我知道你准是把它给了别的女人。"

"我举手起誓，"葛莱西安诺回答说，"我给了一个年轻人，一个年纪小小、发育不全的孩子。他的个儿并不比你高，是那个律师的秘书。他是个多话的孩子，一定要我把这指环给他做酬劳，我实在不好意思不给他呀。"

鲍西娅说："葛莱西安诺，这是你的不对了。你怎么可以把你妻子的第一件礼物随随便便给了人？我也曾经送给我的丈夫一枚指环，我敢说，即使拿世间所有的财富和他交换，他也不会跟它分手的。"

这时，为了掩饰自己的过失，葛莱西安诺就说："我的主人巴萨尼奥早把他的戒指给了那位律师啦，然后那个费了些力气抄写的孩子——那律师的秘书，才把我的戒指也要了去。"

鲍西娅听见这话，表现出非常生气的样子，责备巴萨尼奥不该把她的戒指送人。她说，她相信尼莉莎的话，戒指一定是送给了什么女人。

巴萨尼奥为了他亲爱的夫人这样气恼，心里很难过。他十分恳切地说："我用我的名誉起誓，戒指并不是给了什么女人，而是给了一位法学博士。他不接受我送给他的三千块金币，一定要那枚戒指。我不答应，他就老大不高兴地去了。亲爱的鲍西娅，你说我怎么办好呢？只好叫人追上去送给他，我不能让自己沾上忘恩负义的污点。原谅我吧，好夫人，要是那时候你也在那儿，我想你一定也会恳求我把这指环送给这位可敬的博士。"

"啊，"安东尼奥说，"你们两对夫妻的不愉快，都是为了我的缘故。"

鲍西娅请安东尼奥不要为这一点事情难过，因为无论如何，他都是受欢迎的。于是，安东尼奥说："我曾经为了巴萨尼奥的幸福，把我自己的身体向人抵押，多亏了那个把您丈夫的指环拿去的人，否则我已送了性命。现在我敢再立一张契约，以我的灵魂为担保，保证您的丈夫决不会做出对您背信的行为。"

"那么您就是他的保人了，"鲍西娅说，"请把这枚戒指给他，叫他保存得比上回那一个好些。"

巴萨尼奥看见这枚戒指，感到非常奇怪，因为这跟他送掉的那只一模一样。这时，鲍西娅才告诉他说，她就是那个年轻的律师，而尼莉莎是她的秘书。当巴萨尼奥知道原来救安东尼奥性命的，正是他胆略过人的聪明妻子的时候，一时间真是又惊又喜，都说不出话来了。

这时，鲍西娅再一次对安东尼奥表示欢迎，并将一封碰巧落到她手里的信交给他，信里说，原本安东尼奥以为沉没了的商船，此时此刻已经安全抵达港口。于是，这个富商的故事的不幸开端，就在这接踵而来的意外好运中被完全遗忘了。现在他们可有的是闲情逸致来谈论那两枚戒指可笑的经历，还有两个认不出自己妻子的丈夫了。葛莱西安诺还快活地发表了一番押韵的演说，其中两句是这样的：

——在他有生之年，不怕天塌地陷，
只怕一个大意，丢了尼莉莎的指环。

（潇然 译）

剧本节选

第四幕　第一场

威尼斯；法庭

出场人物

公爵　威尼斯的统治者

安东尼奥　威尼斯商人

巴萨尼奥　安东尼奥的好友

萨拉里诺　安东尼奥和巴萨尼奥的朋友

夏洛克　犹太商人

葛莱西安诺　巴萨尼奥的随从

鲍西娅　巴萨尼奥的妻子

尼莉莎　鲍西娅的侍女

威尼斯众士绅、法庭官吏、狱吏及其他侍从

公爵、众士绅、安东尼奥、巴萨尼奥、葛莱西安诺、萨拉里诺 及余人等同上。

公爵

安东尼奥有没有来？

安东尼奥

有，殿下。

公爵

我很替你不快乐；你是来跟一个心如铁石的对手当庭质对，一个不懂得怜悯、没有一丝慈悲心的不近人情的恶汉。

安东尼奥

听说殿下曾经用尽力量，劝他不要过为已甚，可是他一味坚持，不肯略作让步。既然没有合法的手段可以使我脱离他的怨毒的掌握，我只有用默忍迎受他的愤怒，安心等待着他的残暴的处置。

公爵

来人，传那犹太人到庭。

萨拉里诺

他在门口等着，他来了，殿下。

夏洛克 上。

公爵

大家让开些，让他站在我的面前。夏洛克，人家都以为你不过故意装出这一副凶恶的姿态，到了最后关头，就会显出你的仁慈恻隐来，比你现在这种表面上的残酷更加出人意料。现在你虽然坚持着照约处罚，一定要从这个不幸的商人身上割下一磅肉来，但到了那时候，你不但愿意放弃这一种处罚，而且因为受到良心上的感动，说不定还会豁免他一部分的欠款。人家都是这样说，我也是这样猜想着。你看他最近接连遭逢的巨大损失，足以使无论怎样富有的商人倾家荡产，即使铁石一样的心肠，从来不知道人类同情的野蛮人，也不能不对他的境遇产生怜悯。犹太人，我们都在等候你一句温和的回答。

夏洛克

我的意思已经向殿下告禀过了；我也已经起誓，一定要照约执行处罚；要是殿下不准许我的请求，那就是蔑视宪章，我要到京城里上告去，要求撤销贵邦的特权。您要是问我为什么不愿接受三千块金币，宁愿拿一块腐烂的臭肉，那我可没有什么理由可以回答您，我只能说我喜欢这样，这是不是一个回答？要是我的屋子里有了耗子，我高兴出一万块金币叫人把它们赶掉，谁管得了我？这不是回答了您吗？有的人不爱看张开嘴的猪，有的人瞧见一头猫就要发脾气，还有人听见人家吹风笛的声音，就忍不住要小便；因为一个人的感情完全受着喜恶的支配，谁也做不了自己的主。现在我就这样回答您：为什么有人受不住一头张开嘴的猪，有人受不住一头有益无害的猫，还有人受不住咿咿唔唔的风笛的声音，这些都是毫无充分的理由的，只是因为天生的癖性，使他们一受到感触，就会情不自禁地现出丑相来；所以我不能举什么理由，也不愿举什么理由，除了因为我对于安东尼奥抱着久积的仇恨和深刻的反感，所以才会向他进行这一场对于我自己并没有好处的诉讼。现在您不是已经得到我的回答了吗？

公爵

你这冷酷无情的家伙，这样的回答可不能作为你的残忍的辩解。

夏洛克

我的回答本来就不是为了要讨你的欢喜。

巴萨尼奥

难道人们对于他们所不喜欢的东西，都一定要置之死地吗？

夏洛克

哪一个人会恨他所不愿意杀死的东西？

巴萨尼奥

初次的冒犯，不应该就引为仇恨。

夏洛克

什么！你愿意给毒蛇咬两次吗？

安东尼奥

请你想一想，你现在跟这个犹太人讲理，就像站在海滩上，叫那大海的怒涛减低它的奔腾的威力，责问豺狼为什么害母羊为了失去它的羔羊而哀啼，或是叫那山上的松柏，在受到天风吹拂的时候，不要摇头摆脑，发出谡谡的声音。要是你能够叫这个犹太人的心变软——世上还有什么东西比它更硬呢？——那么还有什么难事不可以做到？所以我请你不用再跟他商量什么条件，也不用替我想什么办法，让我爽爽快快受到判决，满足这犹太人的心愿吧。

巴萨尼奥

借了你三千块金币，现在拿六千块金币还你好不好？

夏洛克

即使这六千块金币中的每一块金币都可以分作

六份，每一份都能变成一块金币，我也不要；我只要照约处罚。

公爵

你这样一点没有慈悲之心，将来怎么能够希望人家对你慈悲呢？

夏洛克

我又不干错事，怕什么刑罚？你们买了许多奴隶，把他们当作驴狗骡马一样看待，叫他们做种种卑贱的工作，因为他们是你们出钱买来的。我可不可以对你们说，让他们自由，叫他们跟你们的子女结婚吧；为什么他们要在重担之下流着血汗呢？让他们的床铺得跟你们的床同样柔软，让他们的舌头也尝尝你们所吃的东西吧。你们会回答说："这些奴隶是我们所有的。"所以我也可以回答你们：我向他要求的这一磅肉，是我出了很大的代价买来的；它是我的所有，我一定要把它拿到手里。您要是拒绝了我，那么你们的法律根本就是骗人的东西！我现在等候着判决，请快些回答我，我可不可以拿到这一磅肉？

公爵

我已经差人去请裴拉里奥，一位有学问的博士，来替我们审判这件案子了；要是他今天不来，我可以有权宣布延期判决。

萨拉里诺

殿下，外面有一个使者刚从帕度亚来，带着这位博士的书信，等候着殿下的召唤。

公爵

把信拿来给我；叫那使者进来。

巴萨尼奥

高兴起来吧，安东尼奥！喂，老兄，不要灰心！这犹太人可以把我的肉、我的血、我的骨头、我的一切都拿去，可是我决不让你为了我的缘故流一滴血。

安东尼奥

我是羊群里一头不中用的病羊，死是我的应分；最软弱的果子最先落到地上，让我也就这样结束了

我的一生吧。你应当继续活下去，巴萨尼奥；我的
墓志铭除了你以外，是没有人写得好的。

尼莉莎 扮律师书记上。

公爵
你是从帕度亚裴拉里奥那里来的吗？

尼莉莎
是，殿下。裴拉里奥叫我向殿下致意。（呈上一信）

巴萨尼奥
你这样使劲儿磨着刀干吗？

夏洛克
从那破产的家伙身上割下那磅肉来。

葛莱西安诺
狠心的犹太人，你的刀不应该放在你的靴底磨，
应该放在你的灵魂里磨，才可以磨得锐利；就是剑

子手的钢刀，也及不上你的刻毒的心肠厉害。难道什么恳求都不能打动你吗？

夏洛克

不能，无论你说得多么婉转动听，都没有用。

葛莱西安诺

万恶不赦的狗，看你死后不下地狱！让你这种东西活在世上真是公道不生眼睛。你简直使我的信仰摇动，相信起畜生的灵魂可以转生人体的议论来；你的前生一定是头豺狼，因为吃了人给人捉住吊死，它那凶恶的灵魂就逃了出来，钻进了你那母亲的胎里，因为你的性情正像豺狼一样残暴贪婪。

夏洛克

除非你能把我这张契约上的印章骂掉，否则像你这样拉开了喉咙直嚷，不过白白伤了你的肺，何苦来呢？好兄弟，我劝你还是修养修养你的聪明吧，免得它将来一起毁坏得不可收拾。我在这儿要求法律的裁判。

公爵

裴拉里奥在这封信上介绍一位年轻有学问的博士出席我们的法庭。他在什么地方?

尼莉莎

他就在这儿附近等着您的答复,不知道殿下准不准许他进来?

公爵

非常欢迎。来,你们去三四个人,恭恭敬敬领他到这儿来。现在让我们把裴拉里奥的来信当庭宣读。

书记

"尊翰到时,鄙人抱疾方剧;适有一青年博士鲍尔萨泽君自罗马来此,致其慰问,因与详讨犹太人与安东尼奥一案,遍稽群籍,折中是非,遂恳其为鄙人庖代,以应殿下之召。凡鄙人对此案所具意见,此君已深悉无遗;其学问才识,虽穷极赞辞,亦不足道其万一,务希勿以其年少而忽之,盖如此少年老成之士,实鄙人生平所仅见也。倘蒙延纳，必能不辱使命。敬祈钧裁。"

公爵

你们已经听到了博学的裴拉里奥的来信。这儿来的大概就是那位博士了。

鲍西娅 扮律师上。

公爵

把您的手给我。足下是从裴拉里奥老前辈那儿来的吗？

鲍西娅

正是，殿下。

公爵

欢迎欢迎；请上座。您有没有明了今天我们在这儿审理的这件案子的两方面的争点？

鲍西娅

我对于这件案子的详细情形已经完全知道了。这儿哪一个是那商人，哪一个是犹太人？

公爵

安东尼奥、夏洛克，你们两人都上来。

鲍西娅

你的名字就叫夏洛克吗？

夏洛克

夏洛克是我的名字。

鲍西娅

你这场官司打得倒也奇怪，可是按照威尼斯的法律，你的控诉是可以成立的。(向安东尼奥)你的生死现在操在他的手里，是不是？

安东尼奥

他是这样说的。

鲍西娅

你承认这借约吗？

安东尼奥

我承认。

鲍西娅

那么犹太人应该慈悲一点。

夏洛克

为什么我应该慈悲一点？把您的理由告诉我。

鲍西娅

慈悲不是出于勉强，它是像甘霖一样从天上降下尘世；它不但给幸福于受施的人，也同样给幸福于施与的人；它有超乎一切的无上威力，比王冠更足以显出一个帝王的高贵：御杖不过象征着俗世的威权，使人民对于君上的尊严凛然生畏；慈悲的力量却高出于权力之上，它深藏在帝王的内心，是一种属于上帝的德行，执法的人倘能把慈悲调剂着公道，人间的权力就和上帝的神力没有差别。所以，犹太人，虽然你所要求的是公道，可是请你想一想，要是真的按照公道执行起赏罚来，谁也没有死后得救的希望；我们既然祈祷着上帝的慈悲，就应该自己做一些慈悲的事。我说了这一番话，为的是希望你能够从你的法律的立场上作几分让步；可如果你坚持着原来的要求，那么威尼斯的法庭是执法无私的，只好把那商人宣判定罪了。

夏洛克

我只要求法律允许我照约执行处罚。

鲍西娅

他是不是不能清还你的债款？

巴萨尼奥

不，我愿意替他当庭还清；照原数加倍也可以；要是这样他还不满足，那么我愿意签署契约，还他十倍的数目，倘若不能如约，他可以割我的手，砍我的头，挖我的心；要是这样还不能使他满足，那就是存心害人，不顾天理了。请堂上运用权力，把法律稍为变通一下，犯一次小小的错误，干一件大大的功德，别让这个残忍的恶魔逞他杀人的兽欲。

鲍西娅

那可不行，在威尼斯谁也没有权力变更既成的法律；要是开了这一个恶例，以后谁都可以借口有例可援，什么坏事情都可以干了。这是不行的。

夏洛克

一个但尼尔来做法官了！真的是但尼尔再世！聪明的青年法官啊，我真佩服你！

鲍西娅

请你让我瞧一瞧那借约。

夏洛克

在这儿，可尊敬的博士，请看吧。

鲍西娅

夏洛克，他们愿意出三倍的钱还你呢。

夏洛克

不行，不行，我已经对天发过誓啦，难道我可以让我的灵魂背上毁誓的罪名吗？不，把整个儿的威尼斯给我，我都不能答应。

鲍西娅

好，那么就应该照约处罚；根据法律，这犹太人有权要求从这商人的胸口割下一磅肉来。还是慈悲一点，把三倍原数的钱拿去，让我撕了这张约吧。

夏洛克

等他按照约中所载条款受罚以后，再撕不迟。您瞧上去像是一个很好的法官；您懂得法律，您讲的话也很有道理，不愧是法律界的中流砥柱，所以现在我就用法律的名义，请您立刻进行宣判。凭着我的灵魂起誓，谁也不能用他的口舌改变我的决心。我现在等着执行原约。

安东尼奥

我也诚心请求堂上从速宣判。

鲍西娅

好，那么就是这样：你必须准备让他的刀子刺进你的胸膛。

夏洛克

啊，尊严的法官！好一位优秀的青年！

鲍西娅

因为这约上所定下的惩罚，对于法律条文的含义并无抵触。

夏洛克

很对很对！啊，聪明正直的法官！想不到你瞧上去这样年轻，见识却这么老练！

鲍西娅

所以你应该把你的胸膛袒露出来。

夏洛克

对了，"他的胸部"，约上是这么说的；不是吗，尊严的法官？"靠近心口的所在"，约上写得明明白白的。

鲍西娅

不错，称肉的天平有没有预备好？

夏洛克

我已经带来了。

鲍西娅

夏洛克，你应该自己拿出钱来，请一位外科医生替他堵住伤口，免得他流血而死。

夏洛克

约上有这样的规定吗？

鲍西娅

约上并没有这样的规定；可是那又有什么相干呢？为了人道起见，你应该这样做的。

夏洛克

我找不到，约上没有这一条。

鲍西娅

商人，你还有什么话说吗？

安东尼奥

我没有多少话要说，我已经准备好了。把你的手给我，巴萨尼奥，再会吧！不要因为我为了你遭到这种结局而悲伤，因为命运对我已经特别照顾了：她往往让一个不幸的人在家产荡尽以后继续活下去，用他凹陷的眼睛和满是皱纹的额角去挨受贫困的暮年；这一种拖延时日的刑罚，她已经把我豁免了。替我向尊夫人致意，告诉她安东尼奥的结局；对她说我怎样爱你，替我在死后说几句好话；等到你把这一段故事讲完以后，再请她判断一句，巴萨尼奥是不是曾经有过一个真心爱他的朋友。不要因为你将要失去一个朋友而懊恨，替你还债的人是死而无怨的；只要那犹太人的刀刺得深一点，我就可以在一刹那的时间把那笔债完全还清。

巴萨尼奥

安东尼奥，我爱我的妻子，就像我自己的生命一样；可是我的生命、我的妻子以及整个的世界，在我的眼中都不比你的生命更为贵重；我愿意丧失一切，把它们献给这恶魔做牺牲，来救出你的生命。

鲍西娅

尊夫人要是就在这儿听见您说这样的话，恐怕不见得会感谢您吧。

葛莱西安诺

我有一个妻子，我可以发誓我是爱她的；可是我希望她马上归天，好去求告上帝改变这恶狗一样的犹太人的心。

尼莉莎

幸亏尊驾在她的背后说这样的话，否则府上一定要吵得鸡犬不宁了。

夏洛克

这些便是信仰基督教的丈夫！我有一个女儿，我宁愿她嫁给强盗的子孙，不愿她嫁给一个基督徒！别再浪费光阴了，请快些宣判吧。

鲍西娅

那商人身上的一磅肉是你的；法庭判给你，法律许可你。

夏洛克

公平正直的法官。

鲍西娅

你必须从他的胸前割下这磅肉来；法律许可你，法庭判给你。

夏洛克

博学多才的法官！判得好！来，预备！

鲍西娅

且慢，还有别的话哩。这约上并没有允许你取他的一滴血，只是写着"一磅肉"；所以你可以照约拿一磅肉去，可在割肉的时候，要是流下一滴基督徒的血，你的土地财产，按照威尼斯的法律，就要全部充公。

葛莱西安诺

啊，公平正直的法官！听着，犹太人；啊，博学多才的法官！

夏洛克

法律上是这样说吗？

鲍西娅

你自己可以去查查明白。既然你要求公道，我就给你公道，不管这公道是不是你所希望的。

葛莱西安诺

啊，博学多才的法官！听着，犹太人；好一个博学多才的法官!

夏洛克

那么我愿意接受还款；照约上的数目三倍还我，放了那基督徒吧。

巴萨尼奥

钱在这儿。

鲍西娅

别忙！这犹太人必须得到绝对的公道。别忙！他除了照约处罚以外，不能接受其他的赔偿。

葛莱西安诺

啊，犹太人！一个公平正直的法官，一个博学多才的法官!

鲍西娅

所以你准备着动手割肉吧。不准流一滴血，也不准割得超过或是不足一磅的重量；要是你割下来的肉，比一磅略微轻一点或是重一点，即使相差只有一丝一毫，或者仅仅一根汗毛之微，就要把你抵命，你的财产全部充公。

葛莱西安诺

一个再世的但尼尔，一个但尼尔，犹太人！现在你可掉在我的手里了，你这异教徒！

鲍西娅

那犹太人为什么还不动手？

夏洛克

把我的本钱还我，放我去吧。

巴萨尼奥

钱我已经预备好在这儿，你拿去吧。

鲍西娅

他已经当庭拒绝过了；我们现在只能给他公道，让他履行原约。

葛莱西安诺

好一个但尼尔，一个再世的但尼尔！谢谢你，犹太人，你教会我说这句话。

夏洛克

难道我不能单单拿回我的本钱吗？

鲍西娅

犹太人，除了冒着你自己生命的危险，割下那一磅肉以外，你不能拿一个钱。

夏洛克

好，那么魔鬼保佑他去享用吧！我不要打这场官司了。

鲍西娅

等一等，犹太人，法律上还有一点牵涉你。威尼斯的法律规定：凡是一个异邦人企图用直接或间接手段，谋害任何公民，查明确有实据者，他的财产的半数应当归被企图谋害的一方所有，其余的半数没入公库，犯罪者的生命悉听公爵处置，他人不得过问。你现在刚巧陷入这一条法网，因为根据事实的发展，已经足以证明你确有运用直接或间接手段，危害被告生命的企图，所以你已经遭逢着我刚才所说起的那种危险了。快快跪下来，请公爵开恩吧。

葛莱西安诺

求公爵开恩，让你自己去寻死；可是你的财产现在充了公，一根绳子也买不起啦，所以还是要让公家破费把你吊死。

公爵

让你瞧瞧我们基督徒的精神，你虽然没有向我开口，我自动饶恕了你的死罪。你的财产一半划归安东尼奥，还有一半没入公库；要是你能够诚心悔过，也许还可以减处你一笔较轻的罚款。

鲍西娅

这是说没入公库的一部分，不是说划归安东尼奥的一部分。

夏洛克

不，把我的生命连着财产一起拿了去吧，我不要你们的宽恕。你们夺去了我的养家活命的根本，就是夺去了我的家，活活地要了我的命。

鲍西娅

安东尼奥，你能不能够给他一点慈悲？

葛莱西安诺

白送给他一根上吊的绳子吧；看在上帝的面上，不要给他别的东西！

安东尼奥

要是殿下和堂上愿意从宽发落，免予没收他的财产的一半，我就十分满足了；只要他能够让我接管他的另外一半的财产，等他死了以后，把它交给最近和他的女儿私自结了婚的那位绅士；可是他必须当庭写下一张文契，声明他死了以后，他的全部财产传给他的女儿和他的女婿罗兰佐。

公爵

他必须办到这两个条件，否则我就撤销刚才所宣布的赦令。

鲍西娅

犹太人，你满意吗？你有什么话说？

夏洛克

我满意。

鲍西娅

书记，写下一张授赠产业的文契。

夏洛克

请你们允许我退庭，我身子不大舒服。文契写好了送到我家里，我在上面签名就是了。

公爵

去吧，可是临时变卦是不成的。(**夏洛克下**)先生，我想请您到舍间去用餐。

鲍西娅

请殿下多多原谅，我今天晚上要回帕度亚去，必须现在就动身，恕不奉陪了。

公爵

您这样忙，不能容我略尽寸心，真是抱歉得很。安东尼奥，谢谢这位先生，你这回全亏了他。（公爵、众士绅及侍从等下）

巴萨尼奥

最可尊敬的先生，我跟我这位敝友今天多赖您的智慧，免去了一场无妄之灾；为了表示我们的敬意，这三千块金币本来是预备还那犹太人的。现在就奉送给先生，聊以报答您的辛苦。

安东尼奥

您的大恩大德，我们是永远不忘记的。

鲍西娅

一个人做了心安理得的事，就是得到了最大的酬报；我这次帮了两位的忙，总算没有失败，已经十分满足，用不到再谈什么酬谢了。但愿咱们下次见面的时候，两位仍旧认识我。现在我就此告辞了。

巴萨尼奥

好先生，我不能不再向您提出一个请求，请您随便从我们身上拿些什么东西去，不算是酬谢，只好算是留个纪念。请您答应接受我两件礼物，赏我这一个面子，原谅我的礼轻意重。

鲍西娅

你们这样殷勤，我只好却之不恭了。把您的手套送给我，让我戴在手上留个纪念吧;（**看到戒指**）为了纪念您的盛情，让我拿了这戒指去。不要缩回您的手，我不再向您要什么了；您既然是一片诚意，想来总也不会拒绝我吧。

巴萨尼奥

这指环吗，好先生？唉！它是个不值钱的玩意儿，我不好意思把这东西送给您。

鲍西娅

　　我什么都不要，就是要这指环；现在我想我非得把它要了来不可。

巴萨尼奥

　　这指环的本身并没有什么价值，可是因为有其他的关系，我不能把它送人。我愿意搜访威尼斯最贵重的一枚指环来送给您，可是这一枚却只好请您原谅了。

鲍西娅

　　先生，您原来是个口头上慷慨的人；您先教我怎样伸手求讨，然后再教我怎样回答一个叫花子。

巴萨尼奥

　　好先生，这指环是我的妻子给我的；她把它套上我的手指的时候，曾经叫我发誓永远不把它出卖、送人或是遗失。

鲍西娅

人们在吝惜他们的礼物的时候，都可以用这样的话做推托的。要是尊夫人不是一个疯婆子，她知道了我对于这指环是多么受之无愧，一定不会因为您把它送掉了而跟您长久反目的。好，愿你们平安！

（鲍西娅、尼莉莎同下）

安东尼奥

我的巴萨尼奥少爷，让他把那指环拿去吧；看在他的功劳和我的交情分上，违犯一次尊夫人的命令，想来不会有什么要紧。

巴萨尼奥

葛莱西安诺，你快追上他们，把这指环送给他；要是可能的话，领他到安东尼奥的家里去。去，赶快！（葛莱西安诺下）来，我就陪着你到你府上；明天一早咱们就飞到贝尔蒙特去。来，安东尼奥。

（同下）

（朱生豪 译）

莎士比亚

　　威廉·莎士比亚(William Shakespeare)，英国文学家、剧作家，1564年4月23日出生于英国沃里克郡的斯特拉福小镇，1616年4月23日因病离世，享年整整52岁。在他不算长的一生中，创作出无数伟大的戏剧作品，写尽人间冷暖、悲欢离合、善恶美丑。去世四百年来，他的作品依然在全世界的舞台、剧院上演，在读者中间一代代传递，再没有第二个剧作家的影响力能超过他。

　　莎士比亚的创作大致可分为三个阶段：早期主要是正面宣扬人文主义理想，充满愉快乐观的浪漫主义色彩的喜剧和历史剧；中期随着对现实认识的深入，剧作的批判力度加强，转为悲剧为主；到了晚年，愤世嫉俗的莎翁性情变得越来越平和，作品呈现出返璞归真的倾向，多宣扬宽恕和容忍的主题。

剧本译者

朱生豪

　　朱生豪（1912—1944），中国著名翻译家，生于浙江嘉兴，曾就读于杭州之江大学国文系与英文系，大学毕业后赴上海世界书局任英文编辑之职，参与编纂《英汉四用辞典》。1935年着手为世界书局翻译莎士比亚全集，1937年日寇侵入上海，辗转流徙，贫病交加，仍坚持翻译，先后共译出莎剧三十一个半，尚存历史剧五个半。1944年12月26日，因肺结核含怨离世，享年32岁。他是中国翻译莎士比亚作品较早的人之一，译文质量典雅生动，为国内外莎士比亚研究者公认。

兰姆姐弟

兰姆姐弟，即查尔斯·兰姆（Charles Lamb，1775—1834）和玛丽·兰姆（Mary Lamb，1764—1847），英国著名的散文家、诗人、剧作家，代表作：《伊利亚随笔》等。为了让小读者们也可以欣赏莎士比亚的作品，他们决定动手改写莎翁名著，把原著的精华神韵，以浅显易懂的文字向孩子呈现。这个计划在当时遭到不少非议，甚至有人认为他们是在毁坏莎翁经典。但凭借着和莎翁心灵上的默契、深厚的语言功力，他们改写的戏剧故事受到了无数孩子的喜爱，也让大人们转变了看法。并且，随着时间的验证，兰姆姐弟的改写本已经成为和莎士比亚戏剧一样为人们所称道的经典之作。这种改写本受到和原著一样高度的评价，甚至出现比原著更受欢迎的情形，在世界文学史上也是极为罕见的。

故事译者

漪然

漪然（1977—2015），原名戴永安，儿童文学作家、翻译家，生于安徽芜湖，3岁意外致残，8岁开始自学，14岁从事专业写作，2015年因病去世，年仅38岁，一生共创作并翻译作品200多部。代表著作：《四季短笛》《忘忧公主》《记忆盒子》《心弦奏响的一刻》等；代表译作：《月亮的味道》《一个孩子的诗园》《莎士比亚戏剧故事集》《海精灵》《不一样的卡梅拉》等。

莎士比亚（少年版）

作者 _ [英]威廉·莎士比亚

改写 _ [英]查尔斯·兰姆　　[英]玛丽·兰姆

译者 _ 朱生豪　潇然

产品经理 _ 王奇奇　　装帧设计 _ 何月婷　　产品总监 _ 李静

技术编辑 _ 陈杰　　责任印制 _ 梁拥军　　策划人 _ 于桐

插画绘制 _ 宋祥瑜

果麦

www.guomai.cc

以 微 小 的 力 量 推 动 文 明

Shakespeare

莎士比亚
少年版

A Midsummer Night's Dream
仲夏夜之梦

[英]威廉·莎士比亚 著

[英]查尔斯·兰姆 [英]玛丽·兰姆 改写

朱生豪 澍然 译

北方联合出版传媒(集团)股份有限公司
万卷出版有限责任公司

果麦文化　出品

爱情不用眼睛辨别，而是用心灵。

Love looks not with the eyes, but with mind.

戏剧故事

A Midsummer Night's Dream

仲夏夜之梦

　　雅典曾经有一条法律，规定年轻女子必须按父母的意愿来选择配偶，如果有谁不愿意同自己父亲看中的男子结婚，父亲就可以将她杀死。不过这条法律并不是常常会被执行，因为尽管女儿们常常会违背父亲的意愿，可父亲们也不会真的就忍心杀死她们。只是雅典城的父母常常会用这条法律来吓唬自己的女儿，好叫她们顺从听话而已。

　　有一次，一位名叫伊吉斯的老人，却真的来到雅典公爵忒修斯面前，请求用这条法律来制裁自己的女儿赫米娅，因为她拒绝和父亲看中的贵族青年狄米特律斯结婚，反而爱上了另一个叫作拉山德的雅典公民。伊吉斯请忒修斯为他处死那不听

父命的女儿。

　　赫米娅为自己辩解道，狄米特律斯曾经发誓要忠于她亲密的好友海丽娜，而海丽娜也热烈地爱着狄米特律斯。可这个理由并不能打动铁石心肠的父亲，也不能更改雅典城的法律，即使是富有同情心的忒修斯对此也爱莫能助。他只得给赫米娅四天的时间来考虑自己的选择，如果她坚持不肯嫁给狄米特律斯，最终将被处死。

　　赫米娅从公爵那里离开后，便去找她的情人拉山德，向他述说自己的困境。拉山德听到这个坏消息也苦恼不已，他忽然想起自己有一个伯母住在雅典城外，而在雅典城之外，那条残酷的法律就没有效力了。于是他向赫米娅提议，到夜里两个人一起逃跑，去他伯母那里结婚。"我会等着你，"拉山德说道，"就在离郊外三里路的地方——那个我曾经遇见你和海丽娜一同散步的美丽森林里。"

赫米娅欣然应允。她本应对所有人守口如瓶，却把这计划告诉了自己的亲密女友海丽娜。海丽娜因为爱着狄米特律斯，便偷偷去将这个秘密告诉了他，满心希望因此得到自己心上人的一点报答，可狄米特律斯却看也不看她一眼，就去森林追赶赫米娅了，而痴心的海丽娜却还是苦苦地追在他的身后。

拉山德和赫米娅约会的森林，正是仙子们常常游戏的场所。仙王奥布朗、仙后提泰妮娅和许许多多侍奉他们的小仙子，正在这森林里举行午夜的狂欢。可仙王和仙后之间正在为一件小事僵持不下，在林中、草上、泉畔和月下，他们一见面便破口相骂，吓得胆战心慌的小妖们没命地钻向橡树果中间躲藏。争执的缘由是仙后提泰妮娅拒绝将自己的一个侍童让给仙王奥布朗，因为这孩子是她一个已故女友的儿子，是她亲手从人类那里带到这个森林里并抚养长大。

在情人们相约在森林里相见的夜晚，仙王和仙后带着各自的侍从，也在林中相遇了。

"真不巧又在月光下碰见你，骄傲的提泰妮娅！"仙王说道。而仙后回答："怎么，嫉妒的奥布朗！是你？神仙们，快快走开，我已经发誓不和他

同游同寝了。"

"等一等，坏脾气的女人！"奥布朗说道，"我不是你的夫君吗？为什么提泰妮娅要违拗她的奥布朗呢？我所要求的，不过是一个小小的侍童罢了。"

"请你死了心吧，"仙后说道，"拿整个仙境也不能从我手里换得这个孩子。"说完，她就丢下气恼不已的仙王，径自离去。

"好，去你的吧！"奥布朗说道，"为着这次的侮辱，我一定要在早晨到来之前给你一些惩罚。"

于是奥布朗便叫来了迫克——他最宠爱的一个精灵。迫克又被一些人称作"罗宾好人儿"，他是一个顽皮的机灵鬼，惯爱在乡村里搞些恶作剧。有时，在人家的牛乳上喝去了乳脂；有时，弄坏了酒使它不能发酵；有时，就跳进搅拌器，在里面跳起舞来，使气喘吁吁的主妇整天也搅不出奶油；有时，他化作一颗焙熟的野苹果，躲在老太婆的酒碗里，等她举起碗想喝的时候，就啪地弹到她嘴唇上，把一碗麦酒都倒在她皱瘪的喉皮上；有时，他化作三脚凳子，满肚皮人情世故的婶婶刚要坐下来一本正经讲她的故事，凳子就从她的屁股底下滑走，把她翻一个大跟头，然后周围的人就会笑得前仰后合，发誓说从来不曾遇到过比这更有趣的事。

"过来，迫克，"奥布朗对他无忧无虑的夜精灵说道，"去给我把那少女们称作'爱懒花'的花儿采来。那紫色小花的汁液如果滴在睡着的人眼皮上，无论男女，醒来一眼看见什么生物，都会发疯似的爱上它。我要等提泰妮娅睡了的时候把这汁液滴在她的眼皮上，她醒来第一眼看见什么，无论是狮子也好，熊也好，狼也好，或者好事的猕猴、忙碌的无尾猿也好，她都会用最强烈的爱情追求它。我可以用另一种草解去这种魔力，但我先要叫她把那个孩子让给我。"

仙王这时也看见了刚刚来到森林的海丽娜和狄米特律斯，他很同情一片痴心的海丽娜。于是，当迫克带着小小的紫色花朵飞快地回转来时，仙王吩咐他的亲信说："你带一些花朵去，这儿有一个姣好的少女被情人抛弃，倘见那薄幸的青年在她近前，就把它轻轻地点上他的眼边。他的身上穿着雅典人的装束，你须仔细辨认清楚，不许弄错。"迫克答应一定尽量巧妙地完成这个使命。于是，奥布朗就拿上花儿，悄悄地尾随提泰妮娅，来到她休息的地方。那是一处茴香盛开的水滩，长满着樱草和盈盈的紫罗丝，馥郁的金银花，香泽的野蔷薇，漫天张起了一幅芬芳的锦帷。提泰妮娅在群花中酣醉，她穿着小花蛇发亮的外皮，那对一个仙子来说，倒是合身的外衣。

仙王偷窥着提泰妮娅，这时她正在向小仙子发号施令。"你们，"她命令道，"去杀死麝香玫瑰嫩苞中的蛀虫；而你们去和蝙蝠作战，剥下它们的翼革来为我的小妖儿们做外衣；剩下的去那里驱逐每夜啼叫的猫头鹰。不过，大家现在先唱支歌给我催眠吧。"于是仙子们就轻轻地唱起一支歌来——

> 两舌的花蛇，多刺的刺猬，
> 不要打扰着她的安睡！
> 蝾螈和蜥蜴，不要行近，
> 仔细毒害了她的宁静。
> 夜莺，鼓起你的清弦
> 为我们唱一曲催眠：
> 睡啦，睡啦，快睡吧！
> 睡啦，睡啦，快睡吧！
> 一切害物远走高扬，
> 不要行近她的身旁。

晚安，快睡吧！

当仙后在歌声中甜甜睡去，小仙子们就飞散开去执行各自的任务了。奥布朗则在此时轻手轻脚地溜到提泰妮娅的身边，一边滴了几滴花朵的汁液在她的眼睑上，一边低声说道——

"等你眼睛一睁开，你就看见你的爱，为他担起相思债。"

还是让我们先回到赫米娅这边来吧。她为了逃避抗婚的惩罚而偷偷出逃，来到森林时，拉山德正如约在那里等她，准备带她一起到伯母家去。可他们还没有走完一半的路，赫米娅就已经累得不行了，拉山德很是心疼为他甘冒生命危险的女友，他建议先找个地方休息，等到早上再继续赶路。于是他们就在一片柔软的草地上躺卧下来，拉山德躺在离赫米娅不远的地方，两人很快就进入了沉沉的梦乡。而迫克恰恰就在这时找到了他们，他看见其中那个熟睡的年轻男子身着雅典人的装束，还有一个漂亮的少女睡在不远处，就断定这就是他要寻找的薄情郎和奥布朗想要帮助的不幸姑娘，而这两人又刚好是躺在同一片草地上，如果那个年轻人醒来的话，

他自然第一个看到的就会是他身边的姑娘了。于是，迫克想也不多想一下，就将花汁滴在了拉山德的眼睑上。可偏偏就在这时，海丽娜向着这条路上走来。

海丽娜正在寻找弃她而去的狄米特律斯，因为她跟不上他匆匆的脚步，在森林里迷了路。她寻寻觅觅，四下张望，看见了熟睡在草地上的拉山德。"啊！"她说道，"这是拉山德躺在地上！死了吗，还是睡了？"她轻轻地推了推他，说道，"要是你没有死，好朋友，醒醒吧！"

拉山德睁开双眼，第一眼就看见了海丽娜。假如拉山德醒来后看见的第一个人是赫米娅的话，鲁莽的迫克所犯的错误就不会产生任何影响，因为拉山德对他的爱人的痴情不可能比魔力所产生的爱情更强烈。然而可怜的拉山德偏偏在这爱情的魔力下彻底忘了他真正的爱人是赫米娅，一种无法形容的、奇妙的爱情魔力立刻使他陷入对海丽娜的狂热爱慕中去了。他向她倾诉起来，说赫米娅是一只乌鸦，而海丽娜才是他的白鸽（因为赫米娅的肤色比海丽娜黑一些），说他愿为她赴汤蹈火，以及许多这样类似的恋爱中的痴狂话。

海丽娜听到这些话不禁恼怒万分，因为她知道拉山德深爱着赫米娅，并且就要与心上人共结连理，所以觉得拉山德的话一定是戏弄于她。"哦！"她说道，"我为什么生来就得忍受所有人的嘲笑呢？我从来不曾得到过狄米特律斯的一瞥爱怜的眼光，难道那还不够，年轻人，你必须再这样挖苦我的短处吗？我还以为你是个较有教养的上流人哩。"说完这番话，她羞愤地跑开了。而拉山德也紧追上去，完全忘记了仍然熟睡在林中的赫米娅。

赫米娅醒来时，惊恐地发现自己已是独自一人。

她起身在黑漆漆的森林中四处寻找拉山德，直到自己的身影也消失在密林之中。与此同时，狄米特律斯因为没有找到自己的情人和情敌，正身心俱疲地走在森林的另一边。奥布朗发现了他，因为迫克已经将自己弄错人的事情告诉了仙王，所以仙王亲自来找到这个年轻人，并将爱情的汁液滴在昏昏欲睡的狄米特律斯的眼皮上。然后，他一下子惊醒过来，正好看见在拉山德的追赶下跑过来的海丽娜。他和拉山德一样，顿时也被爱情的魔力所征服，开始滔

滔不绝地向海丽娜表起衷情来。而这时，赫米娅也循着拉山德的踪迹而来——由于迫克的疏忽大意，现在她反而成了追逐在爱人身后的可怜人。而拉山德和狄米特律斯都异口同声地宣布自己爱的是海丽娜，因为那爱情花汁的魔力正在他们两个人身上同时发挥作用。

为这一切惊讶不已的海丽娜认为狄米特律斯和拉山德，甚至还有她的好友赫米娅，都在合伙开她的玩笑。

而赫米娅比海丽娜还要吃惊，她不明白为什么拉山德和狄米特律斯忽然间都不再理睬她，转而去热恋海丽娜了，这件事对她来说可不像是什么玩笑。

这两个女孩曾说过要永远做彼此最好的朋友，而现在却用恶意的言辞互相攻击起来。

"没良心的赫米娅！"海丽娜说道，"是你唆使拉山德跟随我、假意称赞我的吗？你那另一个爱人，狄米特律斯，不久之前还曾要用他的脚踢开我，你不曾唆使他称我为女神、仙子，神圣而稀有的、珍贵的、超乎一切的人吗？为什么他要向他所讨厌的人说这种话呢？欺人的赫米娅！我们在同学时的那种情谊，你都已经完全丢在脑后了吗？赫米娅，我们两人曾经同坐在一个椅垫上，齐声曼吟着同一首歌儿，在一起绣着同一朵花，描着同一个图样，我们这样生长在一起，正如并蒂的樱桃，看似两个，其实却连生在一起。难道你竟把我们从前的友好丢弃不顾，而和男人们联合着嘲弄你可怜的朋友吗？"

"你这种愤激的话真使我惊奇。"赫米娅说道，"我并没有嘲弄你，似乎你在嘲弄我哩。"

"好，"海丽娜回敬道，"尽管装腔下去，扮着这一副苦脸，等我一转背，就要向我做鬼脸了。大家彼此眨眨眼睛，把这个绝妙的玩笑尽管开下去吧。假如你们是有同情心的、懂得礼貌的，就不该把我当作这样的笑柄。"

海丽娜和赫米娅正在唇枪舌剑、你来我往，狄米特律斯和拉山德却已经离开了她们，去密林深处为海丽娜而决斗了。姑娘们发现自己的情人已失去踪影，就各自分开了，可她们在寻找爱人的路上又一次迷失了方向。

仙王一直在暗中聆听他们的对话，看见他们离开，他转身对精灵迫克说道："这都是你的大意所致，要不就是你故意在捣蛋。"

"相信我，仙王，"迫克回答，"是我弄错了。你不是对我说只要认清楚那人穿着雅典人的衣裳？不过，事情会弄到这样我是挺快活的，因为他们的吵闹看着怪有趣味。"

"你瞧，"奥布朗说，"这两个恋人找地方决斗去了，罗宾，快去用浓雾盖住星空，再引这两个气势汹汹的仇人迷失前路，不要让他们碰在一起。有时你学着拉山德的声音痛骂狄米特律斯，叫他气得直跳，有时学着狄米特律斯的样子斥责拉山德：用这种法子把他们两个分开，直到他们奔波得精疲力竭。等他们睡着后，你把这草挤出汁来涂在拉山德的眼睛上，等他们醒来之后，这一切的戏谑，就会像是一场梦境或是空虚的幻象。这一伙恋人将回到雅典去，而且将订下白头到老、永无尽期的盟约。在我差遣你去做这件事的时候，我要去访问我的王后，看看她找到了一个怎样的爱人。"

提泰妮娅还在熟睡中。奥布朗看见一个小丑正在离她不远的地方，他在森林中迷了路，看上去也睡着了。"这个家伙，"仙王说道，"就让他来做提泰妮娅的爱人吧。"他在小丑的头上套了一个驴子的脑袋——这个脑袋看上去倒是非常适合于他，仿佛就是从他的肩膀上长出来的一样。虽然奥布朗的动作

非常小心，还是惊醒了那个小丑，不过他并没有注意到仙王对他所做的改变，反倒起身向仙后睡着的花亭走去。

"啊，是什么天使使我醒来呢？"提泰妮娅说着，睁开了双眼，紫色花朵的汁液立刻发生了效力，"你的智慧也如同你的美貌一样吗？"

"什么智慧，夫人？"小丑说道，"咱要是有本事跑出这座林子，那已经很够了。"

"请不要跑出这座林子！"着魔的仙后说道，"我不是一个平常的精灵。我真是爱你，跟我去吧。我将使神仙们侍候你。"

于是她呼唤自己的四个精灵——豆花、蛛网、飞蛾和芥子。

"听着，"仙后说道，"恭恭敬敬地侍候这位先生，蹿蹿跳跳地追随他前行。给他吃杏子和紫葡萄，再为他去把野蜂的蜜囊儿偷取来，和我坐下。"她对小丑说，"我要爱抚你的可爱的脸颊，我要把麝香玫瑰插在你的头上，我美丽的驴子，我要吻你美丽的大耳朵，我温柔的宝贝！"

"豆花呢？"戴着驴头的小丑说道，对仙后的爱意根本没有往心里去，倒是对自己的新服务员感到颇为自得。

"有。"小小的精灵回答道。

"替咱把头搔搔，豆花儿。"小丑说道，"蛛网先生在哪儿？"

"有。"蛛网答道。

"蛛网好先生，"小丑说，"替咱把那蓟草叶尖上的红屁股的野蜂儿杀了。然后，好先生，替咱把蜜囊儿拿来。干那事的时候可别太性急，先生。而且，好先生，当心别把蜜囊儿给弄破了。要是您在蜜囊里头淹死了，那咱可不很乐意，先生。芥子先生在哪儿？"

"有。"芥子答道，"你有什么吩咐？"

"没什么，"小丑说道，"只是帮豆花骑士替咱搔搔痒。咱一定得理发去，先生，因为咱觉得脸上毛得很。"

"我亲爱的，"仙后说，"你要吃些什么呢？我有一个善于冒险的小神仙，可以给你到松鼠的仓里取些新鲜的榛栗来。"

"咱宁可吃一把两把干豌豆。"小丑说，因为有了一个驴子的脑袋，他也有了一个驴子的胃口，"不过，吩咐您那些人别惊动咱吧，咱想要睡一觉。"

"睡吧，"仙后说，"我要把你抱在我的臂中。啊，我是多么爱你！我是多么热恋着你！"

仙王看见小丑在仙后的怀抱中睡熟了，就走上去，指责她竟然如此宠爱一头驴子。

对此她无可辩驳，因为小丑正在她臂弯里呼呼大睡，驴头上还戴着她用花朵为他编织的花冠。奥布朗奚落她一阵之后，再一次向她索要那个侍童，这一次，因为被他揭了短而羞愧交加的仙后，倒是没有再拒绝他的要求。

奥布朗既然实现了自己长久以来的愿望，也就对因为他的魔法而遭到羞辱和折磨的仙后发起同情心来，他将自己带来的另一种植物的汁液洒在提泰妮娅的眼睛里。仙后立刻恢复了正常的知觉，并为自己刚才的举动感到十分惊愕，说她现在看见这个怪物就感觉恶心。

奥布朗从小丑身上取下驴头，并让他带着自己那个脑袋离开了。奥布朗和提泰妮娅也终于取得了和解，他对仙后述说了在仲夏夜里发生的一切，并约她一道去看那些恋人冒险历程的结局。

仙王和仙后找到那些美丽的年轻人的时候，他们已经躺在一块草地上睡着了。迫克为了补偿自己的过失，用魔法使得他们看不见彼此，却聚集在同一个地方，他还仔细地用解毒的草汁涂抹了拉山德的眼睛。

赫米娅是第一个醒来的，看到昨夜失踪了的拉山德就躺在不远处，就带着对他反复无常的感情的困惑，默默地看着他。拉山德此时也睁开了双眼，他看着赫米娅，被魔力遮蔽的爱情重新又在他心中复苏了，于是他带着含情脉脉的眼神，又和赫米娅说起话来。他们谈着昨夜的奇怪经历，都不能确定那究竟是真正发生过的事情，或者仅仅是他们所做的一个同样令人迷乱的梦。

海丽娜和狄米特律斯这时也醒来了。海丽娜所做的恬适的梦儿已经平息了她昨夜的纷乱恼怒，她静静地听着狄米特律斯和昨夜一样执着的爱情表白，并且惊讶而又愉快地发觉这些话听上去十分真诚。

在前一晚争吵过的姑娘们，现在又是真正的好朋友了，昨夜无情的言语也都得到了对方的原谅。现在他们都很平静，并在一起商量着在目前的情形之下应该如何行事才是最佳选择。既然狄米特律斯已经不再坚持与赫米娅的婚约，他自然就要去劝说赫米娅的父亲收回控诉。狄米特律斯正打算回雅典

城去履行这个友善的任务，却忽然看到伊吉斯出现在森林里。原来，他是来追赶自己离家出走的女儿的。

伊吉斯听到狄米特律斯已经不打算和自己的女儿结婚，也就不再反对女儿和拉山德的婚事。但是他要他们在四天之后——也就是在赫米娅本应该失去生命的日子里举行婚礼，而在同一天，海丽娜也和狄米特律斯喜结连理。

仙王和仙后作为无形的嘉宾出席了这欢乐的典礼，如果没有奥布朗的帮忙，这些新人也不可能得到这么多的快乐，而那些活泼的小仙子也都在精灵的世界里为这幸福的日子狂欢庆贺。

现在，如果有人觉得这个故事和精灵的恶作剧一样不可信，他们都可以去回想一下自己做过的梦，在睡梦中，每个人都可以清清楚楚地看见那些平时看不见的奇异事物。而我只希望读了这个故事的人，都能够乐于做一个这样美妙又无害的仲夏夜之梦。

（潇然 译）

剧本节选

第三幕　第二场

林中的另一处

出场人物

奥布朗　仙王

迫克　仙王的精灵

赫米娅　雅典贵族女孩

拉山德　赫米娅的爱人

狄米特律斯　赫米娅的追求者

海丽娜　赫米娅的好友

奥布朗 及 迫克 上。

奥布朗

啊，精灵！你有没有依照我的吩咐，把那爱汁滴在那个雅典人的眼上呢？

迫克

我已经乘他睡熟的时候办好了。那个雅典女人就在他的身边，因此他一醒来，一定便会看见她。

狄米特律斯 及 赫米娅 上。

奥布朗

站住，这就是那个雅典人。

迫克

这女人一点不错，那男人可不是。

狄米特律斯

唉！为什么你这样骂着深爱你的人呢？那种毒

骂是应该加在你仇敌身上的。

赫米娅

现在我不过把你数落数落罢了；我应该更厉害地对付你，因为我相信你是可诅咒的。要是你已经乘着拉山德睡着的时候把他杀了，那么把我也杀了吧；太阳对于白昼，也没有像他对于我那样地忠心。当赫米娅睡熟的时候，他会悄悄地离开她吗？我宁愿相信地球的中心可以穿成孔道，月亮会从里面钻了过去，在地球的那一端跟太阳的白昼捣乱。一定是你已经把他杀死了；因为只有杀人的凶徒，脸上才会这样惨白而可怖。

狄米特律斯

被杀者的脸色才应该是这样的，你的残酷已经洞穿我的心，因此我应该有那样的脸色；但是你这加害者，却瞧上去仍然是那么辉煌莹洁，就像那边天上闪耀着的金星一样。

赫米娅

你这种话跟我的拉山德有什么关系？他在哪里呀？啊，好狄米特律斯，把他还给了我吧！

狄米特律斯

我宁愿他被猎狗叼了去。

赫米娅

恶狗！你使我再也忍不住了。你真的把他杀了吗？从此之后，别再把你算作人吧！啊，看在我的面上，老老实实告诉我，告诉我，你，一个清醒的人，看见他睡着，而把他杀了吗？哎哟，真勇敢！一条蛇，一条毒蛇，都比不上你；因为它的分叉的毒舌，还不及你的毒心更毒！

狄米特律斯

你的脾气发得好没来由。我并没有杀死拉山德，照我所知道的，他也并没有死。

赫米娅

那么请你告诉我他安全着。

狄米特律斯

要是我告诉你，我将得到什么好处呢？

赫米娅

你可以得到永远不再看见我的权利。我从此离开你那可憎的脸；无论他死也罢活也罢，你再不要和我相见。(下)

狄米特律斯

在她这样盛怒之中，我还是不要跟着她。让我在这儿暂时停留一会儿。

睡眠欠下了沉忧的债，

心头加重了沉忧的担；

我且把黑甜乡暂时寻访，

还了些还不尽的糊涂账。(卧下睡去)

奥布朗

你干了些什么事呢？你已经大大地弄错了，把爱汁去滴在一个真心的恋人的眼上。为了这次错误，本来忠实的将要变了心肠，而不忠实的仍旧和以前一样。

迫克

一切都是命运在做主；保持着忠心的不过一个人，变心的，把盟誓起了一个毁了一个的，却有百万个人。

奥布朗

比风还快地去往林中各处寻访名叫海丽娜的雅典女郎吧；她是全然为爱情而憔悴的，痴心的叹息耗去她脸上的血色。用一些幻象把她引到这儿来；我将在她的眼睛上施上魔法，准备他们的见面。

迫克

我去，我去，瞧我一会儿便失了踪迹；再快的飞箭都赶不上我的迅疾。（下）

奥布朗

这一朵紫色的小花，
尚留着爱神的箭疤，
让它那灵液的力量，
渗进他眸子的中央。
当他看见她的时光，
让她显出庄严妙相，
如同金星照亮天庭，
让他向她宛转求情。

迫克 重上。

迫克

报告神仙界的头脑，
海丽娜已被我带到，
她后面随着那少年，
正在哀求着她眷怜。
瞧瞧那痴愚的形状，
人们真蠢得没法想！

奥布朗

站开些；他们的声音将要惊醒睡着的人。

迫克

两男合爱着一女，
这把戏已够有趣，
最妙是颠颠倒倒，
看着才叫人发笑。

拉山德 及 海丽娜 上。

拉山德

为什么你要以为我的求爱不过是向你嘲笑呢？嘲笑和戏谑是永不会伴着眼泪而来的；瞧，我在起誓的时候，是多么感泣着！这样的誓言是不会被人认作虚谎的。明明有着可以证明是千真万确的表记，为什么你会以为我这一切都是出于讪笑呢？

海丽娜

你越来越俏皮了。要是人们所说的真话都是互相矛盾的，那么相信哪一句真话好呢？这些誓言都是应当向赫米娅说的，难道你把她丢弃了吗？把你对她和对我的誓言放在两个秤盘里，一定称不出轻重来，因为都是像空话那样虚浮。

拉山德

当我向她起誓的时候，我实在一点见识都没有。

海丽娜

照我想起来，你现在把她丢弃了也不像是有见识的。

拉山德

狄米特律斯爱着她，但他不爱你。

狄米特律斯

（醒）啊，海丽娜！完美的女神！圣洁的仙子！我要用什么来比并你的秀眼呢，我的爱人？水晶是太昏暗了。啊，你樱桃般的嘴唇，瞧上去是多么成熟，多么诱人！你一举起你那洁白的妙手，被东风吹着的高山上的积雪，就显得像乌鸦那么黯黑了。让我吻一吻那纯白的女王，这幸福的象征吧！

海丽娜

唉，倒霉！该死！我明白你们都在把我取笑；假如你们是懂得礼貌有教养的人，一定不会这样侮辱我。我知道你们都讨厌着我，那么就讨厌我好了，为什么还要联合起来讥讽我呢？你们瞧上去都像堂堂男子，如果真是堂堂男子，就不该这样对待一个有身份的妇女；发着誓，赌着咒，过誉着我的好处，但我断得定你们的心里却在讨厌我。你们两人一同爱着赫米娅，现在转过身来一同把海丽娜嘲笑，真是大丈夫的行为！为着取笑的缘故逼一个可怜的女人流泪！高尚的人决不会这样轻侮一个女人，逼到她忍无可忍，只是因为给你们寻寻开心。

拉山德

你太残忍，狄米特律斯，不要这样；因为你爱着赫米娅，这你知道我是十分明白的。现在我用全心和好意把我在赫米娅的爱情中的地位让给你；但你也得把海丽娜的让给我，因为我爱她，并且将要爱她到死。

海丽娜

从来不曾有过嘲笑者浪费过这样无聊的口舌。

狄米特律斯

拉山德，保留着你的赫米娅吧，我不要；要是我曾经爱过她，那爱情现在也已经消失了。我的爱不过像过客一样暂时驻留在她的身上，现在它已经回到它的永远的家，海丽娜的身边，再不到别处去了。

拉山德

海丽娜，他的话是假的。

狄米特律斯

不要侮蔑你所不知道的真理，否则你将以生命的危险重重补偿你的过失。瞧！你的爱人来了；那边才是你的爱人。

赫米娅 重上。

赫米娅

黑夜使眼睛失去它的作用，但却使耳朵的听觉更为灵敏。我的眼睛不能寻到你，拉山德；但多谢我的耳朵，使我能闻见你的声音。你为什么那样忍心地离开了我呢？

拉山德

爱情驱着一个人走的时候，为什么他要滞留呢？

赫米娅

哪一种爱情能把拉山德驱离我的身边？

拉山德

拉山德的爱情使他一刻也不能停留；美丽的海丽娜，她照耀着夜天，使一切明亮的繁星黯然无色。为什么你要来寻找我呢？难道这还不能使你知道我因为厌恶你，才这样离开了你吗？

赫米娅

你说的不是真话，那不会是真的。

海丽娜

瞧！她也是他们的一党。现在我明白了，他们三个人一起联合了用这种恶戏欺凌我。欺人的赫米娅！最没有良心的丫头！你竟然和这种人一同算计着向我开这种卑鄙的玩笑作弄我吗？难道我们两人从前的种种推心置腹，约为姊妹的盟誓，都已经忘记了吗？我们在同学时的那种情谊，一切童年的天真，都已经完全在脑后了吗？赫米娅，我们两人曾经像两个精巧的针神，在一起绣着同一朵花，描着同一个图样，我们同坐在一个椅垫上，齐声地曼吟着同一首歌儿，就像我们的手、我们的身体、我们的声音、我们的思想，都是连在一起不可分的样子。我们这样生长在一起，正如并蒂的樱桃，看似两个，其实却连生在一起；我们是结在同一根茎上的两颗可爱的果实，我们的身体虽然分开，我们的心却只有一个。难道你竟把我们从前的友好丢弃不顾，而和男人们联合着嘲弄你的可怜的朋友吗？这种行为太没有朋友的情谊，而且也不合一个少女的身份。不单是我，我们全体女人都可以攻击你，虽然受到委屈的只是我一个。

赫米娅

你这种愤激的话真使我惊奇，我并没有嘲弄你，似乎你在嘲弄我哩。

海丽娜

你不曾唆使拉山德跟随我，假意称赞我的眼睛和脸孔吗？你那另一个爱人，狄米特律斯，不久之前还曾要用他的脚踢开我，你不曾使他称我为女神、仙子、神圣而稀有的、珍贵的、超乎一切的人吗？为什么他要向他所讨厌的人说这种话呢？拉山德的灵魂里是充满了你的爱的，为什么他反而要摈斥你，却要把他的热情奉献给我，倘不是因为你的指使，因为你们是曾经预先商量好的？即使我不像你那样得人爱怜，那样被人追求不舍，那样好运，而是那样倒霉，因为得不到我所爱的人的爱情，那和你又有什么关系呢？你应该可怜我而不应该侮蔑我的。

赫米娅

我不懂你说这种话的意思。

海丽娜

好，尽管装腔下去，扮着这一副苦脸，等到我一转背，就要向我做鬼脸了；把这个绝妙的玩笑尽管开下去吧，将来会登载在历史上的。假如你们是有同情心，懂得礼貌的，就不该把我当作这样的笑柄。再会吧，一半也是我自己的不好，死别或生离不久便可以补赎我的错误。

拉山德

不要走，温柔的海丽娜！听我解释。我的爱！我的生命！我的灵魂！美丽的海丽娜！

海丽娜

多好听的话！

赫米娅

亲爱的，不要那样嘲笑她。

狄米特律斯

要是她的恳求不能使你不说那种话，我将强迫你闭住你的嘴。

拉山德

她也不能恳求我，你也不能强迫我；你的威胁正和她的软弱的祈求同样没有力量。海丽娜，我爱你！凭着我的生命起誓，我爱你！谁说我不爱你的，我愿意用我的生命证明他说谎；为了你我是乐意把生命捐弃的。

狄米特律斯

我说我比他爱你爱得更多。

拉山德

要是你这样说，那么把剑拔出来证明一下吧。

狄米特律斯

好，快些，来！

赫米娅

拉山德，这一切究竟是怎么一回事呢？

拉山德

走开，你这黑奴！

狄米特律斯

你可不能骗我而自己逃走；假意说着来来，却在准备乘机溜去。你是个不中用的汉子，去吧！

拉山德

（向赫米娅）放开手，你这猫！你这缠人的东西，放开手！否则我要像撵走一条蛇那样撵走你了。

赫米娅

为什么你变得这样凶暴？究竟是什么缘故呢，爱人？

拉山德

你的爱人？走开，黑矮子！可厌的毒物，给我滚吧！

赫米娅

你还是在开玩笑吗？

海丽娜

是的，你也是。

拉山德

狄米特律斯，我一定不失信于你。

狄米特律斯

你的话可有些不能算数，因为人家的柔情在牵系住你。我可信不过你的话。

拉山德

什么！难道要我伤害她，打她，杀死她吗？虽然我厌恨她，我还不至于这样残忍。

赫米娅

啊！还有什么事情比你厌恨我更残忍呢？厌恨我！为什么呢？天哪！究竟是怎么一回事呢，我的好人？难道我不是赫米娅了吗？难道你不是拉山德了吗？我现在生得仍旧跟以前一个样子。就在这一夜里你还曾爱过我；但就在这一夜里你离开了我。那么你真的——唉，天哪！——存心着离开我吗？

拉山德

一点不错，而且再不要看见你的脸了；因此你可以断了念头，不必疑心，我的话是千真万确的：我厌恨你，我爱海丽娜，一点不是开玩笑。

赫米娅

（向海丽娜）天啊！你这骗子！你这花中的蛀虫！你这爱情的贼！哼！你乘着黑夜，悄悄地把我的爱人的心偷了去吗？

海丽娜

真好！难道你·点女人家的羞耻都没有，一点不晓得难为情了吗？哼！你一定要引得我破口说出难听的话来吗？哼！哼！你这装腔作势的人！你这给人家愚弄的小玩偶！

赫米娅

小玩偶！噢，原来如此。现在我才明白了她把她的身材跟我比较；她自夸她生得修长，用她那身材，那高高的身材，赢得了他的心。因为我生得矮小，所以他便把你看得高不可及了吗？我是怎样一个矮法？你这涂脂抹粉的花棒儿！请你说，我是怎样矮法？矮虽矮，我的指爪还够得着你的眼珠哩！

海丽娜

先生们，虽然你们都在嘲弄我，但我求你们别让她伤害我。我从来不曾使过性子，我也完全不懂得怎样跟人家闹架儿，我是一个胆小怕事的女子。不要让她打我。也许你们以为她比我生得矮些，我可以打得过她。

赫米娅

生得矮些！听，又来了！

海丽娜

好赫米娅，不要对我这样凶！我一直是爱你的，赫米娅，有什么事总跟你商量，从来不曾对你做过欺心的事；除了这次，为了对于狄米特律斯的爱情的缘故，我把你私奔到这座林中的事告诉了他。他追踪着你；为了爱，我又追踪着他；但他一直是斥骂着我，威吓着我说要打我，踢我，甚至于要杀死我。现在你让我悄悄地去了吧；我愿带着我的愚蠢回到雅典去，不再跟着你们了。让我去，你瞧我是多么傻多么痴心！

赫米娅

好，你去就去吧，谁在拦住你？

海丽娜

一颗发痴的心，但我把它丢弃在这里了。

赫米娅

噢，给了拉山德了是不是？

海丽娜

不，是狄米特律斯。

拉山德

不要怕，她不会伤害你的，海丽娜。

狄米特律斯

当然不会的，先生；即使你帮着她也不要紧。

海丽娜

啊，她一发起怒来，真是又凶又狠。在学校里她就是出名的雌老虎；长得很小的时候，便已是那么凶了。

赫米娅

又是"很小"！老是矮啊小啊地说个不住！为什么你让她这样讥笑我呢？让我跟她拼命去。

拉山德

滚开，你这矮子！你这发育不全的三寸丁！你这念佛珠！你这小青豆！

狄米特律斯

她用不着你的帮忙，因此不必那样乱献殷勤。让她去，不许你嘴里再提到海丽娜。要是你再略为向她献媚一下，就请你当心着吧！

拉山德

现在她已经不再拉住我了；你要是有胆子，跟我来吧，我们倒要试试看究竟海丽娜该是属于谁的。

狄米特律斯

跟你来！嘿，我要和你并着肩走呢。（拉山德、狄米特律斯二人下）

赫米娅

你，小姐，这一切的纷扰都是因为你。哎，别逃啊！

海丽娜

我怕你，我不敢跟脾气这么大的你在一起。打起架来，你的手比我快得多；但我的腿比你长些，逃起来你追不上我。（下）

赫米娅

我简直莫名其妙，不知道要说些什么话才好。（下）

奥布朗

这是你的大意所致；倘不是因为你弄错了，一定是你故意在捣蛋。

迫克

相信我，仙王，是我弄错了。你不是对我说只要认清楚那人穿着雅典的衣裳？照这样说起来我完全不曾错，因为我是把花汁滴在一个雅典人的眼上。事情会弄到这样我是蛮快活的，因为他们的吵闹看着怪有趣味。

奥布朗

你瞧这两个恋人找地方打架去了，因此，罗宾，快去把夜天遮暗了；你就去用像冥河的水一样黑的浓雾盖住了星空，再引这两个气势汹汹的仇人迷失了路，不要让他们碰在一起。有时你学着拉山德的声音痛骂狄米特律斯，有时学着狄米特律斯的样子斥责拉山德：用这种法子把他们两两分开，直到他们奔波得精疲力竭，死一样的睡眠拖着铅样沉重的腿和蝙蝠的翅膀爬到了他们的额上；然后你把这草挤出汁来涂在拉山德的眼睛上，它能够解去一切的错误，使他的眼睛恢复从前的眼光。等他们醒来之后，这一切的戏谑，就会像是一场梦境或是空虚的幻象；这一班恋人便将回到雅典去，一同走着无穷的人生的路程直到死去。在我差遣你去做这件事的时候，我要去访问我的王后，向她讨那个孩子；然后我要解除她眼中所见的怪物的幻觉，一切事情都将和平解决。

迫克

这事我们必须赶早办好，主公。

因为黑夜已经驾起他的飞龙；

晨星，黎明的先驱，已照亮苍穹；

一个个灵魂四散地奔返地宫；

还有那可怜的幽灵抱恨长终，

道旁水底有他们的白骨成丛，

为怕白昼揭破了丑恶的形容，

早已向重泉归寝，相伴着蛆虫；

他们永远照不到日光的融融，

只每夜在暗野里凭吊着凄风。

奥布朗

但你我可完全不能比并他们；

晨光中我惯和猎人一起游巡，

如同林居人一样踏访着丛林；

即使东方开启了火红的天门，

大海上照耀万道灿烂的光针，

青碧的巨浸化成了一片黄金。

但我们应该早早办好这事情，

最好别把它拖延着直到天明。（下）

迫克

奔到这边来，奔过那边去；
我要领他们，奔来又奔去。
林间和市上，无人不怕我；
我要领他们，走尽林中路。
这儿来了一个。

拉山德 重上。

拉山德

你在哪里，骄傲的狄米特律斯？说出来！

迫克

（假装狄米特律斯的声音）在这儿，恶徒！把你的剑拔出来准备着吧。你在哪里？

拉山德

我立刻就过来。

迫克

（假装狄米特律斯的声音）那么跟我来吧，到平坦一点的地方。（拉山德随声音下）

狄米特律斯 重上。

狄米特律斯

拉山德，你再开口啊！你逃走了，你这懦夫！你逃走了吗？说话呀！躲在哪一堆树丛里吗？你躲在哪里呀？

迫克

（假装拉山德的声音）你这懦夫！你在向星子们夸口，向树林子挑战，但是却不敢过来吗？来，卑怯汉！来，你这小孩子！我要好好抽你一顿。谁要跟你比剑才真倒霉！

狄米特律斯

呀，你在那边吗？

迫克

（假装拉山德的声音）跟我的声音来吧，这儿不是适宜我们战斗的地方。（同下）

拉山德 重上。

拉山德

他走在我的前头，老是挑激着我上前；一等我走到他叫喊着的地方，他又早已不在。这个坏蛋比我脚步快得多，我越是追得快，他可逃走得更快，使我在黑暗崎岖的路上绊跌了一跤。让我在这儿休息一下吧。（躺下）来吧，仁心的白昼！只要你一露出你的一线灰白的微光，我就可以看见狄米特律斯而洗雪这次仇恨了。（睡去）

迫克 及 狄米特律斯 重上。

迫克

（假装拉山德的声音）呵！呵！呵！懦夫！你为什么不来？

狄米特律斯

要是你有胆量的话，等着我吧；我全然明白你跑在我前面，从这儿窜到那儿，不敢站住，也不敢当着我的面。你现在在什么地方？

迫克

（假装拉山德的声音）过来，我在这儿。

狄米特律斯

哼，你在摆布我。要是天亮了我看见你的脸孔，你好好地留点儿神；现在，去你的吧！疲乏逼着我倒下在这寒冷的地上，等候着白天的降临。（躺下睡去）

海丽娜 重上。

海丽娜

疲乏的夜啊！冗长的夜啊！减少一些你的时辰吧！从东方出来的安慰，快照耀起来啊！好让我借着晨光回到雅典去，离开这一群人，他们大家都

讨厌可怜的我，慈悲的睡眠，有时你闭上了悲伤的眼睛，求你暂时让我忘却了自己的存在吧！（躺下睡去）

迫克

两男加两女，四个无错误；

三人已在此，一人在何处？

哈哈她来了，满脸愁云罩；

爱神真不好，惯惹人烦恼！

赫米娅 重上。

赫米娅

从来不曾这样疲乏过，从来不曾这样伤心过！我的身上沾满了露水，我的衣裳被荆棘所抓破；我跑也跑不动，爬也爬不动了；我的两条腿再也不能从着我的心愿。让我在这儿休息一下以待天明。要是他们真要格斗的话，愿天保佑拉山德啊！（躺下睡去）

迫克

梦将残，睡方酣，

神仙药，祛幻觉，

百般迷梦全消却。（挤草汁于拉山德眼上）

醒眼见，旧人脸，

乐满心，情不禁，

从此欢爱复深深。

一句俗语说得好，

各人各有各的宝：

哥儿爱姊儿，

两两无参差；

失马复得马，

一场大笑话！（下）

（朱生豪 译）

莎士比亚

　　威廉·莎士比亚（William Shakespeare），英国文学家、剧作家，1564年4月23日出生于英国沃里克郡的斯特拉福小镇，1616年4月23日因病离世，享年整整52岁。在他不算长的一生中，创作出无数伟大的戏剧作品，写尽人间冷暖、悲欢离合、善恶美丑。去世四百年来，他的作品依然在全世界的舞台、剧院上演，在读者中间一代代传递，再没有第二个剧作家的影响力能超过他。

　　莎士比亚的创作大致可分为三个阶段：早期主要是正面宣扬人文主义理想，充满愉快乐观的浪漫主义色彩的喜剧和历史剧；中期随着对现实认识的深入，剧作的批判力度加强，转为悲剧为主；到了晚年，愤世嫉俗的莎翁性情变得越来越平和，作品呈现出返璞归真的倾向，多宣扬宽恕和容忍的主题。

朱生豪

朱生豪（1912—1944），中国著名翻译家，生于浙江嘉兴，曾就读于杭州之江大学国文系与英文系，大学毕业后赴上海世界书局任英文编辑之职，参与编纂《英汉四用辞典》。1935年着手为世界书局翻译莎士比亚全集，1937年日寇侵入上海，辗转流徙，贫病交加，仍坚持翻译，先后共译出莎剧三十一个半，尚存历史剧五个半。1944年12月26日，因肺结核含怨离世，享年32岁。他是中国翻译莎士比亚作品较早的人之一，译文质量典雅生动，为国内外莎士比亚研究者公认。

兰姆姐弟

兰姆姐弟，即查尔斯·兰姆（Charles Lamb，1775—1834）和玛丽·兰姆（Mary Lamb，1764—1847），英国著名的散文家、诗人、剧作家，代表作：《伊利亚随笔》等。为了让小读者们也可以欣赏莎士比亚的作品，他们决定动手改写莎翁名著，把原著的精华神韵，以浅显易懂的文字向孩子呈现。这个计划在当时遭到不少非议，甚至有人认为他们是在毁坏莎翁经典。但凭借着和莎翁心灵上的默契、深厚的语言功力，他们改写的戏剧故事受到了无数孩子的喜爱，也让大人们转变了看法。并且，随着时间的验证，兰姆姐弟的改写本已经成为和莎士比亚戏剧一样为人们所称道的经典之作。这种改写本受到和原著一样高度的评价，甚至出现比原著更受欢迎的情形，在世界文学史上也是极为罕见的。

漪然

漪然（1977—2015），原名戴永安，儿童文学作家、翻译家，生于安徽芜湖，3岁意外致残，8岁开始自学，14岁从事专业写作，2015年因病去世，年仅38岁，一生共创作并翻译作品200多部。代表著作：《四季短笛》《忘忧公主》《记忆盒子》《心弦奏响的一刻》等；代表译作：《月亮的味道》《一个孩子的诗园》《莎士比亚戏剧故事集》《海精灵》《不一样的卡梅拉》等。

莎士比亚（少年版）

作者 _ [英]威廉·莎士比亚

改写 _ [英]查尔斯·兰姆　　[英]玛丽·兰姆

译者 _ 朱生豪　潇然

产品经理 _ 王奇奇　　装帧设计 _ 何月婷　　产品总监 _ 李静

技术编辑 _ 陈杰　　责任印制 _ 梁拥军　　策划人 _ 于桐

插画绘制 _ 宋祥瑜

果麦

www.guomai.cc

以 微 小 的 力 量 推 动 文 明

Shakespeare

莎士比亚

少年版

Twelfth Night

第十二夜

[英]威廉·莎士比亚 著

[英]查尔斯·兰姆 [英]玛丽·兰姆 改写

朱生豪 澍然 译

北方联合出版传媒(集团)股份有限公司

万卷出版有限责任公司

有人生来伟大，有人成就伟大，有人不得不伟大。

Some are born great, some achieve greatness,
and others have greatness thrust upon them.

戏剧故事

Twelfth Night

第十二夜

西巴斯辛和妹妹薇奥拉是出生在梅萨林的一对双胞胎，这兄妹俩长得十分相像，倘不是装束不同，旁人根本无法将他俩区分开来。不幸的是，他们在一次乘船旅行中失散了。因为他们乘坐的船只遇上了一场大风暴，撞上一块礁石，几乎没有人从这场海难中幸存下来，只有船长和几个水手划着一艘小船，带着被他们救下来的薇奥拉，登上了伊利里亚的海岸。

可怜的女孩刚刚脱离险境，又为失踪的哥哥伤心哭泣起来。而船长安慰她说，他在大船沉没的时候，看见她哥哥把自己捆在一根结实的桅樯上。船长还看见他一直漂浮在海面上，直到他消失在自己的视野之外。薇奥拉听到这些话，心中又浮起一丝希望，于是平静了一些，并开始考虑在这样一个离乡背井的地方该如何谋生，她问船长是否了解这个地方的情况。

"是的，姑娘，很熟悉，"船长回答道，"因为我就是在离这儿不到三小时旅程的地方出生和长大的。"

"谁统治着这地方？"薇奥拉问。

船长告诉她，伊利里亚的统治者是奥西诺，一位名副其实的高贵的公爵。薇奥拉说，她曾经听父亲说起过奥西诺，那时他还没有娶亲。

"现在还是这样，"船长说，"至少在最近我还不曾听见他娶亲的消息，因为一个月之前我从这儿出发时刚刚有一个新鲜的传闻——说奥西诺在向美貌的奥丽维娅求爱，您知道，大人物的一举一动，都会被一般人议论纷纷的。奥丽维娅是一位品德高尚的姑娘，她父亲是位伯爵，约莫在一年前去世了，去世前，把她交给兄长照顾，可兄长不久后也去世了。他们说，出于对她哥哥深切的友爱，奥丽维娅已经发誓不再跟任何男人在一起或是见他们的面。"

薇奥拉当然深深了解这种失去兄长的悲痛，所以很想结识这位小姐。于是她问船长是否可以将她介绍给奥丽维娅，说自己很愿意做这位小姐的女仆。可船长回答说，那很难办到，因为奥丽维娅小姐在哥哥死后，不肯让任何人进入她的宅邸，就是公爵的请求她也是拒绝的。

这时，薇奥拉灵机一动，又想出另一个主意，那就是假扮成一个男孩子的模样，去奥西诺公爵那里做一个小仆人。虽然女扮男装对当时的年轻女孩来说，是十分荒唐、不合礼仪的行为，但是无亲无故的薇奥拉为了能够在陌生的国度找到一个赖以谋生的职业，也顾不上考虑太多。

于是她请求船长帮助她实现这个计划，这位古道热肠的朋友也欣然同意了。薇奥拉给了他一些钱，让他为自己定制一些和哥哥平素穿着款式相同的服装，当她照这样穿着打扮起来以后，她看上去就和哥哥西巴斯辛一模一样了。

薇奥拉打扮停当之后，就让她的船长朋友将自己介绍给奥西诺公爵，她还给自己取了个化名叫作西萨里奥。公爵对这个谈吐举止温文尔雅的年轻人十分欣赏，于是立即就接受了这个西萨里奥作为自己的新仆人。如愿以偿的薇奥拉很快就胜任自己的新工作，并以忠诚的服务赢得了主人的赏识，很快

就成了他最信任的小随从。

　　奥西诺不久就将自己痴恋奥丽维娅小姐的经过全都告诉了西萨里奥。为了这个将他拒之门外的美丽女子，高贵的奥西诺公爵近来变得郁郁寡欢，闭门不出，整日只沉浸在感叹爱情无常的靡靡之音中，过去和他交情甚笃的一帮贵族朋友也被他疏远了，他整天只和年轻的西萨里奥待在一起，翻来覆去地讲述他不幸的爱情故事。

　　让年轻的女孩整天待在一个年轻英俊的公爵身边是一件十分危险的事——薇奥拉很快就发现她爱上了自己的主人，其程度也不亚于奥西诺向她描述的自己对于奥丽维娅的痴情。她甚至对奥丽维娅如此冷酷地拒绝公爵而感到不可思议，因为她觉得所有的人都会为自己这位出类拔萃的主人所倾倒。

　　于是，有一天，她很冒险地将自己的爱意用一种委婉的方式告诉了奥西诺。她说："假如有一位姑娘——也许真有那么一个人——也像您爱着奥丽维娅一样痛苦地爱着您，而您却不能爱她，那么您不是也要这样告诉她，她不是也必须以得到这样的答复为满足吗？"

　　可是奥西诺不接受她的看法，因为他认为这世界上没有一个女人的爱可以和他对奥丽维娅的爱相提并论。他说，女人的心没有这样广大，可以藏得下这许多爱情。

尽管薇奥拉对公爵的话从来都不表示异议，这一次却忍不住要反驳了，因为她了解自己的心里装着的爱绝对比奥西诺想象的要多得多，于是她说："哦，殿下，可是我知道——"

"你知道什么，西萨里奥？"奥西诺问道。

"我知道得很清楚，"薇奥拉回答，"女人对于男人会怀着怎样的爱情，真的，她们是跟我们一样真心的。我的父亲有一个女儿，她爱上了一个男人，正像假如我是个女人也许会爱上了殿下您一样。"

"她的经历怎样？"奥西诺问。

"一片空白而已，殿下。"薇奥拉答道，"她从来不向人诉说她的爱情，让隐藏在内心中的抑郁像蓓蕾中的蛀虫一样，侵蚀着她绯红的脸颊。她因相思而憔悴，疾病和忧愁折磨着她，像是墓碑上刻着的'忍耐'的化身，默坐着向悲哀微笑。"

公爵好奇地问这位姑娘有没有殉情而死，可薇奥拉找了些别的话搪塞了过去，因为这个故事只不过是她为了向奥西诺暗示自己的爱情而编织出来的罢了。

正当他们在谈话时，一个被公爵派去见奥丽维娅的使者回来了，他向公爵报告说："启禀殿下，奥丽维娅的仆人们不让我进去，只从她的侍女嘴里传来这一个答复：除非再过七年，就是苍天也不能窥见她的面容。她要像一个尼姑一样，蒙着面纱而行，每天用辛酸的眼泪浇洒她的卧室，以纪念她对哥哥的爱。"

听到这个信息，公爵感叹道："唉！她有这么一颗优美的心，对于她的哥哥也会挚爱到这等地步。假如爱神那支有力的金箭射中了她的心，那时她将要怎样恋爱啊！"他又对薇奥拉说道，"你知道，西萨里奥，我已经把我内心的秘密都向你展示过了。因此，好孩子，到奥丽维娅那边去，别让他们把你拒之门外，站在她的门口，对他们说，你要站到脚底下生了根，直等她答应见你为止。"

"假定我能够和她见面谈话了，殿下，那么又怎样呢？"薇奥拉问。

"噢！那么，"奥西诺答道，"就向她宣布我的恋爱的热情，把我的一片挚诚说给她听。你表演起我的伤心来一定很出色，你这样的青年一定比那些面孔板板的使者更能引起她的注意。"

于是薇奥拉就出发了，虽然在内心深处她并不愿意担当这个求爱信使的任务，因为她是要说服这位小姐成为她心上人的妻子啊！可既然已经答应了公爵的请求，她也就忠诚地去履行自己的使命。没过多久，奥丽维娅就听说，有一个年轻人在她家门外要求和她见面。

"我对他说，"仆人说道，"您病了。他说他知道，因此要来见您说话。我对他说您睡了，他似乎也早已知道，因此要来见您说话。还有什么话好对他说呢，小姐？什么拒绝都挡他不了。不管您愿不愿意，他一定要见您说话。"

奥丽维娅不禁对这个固执的使者产生了一些好奇，想知道他长得什么模样，于是她戴上一方面纱，对仆人说她准备再听听奥西诺的来使要说些什么——除了这个公爵派来的人，又有谁会这样再三坚持要见到她呢？

这样，薇奥拉就走进了奥丽维娅的房间，她尽力摆出一副男儿的气概，并使用符合一个贵族随从身份的语气来说话。她对这位蒙着面纱的女子说："最辉煌的、卓越的、无双的美人！请告诉我，您是否就是这府中的小姐，因为我没有见过她。我不大甘心浪掷我的言辞，因为它不但写得非常出色，而且我费了好大的辛苦才把它背熟。"

"你是从什么地方来的，先生？"奥丽维娅问道。

"除了我背熟的以外，我不能说别的话。"薇奥拉回答，"您那问题是我所不曾预备作答的。"

"你是个演员吗？"奥丽维娅说。

"不，"薇奥拉回答，"尽管我并不是我所扮演的角色。"她的意思其实是暗指自己女扮男装的身份。

她又询问奥丽维娅是否就是这房子的主人。奥丽维娅回答说她正是。

这时，薇奥拉对自己这位情敌的好奇，倒使得她并不急于递交她主人的口信了，反而盯着这位蒙面纱的小姐说道："好小姐，让我瞧瞧您的脸。"

奥丽维娅听到这个鲁莽的请求时，竟然没有显出气恼的样子，原来，这个令公爵奥西诺害上单相思的傲慢的美人，却在第一眼看到这个地位卑下的小仆人西萨里奥时，就对他萌生了爱意。

于是奥丽维娅说道："难道贵主人有什么事要差你来跟我的脸接洽吗？"接着，她似乎完全忘记了自己七年不见外人的誓言，将面纱掀到一边，说道，"可

是我们不妨拉开幕儿，让你看看这幅图画。它不是画得很好吗？"

薇奥拉答道："这真是各种色彩精妙调和而成的美貌，红红白白的每一笔都是造物主亲自用他可爱的巧手描绘上去的。小姐，要是您竟然甘心让这种美埋没在坟墓里，不给世间留下一份副本，那您就是世上最狠心的女人了。"

"啊！先生，"奥丽维娅说道，"我不会那样狠心。我可以列下一张我的美貌的清单，例如：浓淡适中的朱唇两片；灰色的倩眼一双，附眼睑；玉颈一围，柔颐一个，等等。你是奉命到这儿来恭维我的吗？"

薇奥拉说："我明白您是个什么样的人了。您太骄傲了；可您又是如此美貌，令我的主人不得不爱着您。啊！这是怎样一种爱情，即使您是人间的绝色，也应该酬答他。因为奥西诺是用大量的眼泪、震响的呻吟、吞吐着烈火的叹息在深深地爱着您。"

"你的主人，"奥丽维娅说，"他知道我的意思，我不爱他。虽然我觉得他品格高尚，也知道他很尊贵，很有身份，年轻而纯洁，有很好的名声，慷慨、博学、勇敢，长得又体面。可是我就是不爱他，他老早就已经得到我的回音了。"

"要是我也像我主人一样热情地爱着您，"薇奥拉说道，"我要在您的门前用柳枝筑成一所小屋，在那里呼唤你的芳名；我要吟咏着被冷淡了的忠诚爱情的诗篇，不顾夜多么深我要把它们高声歌唱；我要向着发出回声的山崖呼喊，使饶舌的风都叫着'奥丽维娅'。啊！您在天地之间将要得不到安静，除非您怜悯了我！"

"你可以做得更好呢，"奥丽维娅说道，"你的家世怎样？"

薇奥拉答道："超过我目前的境遇，但我仍然是个有身份的绅士。"

这时，奥丽维娅叫薇奥拉回去复命，不过她心里很不情愿这个仆人离开，她说道："回到你主人那里去。我不能爱他，叫他不要再差人来了。除非你再来见我，告诉我，他对于我的答复觉得怎样。"

于是，薇奥拉就向这位她称为冷美人的小姐道了别。她离开之后，奥丽维娅还在喃喃地重复着那些话——"超过我目前的境遇，但我仍然是个有身份的绅士。"

她不知不觉就叫出了声："我可以发誓他一定是

的，他的语调，他的脸，他的肢体、动作、精神，各方面都可以证明他是一个高贵的人！"她真希望西萨里奥就是公爵，并感到这个美少年已经牢牢地俘获了自己的心。

她虽然也责怪自己这突如其来的爱情，可人们对自己的错误总是会找到原谅的理由，她也是如此。很快这个高贵的奥丽维娅小姐就完全不在意自己和那个小仆人之间的天差地别了，当女人恋爱的时候她就仅仅是一个女人。

她决心一定要赢得西萨里奥的爱情，于是派一个使者带着一枚钻石戒指去追赶那个年轻人，假装那是他留在她家中的一件来自奥西诺的礼物。而实际上她只是想以此方式巧妙地送给西萨里奥一件爱的礼物。

她这样的暗示使得薇奥拉感觉非常吃惊，她当然知道公爵并没有给过她什么戒指，这意外的礼物使她又细想起奥丽维娅看着她时那种脉脉含情的样子，她立刻领悟到，公爵热恋着的这位小姐已经为自己坠入了爱河。

"唉！"她不禁说道，"可怜的小姐，她真是做梦了！我现在才明白假扮的确不是一桩好事情，可怜的奥丽维娅也要像我对奥西诺一样白费无数的叹息了！"

薇奥拉回到奥西诺的宫殿，向主人详细讲述了她和奥丽维娅见面后的情形，并转达了那位小姐的话，叫公爵不要再去做徒劳的尝试。可公爵却并没有放弃希望，他仍然相信可爱的西萨里奥能够说动美人的芳心，让她对自己的爱有所回应。因此他请求年轻人第二天继续为他去拜访奥丽维娅。

同时，为了打发这一天剩下的时光，他命令宫廷的歌手们再为自己演唱一支他心爱的歌曲。他说："我亲爱的西萨里奥，当我昨晚听到这支歌，心里的忧伤也减轻不少。好好听着，西萨里奥，那是支古老而平凡的歌儿，是晒着太阳的纺线工人和织布工人以及无忧无虑的制花边的女郎们常常吟唱的。歌里的话儿都是些平常不过的真理，可我喜欢它，它倾诉着的是那种古老爱情的朴素纯洁。"

> 过来吧，过来吧，死神！
> 让我横陈在凄凉的柏棺的中央；
> 飞去吧，飞去吧，浮生！
> 我被害于一个狠心的美貌姑娘。

为我将白色的殓衾铺满紫衫；

没有一个人会真心为我悲伤。

莫让一朵花儿，甜柔的花儿，

撒上了我那黑色的、黑色的棺材；

不用一个朋友，一个朋友的问候，

温暖我可怜的躯体，我的骨骼将会散开。

为免那多情人一千万次的哀叹，

请把我埋葬在无从凭吊的坟场。

薇奥拉不能不被这歌声所打动，因为它所唱的正好也是令她心中充满悲伤的那种无望的爱情。

她脸上于无意中流露出的这种伤感被奥西诺留意到了，于是他说道："西萨里奥，你虽然这样年轻，我相信你的眼睛一定曾经看中过什么人，是不是，孩子？"

"是有过一个，请您不要见怪。"薇奥拉答道。

"是个什么样子、什么年纪的女人呢？"奥西诺问。

"相貌和年纪都跟您差不多，殿下。"薇奥拉说。

这回答使得公爵感到十分好笑，因为他很难想象这英俊的年轻人会爱上一个长得像男人般的妇女。

可薇奥拉说的其实就是奥西诺本人，而不是在他想象中的那样一个模样长得像他的女人。

薇奥拉第二次去拜访奥丽维娅时，她面前的道路已经畅通无阻，宅邸的大门为她敞开，仆人们对她也非常客气，只是当薇奥拉告诉奥丽维娅她是为自己主人再次来请求她的爱情时，这位小姐说道："请你不要再提起他了。可是如果你肯为另外一个人求爱，我愿意听你的请求，胜过听天上的歌声。"

这些话已经是非常坦率的表白了，可接着奥丽维娅说的话却还要大胆，她公开承认她对这个仆人的爱情，当注意到有一丝不快从心烦意乱的薇奥拉脸上流露出来时，她说道："唉！这嘴角的轻蔑和怒气！可这冷然的神态多么美丽！西萨里奥，凭着春日蔷薇、贞操、忠信与一切，我是这样真诚地爱你，哪怕是你的骄傲、我的理智也拦不住这热情的宣告。"

在这位小姐炽热的爱情面前，薇奥拉只得匆匆提出告辞，并说，她以后再也不会为奥西诺来向她求爱了。对奥丽维娅的再三恳求，她只能回答说，她保证自己永远不会爱上任何一个女人。

然而，薇奥拉刚刚走出奥丽维娅家没多久，就又遇上一个艰巨的考验。

　　原来，有一位被奥丽维娅拒绝过的求婚者，已经听说公爵的年轻使者是怎样博得了美人的欢心，就在半道上守候着，要和薇奥拉展开一场决斗。可怜的姑娘不知该如何是好，虽然她穿着一身英武的男装，可却实实在在只有一个女子柔弱的心灵，就连看到自己的剑也会发抖啊。

　　当那个强大的对手拔出剑来一步步向她逼近时，她不禁想要说出自己的真实身份来，就在这时，一个意外的发生给她解了围。

　　不知从哪里跑来的一个陌生人，跳到了正待交战的两个人之间，他看上去好像早就认识薇奥拉似的，而且似乎还是她的至交好友。他挡在她的前面，向那个对手说道："要是这位年轻的先生得罪了你，我替他担个不是；要是你得罪了他，我可不肯对你甘休。"

　　还没等薇奥拉对他表示谢意，或是问一问他的来历，这个新朋友就遇上了比决斗更大的麻烦——几个警吏忽然出现在他们面前，并以公爵的名义逮捕了这个陌生人，说是为了他在数年前犯下的一桩罪行。

他转身对薇奥拉说："这场祸事都是因为要来寻找你而起。"接着他又向她说道，"现在我不得不向你要回我的钱袋了，叫我难过的倒不是我自己的遭遇，而是不能给你尽一点力。你吃惊吗？还是请你宽心吧。"

他的话使薇奥拉更加困惑不解。她向他解释说自己并不认识他，也没有拿过他的钱袋，可为了他刚刚在这儿对她的好意相助，她愿意将自己随身所带的一点儿钱全部送给他使用。

不料那陌生人听了这话却破口骂了起来，指责她忘恩负义，并说道："你们瞧这个孩子，他是我从死神的掌中夺来的，为了这个伙伴我才来到伊利里亚，却因此招来这一场不幸。"

可警吏们并不留意他说了些什么，只是一边催促犯人快些跟他们走，一边说道："那跟我们有什么相干呢？"那人被带走时，还不住口地向薇奥拉叫着西巴斯辛的名字，责备这个他所认为的好友对自己的冷酷无情。

他的叫声渐渐远去，薇奥拉听到西巴斯辛这个名字，不禁沉思起来，虽然她没有来得及向陌生人追问更多的情形，但还是猜测出她可能是被人错认为是自己的孪生哥哥了。这个意外的发现给她带来了莫大的希望，因为那个刚刚被警吏带走的人说，正是他救了她哥哥的命。

原来，这个陌生人的名字叫安东尼奥，是一个船长，正是他将独自漂浮在大海上、已经精疲力竭的西巴斯辛救上自己的船，从此，他们就结下了深厚的友谊。年轻的西巴斯辛决定去伊利里亚旅行时，安东尼奥也和他一起到了这个地方，虽然他明知这十分危险，因为公爵一直没有忘记和他过去在海战上结下的一些冤仇。

在安东尼奥见到薇奥拉的几个小时之前，他将自己的钱袋交给了西巴斯辛，叫他一个人上街去逛逛，在看到什么中意的商品时随意取用这些钱币，而他会在旅馆里等着朋友回来。可约定的时间到了，西巴斯辛却没了人影，着急的安东尼奥冒险跑到大街上来寻找他，却遇上和自己朋友一样打扮的薇奥拉，安东尼奥以为好朋友遇上了麻烦，当然立刻拔刀相助，结果却阴差阳错地替薇奥拉解了围。

安东尼奥被带走后，薇奥拉唯恐再遇上那个向她挑战的人，匆匆地赶回了公爵府。她走后没过一会儿，那个挑衅者果然又来到这条街上寻找她，不过，这一次他找到的却是这个姑娘的哥哥。西巴斯辛正巧也闲逛到这个地方，冷不丁却听到一个人向他喊道："怎么，先生，我又碰见你了吗？看招吧！"接着，一个拳头就向他直冲过来。

西巴斯辛可不是个胆小鬼，他立刻就予以对手猛烈的还击，还拔出自己的剑，准备痛痛快快地斗上一场。

这时，一位小姐突然出现，阻止了这场刚要开始的决斗，原来是奥丽维娅听说了大街上发生的事，匆匆赶到了这里。她也将西巴斯辛当作了西萨里奥，还邀请他回到自己家中，要为他遇到的惊扰向他做一番解释。

虽然西巴斯辛对这位美貌小姐对他表现出的温柔感到十分迷惑不解，就像他对那个忽然向他袭击的人对他表现出的仇恨感到莫名其妙一样，他还是很愉快地接受了这个邀请。而奥丽维娅则很惊喜地发现，她面前的这个"西萨里奥"变得善解人意了，在那看上去一模一样的面孔上，却不见了原先奥丽维娅向他表白爱意时的那种轻蔑和怒气。

西巴斯辛则是完全沉醉在这位美丽小姐的浓情蜜意之中，他虽然不明白这一切究竟是怎么回事，但心里却宁可相信奥丽维娅对他的这种恩宠并非是一种疯狂的举动，因为他看见她是那样井井有条、神气端庄地操持她的家务，指挥她的仆人，料理一切事情，就觉得她不会毫无来由地爱上他这样一个过路人，其中必定另有原因。

奥丽维娅发觉她的西萨里奥忽然变得如此温顺，只恐他再一次变回原来的样子，于是赶紧找来一个神父，就要西巴斯辛和她在家中的礼拜堂里举行结婚仪式。对小姐千依百顺的西巴斯辛也就同意了这个提议。婚礼结束后，他才想起应该将这件喜事告诉自己的好朋友，于是就匆匆告别自己的新娘，去找安东尼奥。

他刚刚离开，奥西诺就来拜访奥丽维娅，他还没有见到女主人，就先看到警吏们带着被缚的安东尼奥来到了他面前。

薇奥拉这时也陪伴在公爵身边，安东尼奥一看见她，就气不打一处来，因为他还以为她就是西巴斯辛，于是他就向公爵控诉，这个年轻人是如何忘恩负义，因为怕遭到连累，便假装不认识救过自己性命的朋友，尽管这三个月来，他们朝朝夜夜都在一起，不曾有一分钟分离过。

可公爵根本没有再留心去听他说了些什么，因为奥丽维娅正从自己的房子里向这边走来，他惊叹道："这里来的是伯爵小姐，天神降临人世了！——可是你这家伙，完全在说疯话，这孩子已经侍候我三个月了。"他说着就命人将安东尼奥带到一旁去。

可这位被奥西诺称为天神的伯爵小姐，却很快就让公爵也和安东尼奥一样痛恨起西萨里奥来，因为他从奥丽维娅那儿只能听到她对西萨里奥表示的关心之词。

公爵发现自己的这个小仆人在奥丽维娅的心中占据非常崇高的地位，嫉妒心使他产生了可怕的复仇的念头，于是他转身就走，并对薇奥拉唤道："来，孩子，跟我来。我的恶念已经成熟。"

虽然从公爵怒气冲冲的脸上，薇奥拉一眼就看出他想要做些什么，可这个痴心的女孩还是勇敢地朝着自己的所爱走去，还说，只要主人的心得到安慰，她甘愿受死。

但奥丽维娅可不想失去自己的丈夫，她立刻叫了起来："你到哪儿去，西萨里奥？"

薇奥拉回答："追随我所爱的人，我爱他甚于生命。"

奥丽维娅为了留住他们，只好大声宣告西萨里奥已经是自己的夫君，还叫来神父为她做证，证明这个年轻人在两个钟头之前刚刚和自己举行了结婚仪式。

这一下，薇奥拉可真是百口莫辩，神父和奥丽维娅的话已经足以使奥西诺相信：正是自己的这个小仆人夺走了他看得比生命还要贵重的宝物。他痛心疾首却又无可奈何，因为婚礼已经举行过了，再做什么也晚了。

他只得带着一颗伤透了的心向这里薄情寡义的女主人和那个背信弃义的伪君子——也就是被他当作奥丽维娅丈夫的薇奥拉告别，并且警告她，不要再让他看见她第二次。

然而，就在此时，一个奇迹出现了！在场的人们忽然看到另一个西萨里奥走了过来，他还呼唤着奥丽维娅，将她称作他的妻子——自然，这另一个西萨里奥就是西巴斯辛，也就是奥丽维娅真正的丈夫。

看见这一幕的人们正为这一样的面孔、一样的声音、一样的装束化成的两个身体惊异不已，这对兄妹已经开始询问起对方的身份，因为薇奥拉虽然猜测哥哥尚在人间，而西巴斯辛却是以为妹妹早就已经在

海难中丧生了，所以看到这个和自己一模一样的小伙子时，他也觉得非常吃惊。不过，薇奥拉很快就向他解释清楚，自己正是他女扮男装的亲妹妹。

这一对孪生兄妹的相认，终于使一切误会也随之消散。奥丽维娅小姐为自己错误地爱上一个姑娘而感到脸红，却也很高兴在阴差阳错间得到了一个年轻英俊的好丈夫。而奥西诺在听说奥丽维娅已经结婚的那一刻，他对她的爱，也就随着娶她为妻的希望破灭而一去不复返了。

现在，他的注意力完全被这个刚刚展现在眼前的奇迹吸引，他仔细地看着他那样宠爱过的仆人西萨里奥，想到他曾经认为她是一个多么英俊的小伙子；又想到她如果穿上女装，将会是个多么美丽大方的姑娘；然后他又想到她不止一次地向他暗示过自己的爱情，只是那时候他将那些话都当作一个仆人忠心和恭顺的表现，可现在他完全明白了，那些谜语似的话语中隐藏的是怎样一颗多愁善感的心灵，过去那些美好的回忆一一浮现在他的脑海，使他一刹那间做出了一个决定，要让薇奥拉成为他亲爱的妻子。

于是他用自己习惯了的那种称呼西萨里奥的方

式说道："孩子，你曾经向我说过一千次决不会像爱我一样爱着一个女人。你还为我做了那么多的事，全然不顾那种职务多么不适于你娇弱的身份和优雅的教养。你既然一直把我称作主人，从此以后，你便是你主人的主妇了。握着我的手吧。"

奥丽维娅看到奥西诺这么快又一次找到自己爱的归宿，也很为他和薇奥拉感到高兴，于是就邀请他们到她家里去，并请求那位刚刚替她和西巴斯辛主持过婚礼的神父，再一次为奥西诺和薇奥拉举行那神圣的仪式。

就这样，这对孪生兄妹在同一天出生，在同一天被风暴吹散，如今，又在同一天结婚了。

（潸然 译）

剧本节选

第一幕　第五场

奥丽维娅府中一室

出场人物

奥丽维娅　美丽的伯爵小姐

薇奥拉　暗恋公爵的女孩

马伏里奥　奥丽维娅的管家

玛丽娅　奥丽维娅的侍女

奥丽维娅 在室中等候。马伏里奥 上。

马伏里奥

小姐，那个少年发誓说一定要见您说话。我对他说您有病；他说他知道，因此要来见您说话。我对他说您睡了；他似乎也早已知道了，因此要来见您说话。还有什么话好对他说呢，小姐？什么拒绝都挡他不了。

奥丽维娅

对他说，我不要见他说话。

马伏里奥

这也已经对他说过了；他说，他要像州官衙门前竖着的旗杆那样立在您的门前不去，像凳子脚一样直挺挺地站着，非得见您说话不可。

奥丽维娅

他是怎样一个人？

马伏里奥

说是个大人吧，年纪还太轻；说是个孩子吧，又嫌大些：就像是一颗没有成熟的豆荚，或是一只半生的苹果，所谓介乎两可之间。他长得很漂亮，说话也很刁钻；看他的样子，似乎有些未脱乳臭。

奥丽维娅

叫他进来。把我的侍女唤来。

马伏里奥

姑娘，小姐叫着你呢。（下）

玛丽娅 上。

奥丽维娅

把我的面纱拿来；来，罩住我的脸。我们再听一次奥西诺来使的话。

薇奥拉 及从者等上。

薇奥拉

哪一位是这府中的贵小姐?

奥丽维娅

有什么话对我说吧;我可以代她答话。你来有
什么见教?

薇奥拉

最辉煌的,卓越的,无双的美人!请您指示我
这位是不是就是这府中的小姐,因为我没有见过她。
我不大甘心浪掷我的言辞;因为它不但写得非常出
色,而且我费了好大的辛苦才把它背熟。两位美人,
不要把我取笑;我是个非常敏感的人,一点点轻侮
都受不了的。

奥丽维娅

你是从什么地方来的,先生?

薇奥拉

除了我所背熟了的以外,我不能说别的话;您那
问题是我所不曾预备作答的。温柔的好人儿,好好儿

地告诉我您是不是府里的小姐，好让我陈说我的来意。

奥丽维娅

你是个小丑吗？

薇奥拉

不，我的深心的人儿；可是我发誓我并不是我所扮演的角色。您是这府中的小姐吗？

奥丽维娅

是的，要是我没有篡夺了我自己。

薇奥拉

假如您就是她，那么您的确是篡夺了您自己了；因为您有权力给予别人的，您却没有权力把它藏匿起来。但是这种话跟我来此的使命无关；我要继续着恭维您的言辞，然后告知您我的来意。

奥丽维娅

把重要的话说出来；恭维免了吧。

薇奥拉

唉！我好容易才把它读熟，而且它又是很诗意的。

奥丽维娅

那么多半是些鬼话，请你留着不用说了吧。我听说你在我门口一味顶撞；让你进来只是为了要看看你究竟是个什么人，并不是要听你说话。要是你没有发疯，那么去吧；要是你明白事理，那么说得简单一些；我现在没有心思去理会一段没有意思的谈话。

玛丽娅

请你动身吧，先生；这儿便是你的路。

薇奥拉

不，好清道夫，我还要在这儿闲荡一会儿呢。亲爱的小姐，请您劝劝您这位"彪形大汉"别那么神气活现。

奥丽维娅

把你的尊意告诉我。

薇奥拉

我是一个使者。

奥丽维娅

你那种礼貌那么可怕，你带来的信息一定是些坏事情。有什么话说出来。

薇奥拉

除了您之外不能让别人听见。我不是来向您宣战，也不是来要求您臣服；我手里握着橄榄枝，我的话里充满了和平，也充满了意义。

奥丽维娅

可是你一开始就不讲礼。你是谁？你要的是什么？

薇奥拉

我的不讲礼是我从你们对我的接待上学来的。我是谁，我要些什么，是个秘密；在您的耳中是神圣，别人听起来就是亵渎。

奥丽维娅

你们都走开吧；我们要听一听这句神圣的话。(玛丽娅及从者等下)现在，先生，请教你的经文？

薇奥拉

最可爱的小姐——

奥丽维娅

倒是一种叫人听了怪舒服的教理，可以大发议论呢。你的经文呢？

薇奥拉

在奥西诺的心头。

奥丽维娅

在他的心头！在他的心头的哪一章？

薇奥拉

照目录上排起来，是他心头的第一章。

奥丽维娅

噢！那我已经读过了，无非是些左道旁门。你没有别的话要说了吗？

薇奥拉

好小姐，让我瞧瞧您的脸孔。

奥丽维娅

贵主人有什么事要差你来跟我的脸孔接洽的吗？你现在岔开你的正文了；可是我们不妨拉开幕儿，让你看看这幅图画。(**解除面幕**)你瞧，先生，我就是这个样子；它不是画得很好吗？

薇奥拉

要是一切都出于上帝的手，那真是绝妙之笔。

奥丽维娅

它的色彩很耐久，先生，受得起风霜的侵蚀。

薇奥拉

那真是各种色彩精妙地调和而成的美貌；那红红的白白的都是造化亲自用他的可爱的巧手敷上去的。小姐，您是世上最忍心的女人，要是您甘心让这种美埋没在坟墓里，不给世间留下一份副本。

奥丽维娅

啊！先生，我不会那样狠心；我可以列下一张我的美貌的清单，一一开陈清楚，把每一件细目都载在我的遗嘱上，例如：浓淡适中的朱唇两片；灰色的倩眼一双，附眼睑；玉颈一围，柔颐一个；等等。你是奉命到这儿来恭维我的吗？

薇奥拉

我明白您是个什么样的人了。您太骄傲了；可是即使您是个魔鬼，您是美貌的。我的主人爱着您；啊！这么一种爱情，即使您是人间的绝色，也应该酬答他的。

奥丽维娅

他怎样爱着我呢？

薇奥拉

用崇拜，大量的眼泪，震响着爱情的呻吟，吞吐着烈火的叹息。

奥丽维娅

你的主人知道我的意思，我不能爱他；虽然我想他品格很高，知道他很尊贵，很有身份，年轻而纯洁，有很好的名声，慷慨，博学，勇敢，长得又体面；可是我总不能爱他，他老早就已经得到我的回音了。

薇奥拉

要是我也像我主人一样热情地爱着您，也是这样地受苦，这样了无生趣地把生命拖延，我不会懂得您的拒绝是什么意思。

奥丽维娅

啊，你预备怎样呢？

薇奥拉

我要在您的门前用柳枝筑成一所小屋，在府中访谒我的灵魂；我要吟咏着被冷淡的忠诚的爱情的诗篇，不顾夜多么深我要把它们高声歌唱；我要向着回声的山崖呼喊您的名字，使饶舌的风都叫着"奥丽维娅"！啊！您在天地之间将要得不到安静，除非您怜悯了我！

奥丽维娅

你可以这样做的。你的家世怎样？

薇奥拉

超过于我目前的境遇，但我是个有身份的绅士。

奥丽维娅

回到你主人那里去；我不能爱他，叫他不要再差人来了；除非你再来见我，告诉我他对于我的答复觉得怎样。再会！多谢你的辛苦；这几个钱赏给你。

薇奥拉

我不是个要钱的信差，小姐，留着您的钱吧；不曾得到报酬的，是我的主人，不是我。但愿爱神使您所爱的人也是心如铁石，好让您的热情也跟我主人的一样遭到轻蔑！再会，忍心的美人！（下）

奥丽维娅

"你的家世怎样？"

"超过于我目前的境遇，但我是个有身份的绅士。"

我可以发誓你一定是的；你的语调，你的脸孔，你的肢体，动作，精神，各方面都可以证明你的高贵——别这么性急。且慢！且慢！除非颠倒了主仆的名分——什么！这么快便染上那种病了？我觉得好像这个少年的美处在悄悄地蹑步进入我的眼中。好，让他去吧。喂！马伏里奥！

马伏里奥 重上。

马伏里奥

有，小姐，听候您的吩咐。

奥丽维娅

去追上那个无礼的使者，那个被公爵差来的人，他不管我要不要，硬把这戒指留下；对他说我不要，请他不要向他的主人献功，让他死不了心，我跟他没有缘分。要是那少年明天还打这儿走过，我可以告诉他为什么。去吧，马伏里奥。

马伏里奥

是，小姐。(下)

奥丽维娅

我的行事我自己全不懂，

怎一下子便会把人看中？

一切但凭着命运的吩咐，

谁能够做得了自己的主！（下）

第五幕　第一场

奥丽维娅门前街道

出场人物

奥西诺　伊利里亚公爵

奥丽维娅　被公爵追求的小姐

薇奥拉　暗恋公爵的女孩

西巴斯辛　薇奥拉的孪生哥哥

安东尼奥　西巴斯辛的救命恩人

警吏、牧师及其他从者。

公爵、薇奥拉、安东尼奥 及 警吏 上。

薇奥拉

殿下，这儿来的人就是搭救了我的。

公爵

他那张脸孔我记得很清楚；可是上次我见他的时候，他的脸上涂得黑黑的，就像烽烟里的锻冶之神武尔坎努斯一样。他是一只小小的舰上的舰长，可是却使我们舰队中最好的船只大遭损失，就是给他打败的人也不得不佩服他。发生了什么事？

警吏

启禀殿下，这就是把凤凰号和它的货物劫了去的安东尼奥；也就是在猛虎号上把您的侄公子泰德斯削去了腿的。我们在这儿的街道上看见他穷极无赖，在跟人家闹架儿，因此抓了来了。

薇奥拉

殿下，他曾经拔刀相助，帮过我忙，可是后来却对我说了一番奇怪的话，似乎发了疯似的。

公爵

好一个海盗！你怎么敢凭着你的愚勇，投身到被你用血肉和巨量的代价结下冤仇的人们的手里呢？

安东尼奥

尊贵的奥西诺，请许我洗刷去您给我的称呼；安东尼奥从来不曾做过海盗，虽然我有充分的理由和原因承认我是奥西诺的敌人。一种魔法把我吸引到这儿来。在您身边的那个最没有良心的孩子，是我从汹涌的怒海的吞噬中救了出来的，否则他已经毫无希望了。我给了他生命，又把我的友情无条件地完全给了他；为了他的缘故，出于纯粹的爱心，我冒着危险出现在这么倒运的城里，见他给人包围了，就拔剑相助；可是我遭了逮捕，他的狡恶的心肠因恐我连累他受罪，便假装不认识我，一眨眼就像已经睽违了二十年似的，甚至于我在半点钟前给他任意使用的我自己的钱袋，也不肯还给我。

薇奥拉

怎么会有这种事呢？

公爵

他在什么时候到这城里来的？

安东尼奥

今天，殿下；三个月来，我们朝朝夜夜都在一起，不曾有一分钟分离过。

奥丽维娅 及从者等上。

公爵

这里来的是伯爵小姐，天神降临人世了！——可是你这家伙，完全在说些疯话；这孩子已经侍候我三个月了。那种话等会儿再说吧。把他带到一旁。

奥丽维娅

殿下有什么下示？除了断难遵命的一件事之外，凡是奥丽维娅力量所能及的，一定愿意效劳——西萨里奥，你失了我的约啦。

薇奥拉

小姐！

公爵

温柔的奥丽维娅！——

奥丽维娅

你怎么说，西萨里奥？——殿下——

薇奥拉

我的主人要跟您说话；地位关系我不能开口。

奥丽维娅

殿下，要是您说的仍旧是那么一套，我可已经
听得厌了，就像奏过音乐以后的叫号一样令人不耐。

公爵

仍旧是那么残酷吗？

奥丽维娅

仍旧是那么坚定，殿下。

公爵

什么，坚定得不肯改变一下你的乖僻吗？你这无礼的女郎！向着你的无情的不仁的祭坛，我的灵魂已经用无比的虔诚吐露出最忠心的献礼。我还有什么办法呢？

奥丽维娅

办法就请殿下自己斟酌吧。

公爵

假如我生得起那么一条心，为什么我不可以像临死时的埃及大盗一样，把我所爱的人杀死了呢？蛮性的嫉妒有时也带着几分高贵的气质。但是你听着我吧：既然你漠视我的诚意，我也有些知道谁在你的心中夺去了我的位置，你就继续做你的铁石心肠的暴君吧；可是你所爱着的这个宝贝，我对天发誓我曾经那样宠爱着他，我要把他从你的那双冷酷

的眼睛里除去，免得他傲视他的主人。（向薇奥拉）
来，孩子，跟我来。我的恶念已经成熟：

　　我要牺牲我钟爱的羔羊，

　　白鸽的外貌乌鸦的心肠。（走）

薇奥拉

我甘心愿受一千次死罪，

只要您的心里得到安慰。（随行）

奥丽维娅

西萨里奥，你到哪儿去？

薇奥拉

追随我所爱的人，

我爱他甚于生命和眼睛，

远过于对于妻子的爱情。

愿上天鉴察我一片诚挚，

倘有虚诳我决不辞一死！

奥丽维娅

哎哟，他厌弃了我！我受了欺骗了！

薇奥拉

谁把你欺骗？谁给你受气？

奥丽维娅

才不久你难道已经忘记？——请神父来。（一从者下）

公爵

（向薇奥拉）去吧！

奥丽维娅

到哪里去，殿下？西萨里奥，我的夫，别去！

公爵

你的夫？

奥丽维娅

是的，我的夫；他能抵赖吗？

公爵

她的夫，嘿？

薇奥拉

不，殿下，我不是。

奥丽维娅

唉！是你的卑怯的恐惧使你否认了自己的身份。不要害怕，西萨里奥；别放弃了你的地位。你知道你是什么人，要是承认了出来，你就跟你所害怕的人并肩相埒了。

牧师 上。

奥丽维娅

啊，欢迎，神父！神父，我请你恋着你的可尊敬的身份，到这里来宣布你所知道的关于这位少年和我之间不久以前的事情；虽然我们本来预备保守秘密，但现在不得不在时机未到之前公布了。

牧师

一个永久相爱的盟约，已经由你们两人握手缔结，用神圣的吻证明，用戒指的交换确定了。这婚约的一切仪式，都由我主持做证；照我的表上所指示，距离现在我不过走了两小时的行程。

公爵

唉，你这骗人的小东西！等你年纪一大了起来，你会是个怎样的人呢？
也许你过分早熟的奸诡，
反会害你自己身败名毁。
别了，你尽管和她论嫁娶；
可留心以后别和我相遇。

薇奥拉

殿下，我要声明——

奥丽维娅

不要发誓；放胆大些，别亵渎了神祇！

西巴斯辛 上。

西巴斯辛

（向奥丽维娅）小姐，我很抱歉伤了令亲；可是即使他是我的同胞兄弟，为了自卫起见我也只好出此手段。您用那样冷淡的眼光瞧着我，我知道我一定冒犯了您了；原谅我吧，好人，看在不久以前我们彼此立下的盟誓分上。

公爵

一样的脸孔，一样的声音，一样的装束，化成了两个身体；一副天然的幻镜，真实和虚妄的对照！

西巴斯辛

安东尼奥！啊，我的亲爱的安东尼奥！自从我不见了你之后，我的时间过得多么痛苦啊！

安东尼奥

你是西巴斯辛吗?

西巴斯辛

难道你不相信是我吗,安东尼奥?

安东尼奥

你怎么会分身呢?把一只苹果切成两半,也不会比这两人更为相像。哪一个是西巴斯辛?

奥丽维娅

真奇怪呀!

西巴斯辛

那边站着的是我吗?我从来不曾有过一个兄弟;我又不是一尊无所不在的神明。我只有一个妹妹,但已经被盲目的波涛卷去了。对不住,请问你我之间有什么关系?你是哪一国人?叫什么名字?谁是你的父母?

薇奥拉

我是梅萨林人。老西巴斯辛是我的父亲；我的哥哥也是一个像你一样的西巴斯辛，他葬身于海洋中的时候也穿着像你一样的衣服。要是灵魂能够照着在生时的形状和服饰而出现，那么你是来吓我们的？

西巴斯辛

我的确是一个灵魂；可是还没有脱离我的生而具有的物质的皮囊。你的一切都能符合，只要你是个女人，我一定会让我的眼泪滴在你的脸上，而说，"大大的欢迎，溺死了的薇奥拉！"

薇奥拉

我的父亲额角上有点黑痣。

西巴斯辛

我的父亲也有。

薇奥拉

他死的时候薇奥拉才十二岁。

西巴斯辛

唉！那记忆还鲜明地留在我的灵魂里。他的确是在我妹妹刚满十三岁的时候完毕了他人世的任务的。

薇奥拉

假如只是我这一身冒用的男装阻碍了我们彼此的欢欣，那么等一切关于地点、时间、遭遇的枝节完全衔接，证明我确实是薇奥拉之后，再拥抱我吧。我可以叫一个在这城中的船长来为我证明，我的女衣便是寄放在他那里的；多亏着他的帮忙，我才侥幸保全了生命，能够来侍候这位尊贵的公爵。此后我便一直奔走于这位小姐和这位贵人之间。

西巴斯辛

（向奥丽维娅）小姐；原来您是弄错了；但那也是心理上的自然的倾向。您本来要跟一个女孩子订婚；可是您认错了人，现在同时成为一个女人和一个男人的未婚妻了。

公爵

不要惊骇；他的血统也很高贵。要是这回事情果然是真，看来似乎不是一面骗人的镜子，那么这番幸运的船难里我也要沾点儿光。(**向薇奥拉**) 孩子，你曾经向我说过一千次绝不会爱一个女人像爱我一样。

薇奥拉

那一切的话我愿意再发誓证明；那一切的誓我都要坚守在心中，就像隔分昼夜的天球中蕴藏着的烈火一样。

公爵

把你的手给我。

奥丽维娅

殿下，看到了这种事情，我们虽然没有缘分，可是假如您肯把我当个妹妹看待，大家不仍旧是一家人吗？倘不嫌弃，请就在这儿住下，容我略尽地主之谊。

公爵

小姐，多蒙厚意，敢不领情。（向薇奥拉）你的主人解除了你的职务了。为了你的事主的勤劳，不顾到那种事情多么不适于你的娇弱的身份和优雅的教养，你既然一直把我称作主人，从此以后，你便是你主人的主妇了。握着我的手吧。

奥丽维娅

你是我的妹妹了！

公爵

假如时辰吉利，我们便可以举行郑重的结合的典礼。贤妹，我们现在还不会离开这儿。西萨里奥，来吧；当你还是一个男人的时候，你便是西萨里奥——

等你换过了别样的衣裙，

你才是奥西诺心上情人。（众人下）

（朱生豪 译）

莎士比亚

　　威廉·莎士比亚(William Shakespeare)，英国文学家、剧作家，1564年4月23日出生于英国沃里克郡的斯特拉福小镇，1616年4月23日因病离世，享年整整52岁。在他不算长的一生中，创作出无数伟大的戏剧作品，写尽人间冷暖、悲欢离合、善恶美丑。去世四百年来，他的作品依然在全世界的舞台、剧院上演，在读者中间一代代传递，再没有第二个剧作家的影响力能超过他。

　　莎士比亚的创作大致可分为三个阶段：早期主要是正面宣扬人文主义理想，充满愉快乐观的浪漫主义色彩的喜剧和历史剧；中期随着对现实认识的深入，剧作的批判力度加强，转为悲剧为主；到了晚年，愤世嫉俗的莎翁性情变得越来越平和，作品呈现出返璞归真的倾向，多宣扬宽恕和容忍的主题。

剧本译者

朱生豪

朱生豪（1912—1944），中国著名翻译家，生于浙江嘉兴，曾就读于杭州之江大学国文系与英文系，大学毕业后赴上海世界书局任英文编辑之职，参与编纂《英汉四用辞典》。1935年着手为世界书局翻译莎士比亚全集，1937年日寇侵入上海，辗转流徙，贫病交加，仍坚持翻译，先后共译出莎剧三十一个半，尚存历史剧五个半。1944年12月26日，因肺结核含怨离世，享年32岁。他是中国翻译莎士比亚作品较早的人之一，译文质量典雅生动，为国内外莎士比亚研究者公认。

兰姆姐弟

兰姆姐弟，即查尔斯·兰姆（Charles Lamb，1775—1834）和玛丽·兰姆（Mary Lamb，1764—1847），英国著名的散文家、诗人、剧作家，代表作：《伊利亚随笔》等。为了让小读者们也可以欣赏莎士比亚的作品，他们决定动手改写莎翁名著，把原著的精华神韵，以浅显易懂的文字向孩子呈现。这个计划在当时遭到不少非议，甚至有人认为他们是在毁坏莎翁经典。但凭借着和莎翁心灵上的默契、深厚的语言功力，他们改写的戏剧故事受到了无数孩子的喜爱，也让大人们转变了看法。并且，随着时间的验证，兰姆姐弟的改写本已经成为和莎士比亚戏剧一样为人们所称道的经典之作。这种改写本受到和原著一样高度的评价，甚至出现比原著更受欢迎的情形，在世界文学史上也是极为罕见的。

漪然

　　漪然（1977—2015），原名戴永安，儿童文学作家、翻译家，生于安徽芜湖，3岁意外致残，8岁开始自学，14岁从事专业写作，2015年因病去世，年仅38岁，一生共创作并翻译作品200多部。代表著作：《四季短笛》《忘忧公主》《记忆盒子》《心弦奏响的一刻》等；代表译作：《月亮的味道》《一个孩子的诗园》《莎士比亚戏剧故事集》《海精灵》《不一样的卡梅拉》等。

莎士比亚（少年版）

作者 _ [英]威廉·莎士比亚

改写 _ [英]查尔斯·兰姆　[英]玛丽·兰姆

译者 _ 朱生豪 潇然

产品经理 _ 王奇奇　装帧设计 _ 何月婷　产品总监 _ 李静

技术编辑 _ 陈杰　责任印制 _ 梁拥军　策划人 _ 于桐

插画绘制 _ 宋祥瑜

果麦

www.guomai.cc

以 微 小 的 力 量 推 动 文 明

Shakespeare

莎士比亚

少年版

As You Like It

皆大欢喜

[英]威廉·莎士比亚 著

[英]查尔斯·兰姆 [英]玛丽·兰姆 改写

朱生豪 漪然 译

北方联合出版传媒(集团)股份有限公司

万卷出版有限责任公司

果麦文化 出品

逆境和厄运自有妙处。

Sweet are the uses of adversity.

戏剧故事

As You Like It

皆大欢喜

在很久以前，法兰西是由很多行省组成的（它们被称作"小公国"）。就在这样一个公国里，发生了一件阴谋篡位之事：那里的公爵被他的弟弟赶出了自己的国家，并被放逐到一个叫作亚登的森林里面。

和公爵一起生活在森林里的还有一些自愿追随他的忠心的大臣们，他们不满于公爵弟弟的卑鄙险诈，情愿和公爵一起，像伙伴和兄弟一样在森林中隐居，渐渐习惯了这种简朴的生活之后，他们觉得这比那种虚伪浮华和尔虞我诈的宫廷生活更为舒适，也更为安全。他们就像英国的侠盗罗宾汉一样，在绿林中寻找快乐，也像是生活在黄金时代的人们一样，逍遥自在地度过每日的时光。夏日里，他们躺在巨树的浓荫之中，和野鹿一起玩耍，他们特别喜爱这些傻乎乎的花斑动物——这森林中本来的居民，在不得不杀害它们以给餐桌上增加一点肉食的时候，都感觉非常哀痛。

但是冬天的寒风终于吹来了，公爵无忧无虑的生活也变得艰辛起来，可他还是忍耐着这一切，并很平静地说道："这冷风砭刺着我的身体，就像是忠臣一样，他们不会谄媚，只是谆谆提醒我所处的地位。尽管它们张舞着冰雪的爪牙，发出狂暴的呼啸，不也比猜忌的朝廷更为安全吗？逆运也有它的好处，就像丑陋而有毒的蟾蜍，它的头上却顶着一颗珍贵的宝石。"

这种超然的态度使得公爵在离群索居的生活中，始终保持着愉快的心情，他倾听树木的谈话，阅读溪流的书卷，学习顽石的沉默，在每一件事物中间，他都可以找到些可爱之处。

这位隐居的公爵有一个女儿，名叫罗瑟琳，当公爵的弟弟弗莱德里克放逐自己的兄长时，并没有将这个女孩子也赶出王宫，而是将她作为自己的女儿西莉娅的女伴留了下来。尽管两个女孩子的父亲势同水火，可她们之间还是结下了深厚的友情，西莉娅总是尽一切努力想要补偿自己父亲对罗瑟琳的父亲所做的那些残酷伤害。而每当罗瑟琳想到自己被放逐的爸爸，想到自己寄人篱下的生活，并由此萌发出许多伤感的时候，西莉娅也总是尽力地关怀和安慰堂姐。

这一天，西莉娅又像往常一样对罗瑟琳说着宽心话："罗瑟琳，我的好姐姐，请你快活些吧。"这时，一个使者向她们禀报道，有一场摔跤比赛就要开始了，要她们赶紧去王宫前面的广场上观看。西莉娅觉得这是一个让罗瑟琳散散心的好机会，就拉着她一起去了。

当时的摔跤比赛是一种被王子和王亲们所喜爱的运动，因为这种较量可以使他们在美丽的公主和小姐们面前展示自己的力量和勇气。西莉娅和罗瑟琳自然是这比赛必不可少的观众。可她们很快发现这显然是一场不公平的战斗，因为比赛的一方是个魁梧有力的彪形大汉，他曾经在过去的较量中好几次将对手置于死地；而另一位参赛者呢，却是个非常年轻的毛头小伙子，而且从没有过参加这种摔跤比赛的经验，几乎所有的旁观者都认为这个年轻人必死无疑。

弗莱德里克公爵看到西莉娅和罗瑟琳来了这里，就说道："怎么，我的女儿和侄女，你们也溜到这儿来看摔跤吗？我可以断定你们一定不会感到有乐趣的，两方的实力太不平均了。可怜这个挑战的人年纪轻轻，我很想把他劝阻了，小姐们，你们去对他说说，看能不能说服他。"

　　姑娘们当然很乐意完成这个仁慈的使命。西莉娅先同那个奇怪的年轻人交谈起来，请求他放弃这场比赛，而后罗瑟琳也温柔地劝说他，她为他即将遭遇的危险感觉十分担心，就像她自己将要遭到不幸一样。然而这个勇敢的年轻人拒绝了西莉娅和罗瑟琳的请求，而他温和委婉的言辞却使两位小姐更加关切起他的安危来，他这样说道："我要请你们原谅，竟然拒绝了这么两位美貌出众的小姐的要求。可是让你们的美目和好意伴送着我去做这场决斗吧。假如我打败了，那不过是一个从来不曾给人看重过的人丢了脸；假如我死了，也不过死了一个自己愿意寻死的人。我不会辜负我的朋友们，因为没有人会哀悼我；我不会对世间有什么损害，因为我在世上一无所有；我不过在世间占了一个位置，也许死后可以让更好的人来补充。"

比赛就这样开始了，西莉娅只希望那个年轻的陌生人不要受伤，而罗瑟琳却是全心全意地关注着他，因为他那一番关于自己一无所有，只想要去死的话，让这个不幸的女孩子觉得好像遇上了知己一般。她是那样同情他，当他在场上战斗的时候，他的一举一动都牵动着她的心，几乎可以说，她在这一刻就已经爱上了这个年轻人。

姑娘们的关注给了这个战斗者莫大的鼓舞和力量，他愈战愈勇，最后竟然奇迹般地将强大的对手摔倒在地。在这样沉重的一摔之下，那个可怜的壮汉几乎有好一会儿都动弹不得，甚至连话也说不出来了。

弗莱德里克很赞赏这个年轻人的勇敢和机敏，就询问起他的姓名和家世，想要将他收留在自己的身边。这陌生人回答说自己名叫奥兰多，是罗兰爵士最年幼的儿子。

罗兰爵士在很多年前就去世了，他生前曾经是被放逐的公爵的一个至交好友，所以当弗莱德里克一听到奥兰多是这个人的儿子，立刻沉下面孔，很不高兴地转身离开了，临走时还有些遗憾地说，真希望这个英勇的奥兰多是另外一个父亲的儿了。

而罗瑟琳听到这个可爱的年轻人竟然就是自己父亲的好友之子，不禁感到越发欢喜，她对西莉娅说道："我父亲十分敬爱罗兰爵士，要是我原本知道这位青年便是他的儿子，我一定会含着更多的眼泪劝他不要冒这种险。"

于是姑娘们就走到奥兰多身边（他正为弗莱德里克的拂袖而去感到十分窘迫），对他说了许多安慰和鼓励的话语。当大家都一个个散去，罗瑟琳又转身折回来，向她心中的勇士说了更多有礼貌的话，并从自己的颈项上取下一条项链，向他说道："先生，为了我，请戴上这个。如果我不是个失宠于命运的人，我一定会赠你一件更有价值的礼物。"

姑娘们单独待在一起的时候，罗瑟琳还在不住地谈论着奥兰多，西莉娅觉察到了堂姐的心思，就对罗瑟琳说："你不会这么快就爱上他了吧？"

罗瑟琳回答道："我的父亲和他的父亲非常要好呢。"

"可是，"西莉娅说道，"因此你也必须和他非常要好吗？照这样说起来，那么我的父亲非常恨他的父亲，因此我也应当恨他了。可是我却不恨奥兰多。"

这时，弗莱德里克却在为意外地遇上罗兰爵士的儿子而感到非常不快，这个孩子让他想到了老公爵的许多朋友，接着，他对这些人的愤恨又转移到侄女身上，因为人民都称赞她的品德，因为她那位好父亲而同情她。一时间，他长久以来压制着的恶念全都冒了出来。

西莉娅还在和罗瑟琳谈论着奥兰多，弗莱德里克忽然走进她们的房间，怒气冲冲地命令罗瑟琳立即离开王宫，并对替她求情的西莉娅说，若非看她的情面，他早就将罗瑟琳驱逐出境了。

"那时我并没有，"西莉娅说道，"请求您让她留下。因为那时我还太小，不曾知道她的好处。但现在我知道她了。我们一直都睡在一起，同时起床，一块儿读书，一同外出，一同饮食，没有她做伴，我便活不下去。"

弗莱德里克答道："她比你要有心计，她的和气、她的沉默和她的忍耐，都能感动人心，叫人民可怜她。你是个傻子，才会为这样的人求情，她离开了之后，你就可以显得格外光彩而贤德了。所以，闭住你的嘴，我对她所下的判决是确定而无可挽回的。"

西莉娅发现自己不可能说服父亲让罗瑟琳留在王宫，也就不再说什么了，但她暗下决心要和好朋友永远在一起。当天夜里，她就和罗瑟琳一块儿离开王宫，并前往亚登森林去寻找被放逐的老公爵。

出走之前，为了安全起见，西莉娅建议她们乔装改扮成两个乡下姑娘的模样，而罗瑟琳认为，如果她们中的一个人装扮成男子的模样，会令生命安全更有保障，于是她俩很快就达成一致。罗瑟琳个子较高，就扮成一个农夫的模样，而西莉娅就扮作一个村姑，两人以兄妹相称，罗瑟琳为自己取了个新名字叫盖尼米德，西莉娅则化名为爱莲娜。

两位美丽的公主就这样化了装，带着一些钱币和珠宝上了路，这是一段艰苦的旅程，因为公国的边境和亚登森林之间隔着一段非常漫长的路途。

化名为盖尼米德的罗瑟琳小姐在穿上一身男装之后，仿佛也油然而生一股男儿的豪迈之气，对忠诚地追随着自己的西莉娅也呵护有加，一路上一直说说笑笑地给她打气，就像一个真正生长在乡村的兄长一样，照顾着他（现在她已经是"他"了）温柔的村姑妹妹——爱莲娜。

当他们历尽艰辛，终于走到亚登森林，却找不

到一个可以稍微歇一歇脚的地方。他们又累又饿，而爱莲娜更是一步也走不动了。尽管盖尼米德自己也是个柔弱的女儿身，现在甚至想丢了这身男装，像一个女人一样哭出来，可还是强打起精神，像个男子汉一样安慰妹妹说："好，振作一点吧，好爱莲娜，我们现在已经抵达目的地，这儿就是亚登森林了。"

然而，这强装出来的勇气如今对盖尼米德和爱莲娜也起不了多少作用，虽然他们确实已经到达亚登森林，可还是不知道去哪里才能找到公爵，而且在这茫茫森林里也辨不清方向和出路，要是在这里迷路的话，他俩一定会饿死的。幸而苍天有眼，就在他们疲累交加地坐在草地上，几乎要濒临绝望时，一个牧人恰巧从他们身边路过。盖尼米德壮起胆子，用一副男人的口气向他请求道："牧羊人，假如人情或是金银可以在这种荒野里换到一点款待的话，请你带我们到一处可以休息一下、吃些东西的地方去好不好？这一位小姑娘赶路疲乏，而且快要饿晕过去了。"

牧人回答道，他只是给别人看羊的，他东家的草屋现在就要出卖了。因为他不在家，牧舍里没有一点可以吃的东西，但是假如他们愿意和他一起走，他非常欢迎。牧羊人的话又使盖尼米德和爱莲娜看到了一线曙光，因为他们身边带着的钱币足够买下那间草屋和所有的羊群，事情也就这样办了，他们还留下那个好心肠的牧人替他们牧羊。在暂时有了这样一个栖身之所的情况下，他们决定就先留在这个地方，直到有更好的办法可以找到公爵的住所。

盖尼米德和爱莲娜在这野外的小屋安顿下来之后，他们也渐渐地喜欢上这种与世无争的生活，甚至有时候真的把自己当作自己所扮演的牧羊人和牧羊女了。只是盖尼米德时常还会想起他过去做姑娘时爱上的那位勇士奥兰多，虽然在他的想象中，这位罗兰爵士的儿子此刻一定是在千里之外，然而，仿佛是命运的一种安排，此刻的奥兰多却和他近在咫尺，因为，他也来到了亚登森林。

原来，这位罗兰爵士的儿子在很年幼的时候就失去了父亲，虽然哥哥奥列佛在父亲临终时答应要好好照顾弟弟，事实却证明哥哥根本没有履行自己的诺言，他不但没有像父亲嘱托的那样，送奥兰多去上学，接受良好的教育，反而把他关在家里，不闻不问。

不过奥兰多还是继承了父亲身上的许多美好品

质，长成一个非常聪明优秀的青年。而奥列佛对弟弟身上的好品格十分嫉妒，甚至巴不得他死掉，正是出于这种恶毒的心理，他才让人怂恿弟弟去和那个著名的摔跤手比赛，希望达到借刀杀人的目的。这也正是奥兰多说自己一无所有，只愿赴死的缘故。

但这个毒计正如我们已经知道的那样，完全破灭了。奥兰多的取胜让哥哥的嫉妒心燃烧得更加厉害，竟然想要在弟弟睡着以后放火将他烧死在房间里。幸而这个计划被一个对罗兰爵士忠心耿耿的老仆人无意中听到，他一直就很喜欢和老主人一样温和善良的奥兰多，所以他等在家门口，一看到奥兰多从王宫回来，就大声地对他叹道："啊！我善良的少爷！我可爱的少爷！啊，您叫人想起了老罗兰爵爷！唉，您为什么这样好呢？为什么您是这样仁慈、这样健壮、这样勇敢呢？为什么您这么傻，要去把公爵手下那个大力士拳师打败呢？您的声誉来得太快了。"

奥兰多不明白老仆人为什么要这样说，就问他出了什么事，于是，这个叫亚当的老人就将他哥哥准备杀死他的可怕阴谋全部告诉了他，还建议他立刻逃离这个危险之地。他知道奥兰多身无分文，就将自己微薄的积蓄都拿了出来，并说道："我在您父亲手下侍候这许多年，曾经辛辛苦苦把工钱省下了五百块。我把那笔钱存下，本来是预备等我做不动事的时候作养老之用。您把这钱拿了去吧，上帝既然为乌鸦都准备了食物，也不会忘记我这样的老朽的！钱就在这儿，我把它全都给了您吧。让我做您的仆人吧。我虽然瞧上去这么老，可是我还可以像一个年轻人一样，为您照料一切。"

"啊，好老人家！"奥兰多说，"在你身上多么明白地显露出了古时候的那种义胆侠肠！你和这个时代是多么格格不入啊。我们要一块儿走，在我们没有把你年轻时的积蓄花完之前，我一定会给我们两人找到一处小小的安身之所。"

于是主仆二人就一起出发。他们漫无目的地四处旅行，最后也来到了亚登森林，并且落入像当初盖尼米德和爱莲娜遭遇到的同样的处境：他们找不到出路，也看不到人烟，直走得精疲力竭，饥渴难当。最后亚当说道："啊，好少爷，我要饿死了。我再也走不动了！"他说着就一边向主人道别，一边躺下来等死。

奥兰多看到老仆人虚弱的样子，就将他背到一片树荫下，并安慰他道："高兴点儿，好亚当，在这里休息一会儿，你并不是真的要死，别再胡思乱想了！"

奥兰多说完，就起身去为老人寻找食物。他恰巧来到公爵隐居的地方，此时，公爵和他的朋友们正坐在浓荫覆盖的草地上准备用午餐。

奥兰多被饥饿驱使着，不顾一切地拔出剑来，想要用武力抢夺这顿午饭，他叫道："停住，不准吃！我必须得到这些食物！"

公爵却平静地问道，他是因为落难而变得这样强横，还是生来就瞧不起礼貌的粗汉子。听到这话，奥兰多回答说他快饿死了，于是公爵很有礼貌地邀请他坐下和他们一起用餐。奥兰多听到这样温文尔雅的言语，不觉脸红了，就放下剑，并为自己刚才的粗鲁行为向他们道歉。

"请你原谅我，"他说，"在这个人迹罕至的荒野里，我以为这儿的一切都是野蛮的，因此才装出这副暴横的威胁神气来。可是不论你们是些什么人，假如你们曾经见过较好的日子，假如你们怀有虔诚的信仰，假如你们曾经参加过上流人的宴会，假如你们曾经揩过你们眼皮上的泪水，懂得怜悯和被怜恼，那么但愿我的温文的态度能格外感动你们！"

公爵回答："我们确曾见过好日子，怀有虔诚的信仰，参加过上流人的宴会，从我们的眼上揩去过因感动而流下的眼泪。所以你不妨和和气气地坐下来，凡是我们可以帮忙满足你需要的地方，一定愿意效劳。"

"有一位可怜的老人家，"奥兰多说道，"全然出于好心，跟着我一瘸一拐地走了许多疲乏的路，双重的劳瘁——他的高龄和饥饿——累倒了他。除非等他饱餐之后，否则我决不接触一口食物。"

"快去找他，把他带到这儿来，"公爵说，"我们绝对不把东西吃掉，直到等你回来。"

于是，奥兰多就像一只去找寻小鹿好把食物喂给它吃的母鹿一样跑了回去，并很快就背着亚当回来了。公爵说："放下你背上那位可敬的老人家吧，欢迎你们两位的到来。"在公爵和他朋友们的精心照顾下，老人很快就苏醒过来，在吃下一些东西之后，不久就恢复了气力。

这时，公爵才问起这个年轻人的来历，当他得知这正是自己的好友罗兰爵士的儿子，就非常高兴地收留了奥兰多和他的老仆人，从此，他们就一起生活在这个森林里。

此后不久，有一天，盖尼米德和爱莲娜忽然惊奇地发现有人在树干上刻下了罗瑟琳的名字，还有一首为了这位公主而写的情诗。当两人正在好奇地想知道是谁做了这一切，奥兰多出现了，脖颈上还戴着罗瑟琳当初送给他的那条项链。

奥兰多一点儿也没有想到眼前的盖尼米德就是他朝思暮想的罗瑟琳——自从那一次在摔跤比赛上遇见这位善良而美丽的公主，他就一直在默默地思念着她，所以才会在森林里的树木上铭刻她的芳名，并为她书写下许多充满痴爱的情诗。然而，尽管他和这个牧羊少年说了许多话，也没有认出他的真实身份，却对这个英俊的年轻人很有好感，觉得这个盖尼米德和他心爱的罗瑟琳倒是颇有几分相似呢。而盖尼米德在自己的心上人面前则尽量装出一副乡下野孩子的淘气模样来，并用半开玩笑的语气和他谈论起一个害了相思病的人。

"有一个人，"盖尼米德说道，"常常来往于这座树林里，在我们的嫩树皮上刻满了罗瑟琳的名字，把树木糟蹋得不成样子。山楂树上挂起了诗篇，荆棘枝上吊悬着哀歌，说来说去都是把罗瑟琳的名字捧作神明。要是我碰见了那个卖弄风情的家伙，我一定要好好给他一番教训，让他从爱情的热病中清醒过来。"

奥兰多承认自己就是盖尼米德口中所说的那个害了病的人，并请求他告诉自己是否有什么医治的良方。盖尼米德给他出了个主意，就是让奥兰多每天到他和爱莲娜所住的这间草屋前面来。

"然后，"盖尼米德说道，"我就扮作你的罗瑟琳，你就像对她一样地对我，而我就会像一个善变的女子那样，将你逼到无地自容。我可以用这种方法彻底治愈你的心，让它再没有一点爱情的痕迹。"

奥兰多虽然并不相信这法子会有什么效力，却还是接受了盖尼米德的建议。此后，他就每天按时到这间草屋来，拜访住在这里的盖尼米德和爱莲娜。他将盖尼米德称作他的罗瑟琳，整天向他倾诉一个求爱者向心爱的姑娘所说的甜蜜情话。

虽然奥兰多觉得这是一场和乡下孩子做的游戏，可还是为能有这样一个倾诉心里话的机会而感到十分愉快，而盖尼米德天天在奥兰多毫无察觉的情形下听着爱人心里的秘密，所感到的快乐也并不比他少。

就这样，日复一日，年轻人们沉浸在这场快乐

的游戏里，几乎觉察不到时间的流逝。性格豁达的爱莲娜看到盖尼米德对这样的生活感到很满足，也就由他自得其乐去，甚至连罗瑟琳小姐对自己的父亲隐瞒身份的做法——两人已经从奥兰多的口中得知了公爵就住在附近——她也不说什么了。盖尼米德有一天在森林里遇上了公爵，还和他交谈了几句，公爵也没有发现这个漂亮的牧羊少年就是他分别了多年的女儿，而看到公爵生活得那么平静和幸福，盖尼米德也就安心地将相认的日子一推再推。

一天早上，奥兰多正走在前去拜访盖尼米德的路上，忽然看见一个人仰面睡在森林中，一条绿色的蛇缠在他的头上，可那条蛇一看见奥兰多，便松开来，蜿蜒地溜进了林莽中。奥兰多又走近一些，发现林荫下还有一头母狮，头贴着地蹲伏着，像猫一样注视这睡着的人的动静，因为狮子的本性使它不会去侵犯瞧上去似乎已经死了的东西。奥兰多一见到这情形，便走了过去，想叫醒这个身处险境的人，可他仔细一看，那人却是他的兄长，曾经想要放火烧死他的那个大哥奥列佛。他几乎立刻就想要转身而去，可是善良的天性和对手足的亲情最终克服了私怨，他还是拔剑和那母狮格斗起来，很快那狮子便在他手下丧了命。而他臂上也被母狮抓去了一块肉。

　　就在奥兰多和狮子搏斗之时，奥列佛醒了过来。当他发现刚刚救了自己性命的这个年轻人正是自己一直想置于死地的弟弟奥兰多，不禁又羞愧又悔恨，一时间几乎无地自容。他流着泪祈求弟弟宽恕自己过去对他的伤害和侮辱，奥兰多看到哥哥这样幡然悔悟，感到很是欣慰，当下也就原谅了他。兄弟两人终于拥抱在一起，原本是到这森林里向弟弟寻仇的奥列佛，此刻却品尝到了兄弟情谊所带来的莫大幸福。

　　可是奥兰多的伤口流血太多，他发觉自己已经虚弱得没有气力再继续上路去拜访他亲爱的盖尼米德了，只好请求哥哥帮忙去找盖尼米德，给他捎个口信，说明自己出了意外，所以不能再去看他。

　　"他呀，"奥兰多说，"一直被我戏称为我的罗瑟琳。"

　　奥列佛就照着弟弟的话去做了，他赶到盖尼米德和爱莲娜那里，细细向他们讲述奥兰多是如何奋不顾身地救了自己的命，并且惭愧地告诉他们，自己就是逼得奥兰多离家出走的坏哥哥，只是现在他们兄弟间已经不再有任何矛盾了。

奥列佛对自己过去所作所为的痛心疾首，深深打动了爱莲娜那颗富于同情的心灵，而奥列佛也发现了这个美丽大方的姑娘对自己的哀伤流露出的关切之情，很快，这两个年轻人就由相知变为了相爱。可就在爱莲娜和奥列佛互相吸引的时候，盖尼米德却因为听说奥兰多被狮子抓伤，顿时晕死过去。苏醒过来后，他为自己在奥列佛面前暴露出的柔弱而感觉很尴尬，就装作刚才自己是在扮演那个想象中的公主罗瑟琳，他还对奥列佛说："请您告诉令弟奥兰多，我假装昏厥装得有多么像。"

可是奥列佛看到他苍白的脸色，知道他刚才是真的晕了过去，不禁对这个少年的脆弱感到很奇怪，就说道："好吧，如果你确实是假装的，那么振作起来，假装个男人样子吧。"

"我正在假装着呢。"盖尼米德这一回倒是说了句实话，"可是我本该是个女人啊。"

奥列佛的这次拜访又继续了很长时间，当他最后终于回到弟弟那里时，真像是有说不完的话。除了要告诉奥兰多有关盖尼米德的奇怪表现，他还急于向弟弟讲述自己和牧羊女爱莲娜一见钟情的情形。

他说自己和爱莲娜已经决定结婚，并且要把父亲老罗兰爵士的房屋和一切收入都让给奥兰多，他自己则要在这里终生做一个牧人。

"你可以得到我的祝福，"奥兰多说道，"你们的婚礼就在明天举行吧，我可以去把公爵和他的朋友们都请了来。你去叫爱莲娜准备准备。她现在肯定一个人在家，瞧，她的哥哥来了。"

奥列佛去找爱莲娜，盖尼米德就走到奥兰多身边，体贴地问候他受了伤的朋友。接着他们就谈论起奥列佛和爱莲娜之间那突如其来的爱情，奥兰多说他已经建议哥哥在翌日和他可爱的牧羊女举行婚礼，又说他但愿能够在同一天和罗瑟琳结为连理。

盖尼米德对这个想法极为赞成，并说，只要奥兰多是真的如自己所说的那样深爱着罗瑟琳，他的愿望就可以实现，因为他一定能够在翌日的婚礼上叫罗瑟琳亲身出现在奥兰多的面前。

这件看上去不可思议的事对盖尼米德来说自然是易如反掌，因为他很清楚罗瑟琳此时此刻就在这同一个森林里呢，可他装作自己会使用魔法的样子，并说他有一个叔叔就是著名的魔法师。奥兰多问盖尼米德这话是否当真，因为他对魔法这种事也是半信半疑。

"我以生命为誓，我说的是真话，"盖尼米德说，"所以你得穿上你最好的衣服，邀请你的朋友们来。只要你愿意在明天结婚，你一定可以结婚，和罗瑟琳结婚。"

第二天清晨，奥列佛和爱莲娜的婚礼如约举行，公爵和奥兰多也都来了。大家都已经得知这将是一场喜上加喜的婚事，不过在聚会中他们只看到了一个新娘出现，所以大多数人还是认为这只不过是盖尼米德和奥兰多开的一个新玩笑罢了。

公爵听说自己的女儿将以这样神奇的方式出现在他面前，很是激动，他问奥兰多是否相信那牧羊的孩子果真有他所说的那种本领。奥兰多说他也不敢确信。这时，盖尼米德走了过来，向公爵询问道，假如他将罗瑟琳带了来，公爵是否愿意把她许配给这位奥兰多为妻。

"即使再要我把几个王国作为陪嫁，"公爵答道，"我也愿意。"

盖尼米德又问奥兰多："假如我带了她来，您愿意娶她吗？"

"即使我是统治万国的君王，"奥兰多说道，"我也愿意。"

听了这样的回答，盖尼米德和爱莲娜就一起走入树丛深处。在那里，盖尼米德脱下牧羊人的衣衫，重又换上女儿家的罗裳，而爱莲娜也重新穿上一身华丽的公主裙袍，就这样，没有借助任何魔法，罗瑟琳和西莉娅这两位公主就在森林中出现了。

公爵这时还在和奥兰多谈论着那个奇怪的牧羊少年盖尼米德，说他看上去和自己的女儿罗瑟琳确有几分相似。他们的谈话并没有进行多久，因为罗瑟琳和西莉娅已经落落大方地出现在了众人面前。尽管这奇迹般的一幕使得所有人都吃惊不已，罗瑟琳却不想再继续扮演一个着魔的公主角色了，她跪拜在父亲面前，请求他为自己祝福，并且告诉了他整件事情的来龙去脉。

公爵自然是十分愉快地实践了自己的诺言，于是，奥兰多和罗瑟琳，奥列佛和西莉娅，这两对人儿就在同一天喜结连理。尽管他们在森林里举行的婚礼朴素无华，没有一点宫廷的排场和讲究，却给这些真心相爱的人带来了更大的快乐。他们在巨树的绿荫下享受着山肴野味的宴席，这一刻，世界上所有的幸福仿佛都已经摆在他们的面前。

正在这时，忽然来了一个信使，报告公爵一个令人意想不到的喜讯：公爵的地位恢复了。

原来，篡位者弗莱德里克对女儿西莉娅的出走十分生气，又听说每天都有贤能之士到亚登森林去投靠被流放的公爵，他对兄长在逆境中仍受到如此的尊敬非常嫉妒，因此决定率领军队到亚登森林去，捉住他的兄长，并将他和他所有的忠实追随者斩尽杀绝。可在天意的巧妙安排下，这个坏心肠的弟弟却改变了恶毒的意图，因为就在他刚来到亚登森林的边上时，他遇到了一位年长的隐士，他们交谈了好半天，竟然使他心里的计划完全改变了。从那以后，他就真心悔过，决心归还自己篡夺来的权力，到一个修道院里度过余生。他痛改前非的第一件事，就是派遣一名信使到他的兄长那里去，表示要把自己篡夺了这么久的公国归还给他，以及恢复他那些忠实追随者们的领土和财产。

这一可喜的消息来得如此凑巧，实在出人意料，大家听了都很高兴。公主们的婚礼气氛也就更加喜庆和热烈了。西莉娅向她的堂姐罗瑟琳祝贺了降临在公爵身上的好运，并真诚地祝愿罗瑟琳幸福快乐，虽然她自己不再是公国的继承人了，但正因为如此，罗瑟琳现在当了继承人：这两个堂姐妹之间的感情是如此纯粹，没有任何眼红或嫉妒的成分。

公爵终于有机会奖励那些在他流放期间一直追随他的忠心的朋友们。这些可敬的追随者虽然耐心地与他分享了不幸的命运，但他们也很高兴能够回到他们合法的公爵的王宫里，去过太平安宁、丰衣足食的日子。

（潇然 译）

剧本节选

第一幕　第三场

宫中一室

出场人物

罗瑟琳　公爵的女儿

西莉娅　公爵弟弟的女儿

弗莱德里克　公爵弟弟，篡位者

跟从弗莱德里克的从臣等

西莉娅 及 **罗瑟琳** 上。

西莉娅

喂，姐姐！喂，罗瑟琳！没有一句话吗？

罗瑟琳

连可以丢给一条狗的一句话也没有。

西莉娅

不，你的话是太宝贵了，怎么可以丢给狗呢？丢给我几句吧。来，讲一些道理来叫我浑身瘫痪。

罗瑟琳

那么姐妹两人都害了病了：一个是给道理害得浑身瘫痪，一个是因为想不出什么道理来而发了疯。

西莉娅

但这是不是全然为了你的父亲？

罗瑟琳

不，一部分是为了我的孩子的父亲。唉，这个平凡的世间是多么充满了荆棘呀！

西莉娅

姐姐，这不过是些有刺的果壳，为了取笑玩玩而丢在你身上的；要是我们不在步道上走，我们的裙子就要给它们抓住。

罗瑟琳

在衣裳上的我可以把它们抖去；但是这些刺是在我的心里呢。

西莉娅

你咳嗽一声就咳出来了。

罗瑟琳

要是我咳嗽一声，他就会应声而来，那么我倒会试一下的。

西莉娅

算了算了；使劲儿把你的爱情克服下来吧。

罗瑟琳

唉！我的爱情比我气力大得多哩！

西莉娅

啊，那么我替你祝福吧！即使你要失败，也得试一下。但是把笑话搁在一旁，让我们正正经经谈谈。你真的会突然这样猛烈地爱上了老罗兰爵士的小儿子吗？

罗瑟琳

我的父亲和他的父亲非常要好呢。

西莉娅

因此，你也必须和他非常要好吗？照这样说起来，那么我的父亲非常恨他的父亲，因此我也应当恨他了；可是我却不恨奥兰多。

罗瑟琳

不，看在我的面上，不要恨他。

西莉娅

为什么不呢？他不是值得恨的吗？

罗瑟琳

因为他是值得爱的，所以让我爱他；因为我爱他，所以你也要爱他。瞧，公爵来了。

西莉娅

他满眼都是怒气。

弗莱德里克公爵 率从臣上。

弗莱德里克

姑娘，为了你的安全，你得赶快收拾起来，离开我们的宫廷。

罗瑟琳

我吗，叔父？

弗莱德里克

你，侄女。在这十天之内，要是发现你在离我们宫廷二十里之内，就得把你处死。

罗瑟琳

请殿下开示我，我犯了什么罪过。要是我有自知之明，要是我并没有做梦，也不曾发疯，我相信我没有，那么，亲爱的叔父，我从来不曾起过半分触犯您老人家的念头。

弗莱德里克

一切叛徒都是这样的；要是他们凭着口头的话便可以免罪，那么他们都是再清白没有的了。可是我不能信任你，这一句话就够了。

罗瑟琳

但是您的不信任并不能使我变成叛徒；请告诉

我您有什么证据？

弗莱德里克

你是你父亲的女儿；还用得着别的话吗？

罗瑟琳

当殿下您夺去了我父亲的公国的时候，我就是他的女儿；当殿下您把他放逐的时候，我也还是他的女儿。叛逆并不是遗传的，殿下；即使我们受到亲友的牵连，那与我又有什么相干？我的父亲并不是个叛徒呀。所以，殿下，别看错了我，把我的穷迫看作了奸恶。

西莉娅

好父亲，听我说。

弗莱德里克

嗯，西莉娅。我让她留在这儿，只是为了你的缘故，否则她早已跟她的父亲流浪去了。

西莉娅

那时我没有请您让她留下；那是您自己的主意，因为您自己觉得不好意思。那时我还太小不曾知道她的好处；但现在我知道她了。要是她是个叛逆，那么我也是。我们一直都睡在一起，同时起床，一块儿读书，同游同食，无论到什么地方去，都像天后的一双天鹅，永远成着对拆不开来。

弗莱德里克

她这人太阴险，你敌不过她；她的和气，她的沉默，和她的忍耐，都能感动人心，叫人民可怜她。你是个傻子，她已经夺去了你的名誉；她去了之后，你就可以显得格外光彩而贤德了。所以闭住你的嘴；我对她所下的判决是确定而无可挽回的，她必须被放逐。

西莉娅

那么您把这句判决也加在我身上吧，殿下；我没有她做伴便活不下去。

弗莱德里克

你是个傻子。(向罗瑟琳)侄女,你得端整起来;假如误了期限,凭着我的名誉和我的言出如山的命令,便要把你处死。(偕从臣下)

西莉娅

唉,我的可怜的罗瑟琳!你到那儿去呢?你肯不肯换一个父亲?我把我的父亲给了你吧。请你不要比我更伤心。

罗瑟琳

我比你有更多的伤心的理由。

西莉娅

你没有,姐姐。请你高兴一点;你知道不知道,公爵把他的女儿也放逐了?

罗瑟琳

他没有。

西莉娅

没有？那么罗瑟琳还没有那种感情，使你明白你我两人有如一体。我们难道要拆散了吗？我们难道要分手了吗，亲爱的姑娘？不，让我的父亲另外找一个后嗣吧。你应该跟我商量我们应当怎样飞走，到哪儿去，带些什么东西。不要因为环境的变迁而独自伤心，让我分担一些你的心事吧。我对着因为同情我们而惨白的天空起誓，无论你怎样说，我都要跟你一起走。

罗瑟琳

但是我们到哪儿去呢？

西莉娅

到亚登森林找我的伯父去。

罗瑟琳

唉，像我们这样的姑娘家，走这么远的路，该是多么危险！美貌比金银更容易引起盗心呢。

西莉娅

　　我可以穿了破旧的衣裳，用些黄泥涂在脸上，你也是这样；我们便可以通行过去，不会遭人家算计了。

罗瑟琳

　　我的身材特别高，完全穿得像个男人一样岂不更好？腰间插一把出色的匕首，手里拿一柄刺野猪的长矛；心里尽管隐藏着女人家的胆怯，我要在外表上装出一副雄赳赳气昂昂的样子来，正像那些冒充好汉的懦夫一般。

西莉娅

　　你做了男人之后，我叫你什么名字呢？

罗瑟琳

　　我要取一个和众神之王的侍童一样的名字，所以你叫我盖尼米德吧。但是你叫什么呢？

西莉娅

　　我要取一个可以表示我的境况的名字；不要再

叫西莉娅，叫有远离之意的爱莲娜吧。

罗瑟琳

但是妹妹，我们设法去把你父亲宫廷里的小丑偷了来好不好？他在我们的旅途中不是很可以给我们解闷吗？

西莉娅

他要跟着我走遍广大的世界；让我独自去向他说吧。我们且去把珠宝钱物收拾起来。我出走之后，他们一定会追寻，我们该想出一个顶适当的时间和顶安全的方法来避过他们。现在我们是满心的欢畅，去找寻自由，不是流亡。（同下）

第三幕　第二场

亚登森林

出场人物

奥兰多　罗兰爵士的幼子

罗瑟琳　公爵的女儿

西莉娅　公爵弟弟的女儿

奥兰多 携纸上。

奥兰多

悬在这里吧，我的诗，证明我的爱情；

三重王冠的夜间的女王，请临视[1]，

从苍白的昊天，用你那贞洁的眼睛，

那支配我生命的，你那猎伴的名字[2]。

啊，罗瑟琳！这些树林将是我的书册，

我要在一片片树皮上镂刻下相思，

好让每一个来到此间的林中游客，

到处都见得到颂赞她美德的言辞。

走，走，奥兰多；去在每株树上刻着她，

那美好的，幽娴的，无可比拟的人儿。（下）

1　三重王冠的夜间女王，指的是古罗马神话中的月亮女神狄安娜（Diana），她同时还是狩猎女神和少女守护神，拥有天、地、冥三重身份。

2　因为狄安娜是狩猎女神和少女守护神，所以奥兰多把罗瑟琳称作她的猎伴。

罗瑟琳 读字纸上。

罗瑟琳

从东印度到西印度找遍奇珍，

没有一颗珠玉比得上罗瑟琳。

她的名声随着好风播满诸城，

整个世界都在仰慕着罗瑟琳。

画工描摹下一幅幅倩影真真，

都要黯然无色一见了罗瑟琳。

任何的样貌都不用铭记在心，

单单牢记住了美丽的罗瑟琳。

西莉娅 读字纸上。

西莉娅

为什么这里是一片荒碛？

因为没有人居住吗？不然，

我要叫每株树长起喉舌，

吐露出温文典雅的语言：

或是慨叹着生命如何短，

匆匆跑完了游子的行程，

只需把手掌轻轻翻个转，

便早已终结人们的一生；

或是感怀着旧盟今已冷，

同心的契友忘却了故交；

但我要把最好树枝选定，

缀附在每行诗句的终梢，

罗瑟琳三个字小名美妙，

向普世的读者遍告咸知。

莫看她苗条的一身娇小，

宇宙间的精华尽萃于兹；

造物当时曾向自然诏示，

吩咐把所有的绝世姿才，

向纤纤一躯中合炉熔制，

累天工费去不少的安排：

负心的海伦醉人的脸蛋[1]，

1　海伦（Helen），古希腊传说中以美貌著称的女神，因抛弃丈夫和特洛伊王子私奔引发战争，故云"负心"。

克莉奥帕特拉的威仪丰容[1]，

阿塔兰忒的柳腰儿款摆[2]，

卢克丽霞的节操贞松[3]，

劳动起玉殿上诸天仙众，

造成这十全十美罗瑟琳；

荟萃了各式的妍媚万种，

选出一副俊脸目秀精神。

上天给她这般恩赐优渥，

我命该终身做她的臣仆。

罗瑟琳

啊，最温柔的宣教师！您的恋爱的说教是多么啰唆，得叫您的听众听了厌烦，可是您却也不喊一声："请耐心一点，好人们。"

---

1 克莉奥帕特拉（Cleopatra），埃及托勒密王朝最后一位女王，也被称为"埃及艳后"。

2 阿塔兰忒（Atalanta），古希腊传说中善疾走的女猎手。

3 卢克丽霞（Lucretia），古罗马传说中的贞妇，引发了推翻罗马君主制的叛乱，并导致罗马王权统治的终结。

西莉娅

你有没有听见这种诗句？

罗瑟琳

啊，是的，我都听见了。

西莉娅

但是你听见你的名字被人家悬挂起来，还刻在这种树上，不觉得奇怪吗？

罗瑟琳

人家说一件奇事过了九天便不足为奇；在你没有来之前，我已经过了第七天了。瞧，这是我在一株棕榈树上找到的。自从主张灵魂轮回的毕达哥拉斯的时代以来，我从不曾被人这样用诗句咒过；那时我是只被驱逐的爱尔兰老鼠，现在简直记也记不起来了。

西莉娅

你想这是谁干的？

罗瑟琳

是个男人吗?

西莉娅

而且有一根项链,是你从前戴过的,套在他的颈上。你红起脸孔来了吗?

罗瑟琳

请你告诉我是谁?

西莉娅

主啊!主啊!朋友们见面真不容易;可是两座高山也许会被地震搬了位置而碰起头来。

罗瑟琳

哎,但是究竟是谁呀?

西莉娅

真的猜不出来吗?

罗瑟琳

哎，我使劲儿央求你告诉我他是谁。

西莉娅

奇怪啊！奇怪啊！奇怪到无可再奇怪的奇怪！奇怪而又奇怪！说不出来的奇怪！

罗瑟琳

我要脸红起来了！你以为我打扮得像个男人，就会在精神上也穿起男装来了吗？你再耽延一刻下去不肯说出来，就要累我在汪洋大海里作茫茫的探索了。请你快快告诉我他是谁，不要吞吞吐吐。我倒希望你是个口吃的，那么你也许会把这个保守着秘密的名字，不期然而然地打你嘴里吐了出来，就像酒从狭口的瓶里倒出来一样，不是一点都倒不出，就是一下子出来了许多。求求你拔去你嘴里的塞子，让我饮着你的消息吧。

西莉娅

那么你要把那人儿一口气吞下肚子里去是不是？

罗瑟琳

他是上帝造下来的吗？是个什么样子的人？他的头戴上一顶帽子显不显得寒碜？他的下巴留着一把胡须像不像个样儿？

西莉娅

不，他只有一点点儿胡须。

罗瑟琳

哦，要是这家伙知道好歹，上帝会再给他一些的。要是你立刻就告诉我他的下巴是怎么一个样子，我愿意等候他蓄起须来。

西莉娅

他就是年轻的奥兰多，一下子把那拳师的脚跟和你的心一起绊跌了个跟头的。

罗瑟琳

哎，取笑人的该让魔鬼抓了去；像一个老老实实的好姑娘似的，规规矩矩说吧。

西莉娅

真的，姐姐，是他。

罗瑟琳

奥兰多？

西莉娅

奥兰多。

罗瑟琳

哎哟！我这一身大衫短裤该怎么办呢？你看见他的时候他在做些什么？他说些什么？他瞧上去怎样？他穿着些什么？他为什么到这儿来？他问起我了吗？他住在哪儿？他怎样跟你分别的？你什么时候再去看他？用一个字回答我。

西莉娅

你一定先要给我向饕餮巨人借一张嘴来才行；像我们这时代的人，一张嘴里是装不下这么大的一个字的。要是一句句都用"是"和"不"回答起来，也比考问教理还麻烦呢。

罗瑟琳

可是他知道我在这林子里，打扮做男人的样子吗？他是不是跟摔跤的那天一样有精神？

西莉娅

回答情人的问题，就像数微尘的粒数一般让人为难。你好好听我讲我怎样找到他的情形，静静儿体味着吧。我看见他在一株树底下，像一颗落下来的橡果。

罗瑟琳

树上会落下这样果子来，那真可以说是神树了。

西莉娅

好小姐，听我说。

罗瑟琳

讲下去。

西莉娅

他直挺挺地躺在那儿，像一个受伤的武士。

罗瑟琳

虽然这种样子有点可怜相，可是地上躺着这样一个人，倒也是很合适的。

西莉娅

喊你的舌头停步吧；它简直随处乱跳——他穿着得像个猎人。

罗瑟琳

哎哟，糟了！他要来猎我的心了。

西莉娅

我唱歌的时候不要别人和着唱；你缠得我弄错了拍子。

罗瑟琳

你不知道我是个女人吗？我心里想到什么，便要说出口来。好人儿，说下去吧。

西莉娅

你已经打断了我的话头。且慢！他不是来了吗？

罗瑟琳

是他；我们躲在一旁瞧着他吧。

奥兰多 上。

罗瑟琳

我要像一个无礼的小厮一样去向他说话，跟他捣乱捣乱——听见我的话吗，树林里的人？

奥兰多

很好，你有什么话说？

罗瑟琳

请问现在是几点钟？

奥兰多

你应该问我现在是什么时辰；树林里哪来的钟？

罗瑟琳

那么树林里也不会有真心的情人了；否则每分钟的叹气，每点钟的呻吟，该会像时钟一样计算出时间的嫩嫩的脚步来的。

奥兰多

为什么不说时间的快步呢？那样说不对吗？

罗瑟琳

不对，先生。时间对于各种人有各种的步法。我可以告诉你时间对于谁是走慢步的，对于谁是跨着细步走的，对于谁是奔着走的，对于谁是立定不动的。

奥兰多

请问时间对于谁是跨着细步走的？

罗瑟琳

呃，对于一个订了婚还没有成礼的姑娘，时间是跨着细步有气没力地走着的；即使这中间只有一星期，也似乎有七年那样难过。

奥兰多

对于谁时间是走着慢步的?

罗瑟琳

对于一个不懂拉丁文的牧师，或是一个不害痛风的富翁：一个因为不能读书而睡得很甜畅，一个因为没有痛苦而活得很高兴；一个可以不必辛辛苦苦地费尽钻研，一个不知道有贫穷的艰困。对于这种人，时间是走着慢步的。

奥兰多

对于谁时间是走着快步的?

罗瑟琳

对于一个上绞架的贼子，因为虽然时间尽力放慢脚步，他还是觉得太快了。

奥兰多

对于谁时间是静止不动的？

罗瑟琳

对于在休假中的律师；因为他们在前后开庭的时期之间，完全昏睡过去，觉不到时间的移动。

奥兰多

可爱的少年，你住在那儿？

罗瑟琳

跟这位牧羊姑娘，我的妹妹，住在这儿的树林边。

奥兰多

你是本地人吗？

罗瑟琳

跟那头你看见的兔子一样，它的住处就是它的生长的地方。

奥兰多

住在这种穷乡僻壤，你的谈吐却很高雅。

罗瑟琳

好多人都曾经这样说我；其实是因为我有一个修行的老伯父，他本来是在城市里生长的，是他教给我讲话；他曾经在宫廷里闹过恋爱，因此很懂得交际的门槛。我曾经听他发过许多反对恋爱的议论；多谢上帝我不是个女人，不会犯到他所归咎于一般女性的那许多心性轻浮的毛病。

奥兰多

你记不记得他所说的女人的毛病当中主要的几桩？

罗瑟琳

没有什么主要不主要的；跟两个铜子相比一样，全差不多；每一件过失似乎都十分严重，可是立刻又有一件出来可以赛过它。

请你说几件看。

　　不，我的药是只给病人吃的。这座树林里常常有一个人来往，在我们的嫩树皮上刻满了"罗瑟琳"的名字，把树木糟蹋得不成样子；山楂树上挂起了诗篇，荆棘枝上吊悬着哀歌，说来说去都是把罗瑟琳的名字捧作神明。要是我碰见了那个卖弄风情的家伙，我一定要好好给他一番教训，因为他似乎害着相思病。

　　我就是那个给爱情折磨的他。请你告诉我你有什么医治的方法。

　　我伯父所说的那种记号在你身上全找不出来，

他曾经告诉我怎样可以看出来一个人是在恋爱着；我可以断定你一定不是那个草扎的笼中的囚人。

奥兰多

什么是他所说的那种记号呢？

罗瑟琳

一张瘦瘦的脸庞，你没有；一双眼圈发黑的凹陷的眼睛，你没有；一副懒得跟人家交谈的神气，你没有；一脸忘记了修剪的胡子，你没有——可是那我可以原谅你，因为你的胡子本来就像小兄弟的产业一样少得可怜。而且你的袜子上应当是不套袜带的，你的帽子上应当是不结帽纽的，你的袖口的纽扣应当是脱开的，你的鞋子上的带子应当是松散的，你身上的每一处都要表示出一种不经心的疏懒。可是你却不是这样一个人；你把自己打扮得这么齐整，瞧你倒有点顾影自怜，全不像在爱着什么人。

奥兰多

美貌的少年，我希望我能使你相信我是在恋爱。

罗瑟琳

我相信！你还是叫你的爱人相信吧。我可以断定，她即使容易相信你，她嘴里也是不肯承认的；这也是女人们不老实的一点。可是说老实话，你真的便是把那恭维着罗瑟琳的诗句悬挂在树上的那家伙吗？

奥兰多

少年，我凭着罗瑟琳的玉手向你起誓，我就是他，那个不幸的他。

罗瑟琳

可是你真的像你诗上所说的那样热恋着吗？

奥兰多

什么也不能表达我的爱情的深切。

罗瑟琳

爱情不过是一种疯狂；我对你说，有了爱情的人，是应该像对待一个疯子一样，把他关在黑屋子里用鞭子抽一顿的。那么为什么他们不用这种处罚的方法来医治爱情呢？因为那种疯病是极其平常的，就是拿鞭子的人也在恋爱哩。可是我有医治它的法子。

奥兰多

你曾经医治过什么人吗？

罗瑟琳

是的，医治过一个；法子是这样的：他假想我是他的爱人，他的情人，我叫他每天都来向我求爱；那时我是一个善变的少年，便一会儿伤心，一会儿温存，一会儿翻脸，一会儿思慕，一会儿欢喜；骄傲、古怪、刁钻、浅薄、轻浮，有时满眼的泪，有时满脸的笑。什么情感都来一点儿，但没有一种是真切的，就像大多数的孩子和女人一样；有时喜欢他，有时讨厌他，有时讨好他，有时冷淡他，有时为他哭泣，有时把他唾弃：我这样把我这位求爱者从疯狂的爱逼到整个疯狂起来，以至于抛弃人世，做起隐士来了。我用这种方法治好了他，我也可以用这种方法把你的心肝洗得干干净净，再没有一点爱情的痕迹。

奥兰多

我不愿意治好，少年。

罗瑟琳

我可以把你治好，假如你把我叫作罗瑟琳，每天到我的草屋里来向我求爱。

奥兰多

凭着我的恋爱的真诚，我愿意。告诉我你住在什么地方。

罗瑟琳

跟我去，我可以指点给你看；一路上你也要告诉我你住在林中的什么地方。去吗？

奥兰多

很好，好孩子。

罗瑟琳

不，你一定要叫我罗瑟琳。（向西莉娅）来，妹妹，我们去吧。（同下）

（朱生豪　译）

莎士比亚

　　威廉·莎士比亚（William Shakespeare），英国文学家、剧作家，1564年4月23日出生于英国沃里克郡的斯特拉福小镇，1616年4月23日因病离世，享年整整52岁。在他不算长的一生中，创作出无数伟大的戏剧作品，写尽人间冷暖、悲欢离合、善恶美丑。去世四百年来，他的作品依然在全世界的舞台、剧院上演，在读者中间一代代传递，再没有第二个剧作家的影响力能超过他。

　　莎士比亚的创作大致可分为三个阶段：早期主要是正面宣扬人文主义理想，充满愉快乐观的浪漫主义色彩的喜剧和历史剧；中期随着对现实认识的深入，剧作的批判力度加强，转为悲剧为主；到了晚年，愤世嫉俗的莎翁性情变得越来越平和，作品呈现出返璞归真的倾向，多宣扬宽恕和容忍的主题。

朱生豪

　　朱生豪（1912—1944），中国著名翻译家，生于浙江嘉兴，曾就读于杭州之江大学国文系与英文系，大学毕业后赴上海世界书局任英文编辑之职，参与编纂《英汉四用辞典》。1935年着手为世界书局翻译莎士比亚全集，1937年日寇侵入上海，辗转流徙，贫病交加，仍坚持翻译，先后共译出莎剧三十一个半，尚存历史剧五个半。1944年12月26日，因肺结核含怨离世，享年32岁。他是中国翻译莎士比亚作品较早的人之一，译文质量典雅生动，为国内外莎士比亚研究者公认。

兰姆姐弟

兰姆姐弟，即查尔斯·兰姆（Charles Lamb，1775—1834）和玛丽·兰姆（Mary Lamb，1764—1847），英国著名的散文家、诗人、剧作家，代表作：《伊利亚随笔》等。为了让小读者们也可以欣赏莎士比亚的作品，他们决定动手改写莎翁名著，把原著的精华神韵，以浅显易懂的文字向孩子呈现。这个计划在当时遭到不少非议，甚至有人认为他们是在毁坏莎翁经典。但凭借着和莎翁心灵上的默契、深厚的语言功力，他们改写的戏剧故事受到了无数孩子的喜爱，也让大人们转变了看法。并且，随着时间的验证，兰姆姐弟的改写本已经成为和莎士比亚戏剧一样为人们所称道的经典之作。这种改写本受到和原著一样高度的评价，甚至出现比原著更受欢迎的情形，在世界文学史上也是极为罕见的。

漪然

漪然（1977—2015），原名戴永安，儿童文学作家、翻译家，生于安徽芜湖，3岁意外致残，8岁开始自学，14岁从事专业写作，2015年因病去世，年仅38岁，一生共创作并翻译作品200多部。代表著作:《四季短笛》《忘忧公主》《记忆盒子》《心弦奏响的一刻》等；代表译作:《月亮的味道》《一个孩子的诗园》《莎士比亚戏剧故事集》《海精灵》《不一样的卡梅拉》等。

莎士比亚（少年版）

作者 _ [英]威廉·莎士比亚

改写 _ [英]查尔斯·兰姆　　[英]玛丽·兰姆

译者 _ 朱生豪 漪然

产品经理 _ 王奇奇　　装帧设计 _ 何月婷　　产品总监 _ 李静

技术编辑 _ 陈杰　　责任印制 _ 梁拥军　　策划人 _ 于桐

插画绘制 _ 宋祥瑜

果麦

www.guomai.cc

以 微 小 的 力 量 推 动 文 明

Shakespeare

莎士比亚

少年版

Timon of Athens

雅典的泰门

[英]威廉·莎士比亚 著

[英]查尔斯·兰姆 [英]玛丽·兰姆 改写

朱生豪 澓然 译

北方联合出版传媒(集团)股份有限公司

万卷出版有限责任公司

果麦文化 出品

有了拍马的人，自然就有爱拍马的人。

There are sycophants,
naturally there are sycophants.

戏剧故事

Timon of Athens

雅典的泰门

泰门是生活在雅典的一个贵族，他的家产多得堪比王侯，生性又很大方，所以花起钱来像流水。他本有万贯家财，却总是入不敷出，因为他对各色各样的人都慷慨解囊，不但穷人尝到过他给的好处，就连那些王公贵族也喜欢跟着他吃白食。他的餐桌上总是坐满大吃大喝的客人，家中大门对雅典的每个过客敞开着。像他这种既有钱又肯花钱的主儿，理所当然得到了大众的爱戴。不论什么性格、什么志趣，只要是个人，都乐于对泰门老爷表忠心。上至那些摧眉折腰事权贵的阿谀奉承者，下到那些横眉冷对千夫指的愤世嫉俗者，全都被泰门老爷那副宽厚待人、乐善好施的性情所吸引。就连那些粗鲁不堪的人也会洗心革面，来享受泰门家的豪华宴会，只要泰门对他们点点头，或是打个招呼，这些人顿时就觉得自己身价百倍。

如果某位诗人刚完成一部大作，还缺个被推荐于世的机会，他只要把诗歌献给泰门老爷，不但作品肯定有了销路，本人还能得到一大笔赏钱，且可以天天出入豪宅，参加宴请。如果有个画家想卖掉一幅画，他只要把画拿到泰门老爷面前，装着请他指点一二，不用再多说什么，这位大方的老爷当场就会把它买入。如果珠宝商有什么珍稀的钻石，或是绸布商有什么贵重的料子，因为价钱太高卖不出去，泰门老爷的府上总是为他们敞开的备用市场，不管东西多贵都可以脱手。而且这位好好先生还会向他们道谢，好像人家特意把这么贵的货拿来给他买，是给了他很大的面子。

就这样，泰门的家里堆满了这些奢侈品，除了增加徒有其表的华丽派头，没有半点用处。而泰门本人则被这些吹牛的诗人、画家，滑头的商人、贵族、贵妇、穷当官的、想当官的等等一群无聊的客人死缠烂打，他们络绎不绝地拥向他家的门廊，在他耳边不停絮叨着令人恶心的恭维话，就像敬神一样地敬着他，他骑马用的马镫也变成了圣物，就连这些人呼吸的自由空气，好像也都是由他恩赐的。

这些成天傍着泰门的人，有的还是王室后裔，因为挥霍无度，被债主关进了大牢，又被泰门老爷出钱赎了出来。这些浪荡的公子哥从此就盯牢了这个主子，好像是物以类聚，他跟所有这些挥金如土的纨绔子弟都会成为一家亲。他们的家产赶不上他的多，倒觉得跟他比着败家并不难。

不过，在这往来如云的宾客之中，最引人注意的，还要数那些送礼献宝的。泰门要是对他们的一条狗，或是一匹马，或是一件不值钱的家具多看了几眼，那他们就走运了。不管是什么东西，只要是泰门夸赞过的，第二天大清早一准会送到他的府上。送礼人还会写一通感谢泰门老爷错爱、区区薄礼不成敬意之类的话。而这些狗啊，马啊，不管什么乱七八糟的东西啊，都能赢得泰门的赏赐，他从不会在还礼上输了面子。他也许会回赠二十条狗，或是二十匹马，反正要比人家送的礼值钱得多。那些所谓的送礼者也都心知肚明，他们送出的假礼是能收回来真金白银的，而且收回得很快。路歇斯老爷就是这样把他那佩着银马具的四匹白色骏马送给了

泰门，因为这位狡猾的贵族留意到泰门某一回夸赞过这些马。另一个贵族路库勒斯也是这样假惺惺地给泰门送去了一对埃及灰猎犬，因为泰门提起过这种猎犬勇猛又敏捷。在收这些礼物时，单纯的泰门一点也没怀疑人家会别有用心，而这些虚伪又唯利是图的送礼人也都得到了丰厚的回报，泰门回送的钻石或是别的宝石要比他们原来送的那些礼物贵重二十倍。

有时候，这些家伙索性直接上阵，用各种明目张胆的手段来打劫，可泰门还是像睁眼瞎一样地上当受骗。这些人每当看到泰门有什么好东西——刚买的或者过去买的，都会假装艳羡，大肆赞美，因为再没有什么比说几句肉麻又露骨的恭维话更不值钱的付出了，而心软手阔的泰门就会立刻把他们夸赞的东西当礼物送给他们。那天，泰门就这样把自己骑着的一匹枣红马送给了一个猥琐的贵族，只因为这仁兄说那是匹骏马，跑起来姿态优美。泰门认为，一个人对自己不想要的东西，是不会上心去夸奖的。是啊，泰门总是用自己的心去衡量他那些朋友的心，他又是那么喜欢送人礼物，假如他有许多王国，也会拿来分给他这些所谓的朋友，并乐此不疲。

当然，泰门的家产也不是都进了这些拍马屁的坏人的腰包，有时他也做一些仗义疏财的好事。他家的一个仆人爱上了雅典一位有钱人的女儿，可因为自己的家产和地位都不如那个姑娘，就不敢指望能跟她结婚。泰门老爷就大方地送给仆人三个泰伦，以满足那个年轻姑娘的父亲提出的男方家产要跟他女儿的嫁妆相当的条件。

然而，泰门的家产大多还是被那些恶棍和寄生虫挥霍掉了。泰门并不知道那些朋友都是假装的，他以为那些人簇拥着他，就一定爱他；他以为有人对他微笑，吹捧他，就是所有明智善良的人都在赞许他的所作所为。当泰门在这些马屁精和假朋友中间大摆宴席的时候，当这些人一边为他的健康富贵干杯，一边吃光喝干了他的财产的时候，泰门一点也看不出真朋友和拍马屁者之间的区别。在他那双被四周繁华的景象蒙蔽的眼睛看来，只觉得有这么多好兄弟你我不分地共享财富是多么令人感动，虽然这些人花的都是他一个人的钱。这些人兴致勃勃一次次重演这场好戏，而在他看来，这是真正喜庆而和谐的盛典。

他就这样大发着善心，大把地施舍，就像普鲁托斯（希腊神话中的财神）是他的管家一样。他毫无节制地过日子，既不问自己还有多少钱能维持生活，也不停止肆意妄为。可他的财富毕竟不是无限的，照他这样没个边地花钱，必定有耗尽的一天。可谁又会去提醒他呢？他那些马屁精吗？他们巴不得他闭上眼睛呢。

泰门那个老实的管家弗莱维斯倒是也试过和他实话实说，把账本摊在他面前，劝他，求他，态度激动得早已超出了仆人的本分，还流着泪请泰门算一下自己做的那些事要花多少钱。然而，泰门不理不睬，总把话题转到别的事情上去。因为再没有什么比让家道衰落的富人听劝说更难的了，无论如何他都不愿面对现实，无论如何他都不愿相信自己是个倒霉蛋，不愿相信大祸真的要临头了。这个好管家，这个老实人，常常看见泰门的豪宅里挤满了放荡的食客，满地都是那些酒鬼泼洒的葡萄酒，每个房间都灯火通明，充斥着鼓瑟歌弦和交杯换盏的声音。这时，他常常独自躲到一个偏僻的角落，眼泪流得比酒桶里溢出的葡萄酒还要多。他眼睁睁看着疯狂的老爷这样烧钱，心中暗想，等那笔令老爷得到交口称赞的财产花光以后，那一片溜须拍马声会消失得多快啊。宴席上的赞美会和宴席一起散尽，只要下一场冬雨，这些苍蝇马上就无影无踪。

到了此刻，对于忠实的管家的进言，泰门再也不能充耳不闻了，因为他已经金尽囊空。泰门吩咐弗莱维斯赶紧把一部分田产卖了换钱，弗莱维斯就趁机把几次要告诉泰门可他不肯听的话说了出来：他的大部分田产都已经卖掉或是抵债了，他现在的全部家当还不够付清他一半的赊账。

这情况让泰门大吃一惊，他慌乱地叫道："从雅典到莱西黛蒙，都有我的田产呀！"

"唉，我的好老爷，"弗莱维斯说道，"世界也只是这么一个，它也有个边儿呀。要是它全归于您，也会一眨眼就被送掉，去得要多快有多快！"

泰门自我安慰道，他的钱并没有送给坏人，就算铺张浪费很不明智，可他好歹没有为富不仁，况且这些钱都是用在帮助朋友上。他叫泪如泉涌的好管家保持镇定，说他们不可能缺钱花，因为他还有那么多高贵的朋友呢。这个还活在云雾里的老爷毫不怀疑，只要他派人向那些得过他好处的人去借钱，就可以用这些人的财产渡过难关，就和用自己的财产一个样。

于是，他抱着十足的把握，高高兴兴地派人分头去了路歇斯、路库勒斯和辛普洛涅斯这些贵族的家里，他曾经送过这些人不计其数的礼物。他还派人去见文提狄斯，这个人能从监狱里放出来，全是靠泰门替他还了债。由于父亲去世，文提狄斯继承了一大笔遗产，现在完全有能力回报泰门的帮助。泰门要文提狄斯把自己替他付的五个泰伦还给自己，还向几位贵族各借五十泰伦。他相信那些人出于满心的感激会给他的，哪怕是比五十泰伦多五百倍的钱，只要他需要，他们也会借给他的。

头一个被找到的是路库勒斯。这个猥琐的老爷整夜做着一个关于银盘和银杯的梦，一听说泰门的仆人来了，那颗贪心马上就想到这是来替自己圆梦的，是泰门派人给他送银盘和银杯来了。等弄清楚了状况，他那流水般冷漠的友情就暴露出了本质。他对着眼前的仆人一通赌咒发誓，说自己早就看出来他家老爷是个败家子，好多回他去陪泰门吃午饭，就是为了给泰门提个醒，他还陪着泰门吃晚饭，就是想劝他少败点钱，可泰门从来就没听过他的话。

正如这位老爷说的，他的确常常去参加泰门的宴请，他还从泰门那儿捞到过比白吃白喝更大的好处。可他说什么他去泰门家，就是为了劝泰门学好，那就是卑鄙无耻的谎言了。他说罢这番话，又卑鄙地贿赂那个仆人，叫他回去和主人说，根本就没找到路库勒斯这个人。

　　去见路歇斯老爷的送信人也没带回什么好消息。这个虚伪的贵族老爷肚里塞满了泰门家的酒肉，身上揣满了泰门送的昂贵礼物。他一听说风向变了，那个能大把捞好处的泉源忽然断了水，几乎不能相信自己的耳朵。等确认了这个噩耗，立刻无比沉痛地表示抱歉，说他对泰门老爷的不幸无能为力，因为很不凑巧（这是一个常用的谎言），前一天他刚刚做了一次大采购，差不多花光了手边所有的钱。他还骂自己是畜生，因为自己竟然不能够替这么好的一位朋友效劳，他声称，不能让这样高贵的一位绅士满意，真是自己平生最大的一件恨事。

　　谁能把那些和自己在一个盘里舀饭吃的人叫作朋友呢？谄媚者个个都是这个德行。人人皆知，泰门就像个慈父一样地对待路歇斯，自己掏腰包替他还债，替他付仆人的工钱，替他雇工人出大力盖豪宅，满足路歇斯的虚荣心。可是，唉，忘恩负义的人啊，都会变得和鬼一样！现在，路歇斯忘了自己受过人家多少恩惠，他拒绝借给泰门的那点钱，还不如一个善人施舍给乞丐的多呢。

辛普洛涅斯老爷和那些唯利是图的贵族老爷，对泰门派去借钱的人，不是回答得含混不清，就是一口回绝。而文提狄斯，这个刚被救出狱、如今阔起来了的文提狄斯，居然也不肯借五个泰伦来帮助泰门——当初他遭难的时候，泰门可没有说五个泰伦是借款，而是慷慨送给他的。

如今，躲着穷鬼泰门的人和从前奉承巴结财神泰门的人一样多。如今，那些从前对泰门歌颂得最起劲，称赞他宽厚、大方、慷慨的人，又大言不惭地责备他，说他的慷慨是糊涂，大方是挥霍。其实，真正糊涂的慷慨就是把这些卑鄙下流的人作为自己施舍的对象。如今，泰门那王侯一样的府第荒废了，变成了一个人人避而远之、匆匆走过的地方，而不再像从前，是人人都要停下来品尝美酒佳肴的胜地。

如今，拥入泰门家里的不再是豪饮和欢笑的宾客，而是焦躁和吵闹的债主，是放高利贷的、敲竹杠的。他们一个个要起债来又凶又狠，毫不留情，催着要债券、要利息、要抵押品，这些铁石心肠的人，要起什么来都不容拒绝，也不容拖延。如今，泰门的府第成了他自己的监狱，他被逼得进不去、出不来，走又走不开。这个向他讨五十泰伦的欠款，那个又拿出五千克朗的账单，他就是用一滴滴的血去数，用一滴滴的血去还，他全身的血也无法还清这些债务。

就在这样一种绝望和无可挽回的境地中，忽然，大家都惊奇地瞪大了眼睛，因为他们看到一轮落日放射出令人难以置信的新光彩：泰门老爷又宣布要开宴会了。他对过去常来常往的那些客人、贵族、贵夫人，还有雅典所有的名士和上流人物都发出了邀请。路歇斯和路库勒斯老爷来了，文提狄斯和辛普洛涅斯，还有其他那些贵族都来了。再没有谁比这些爱拍马屁的坏蛋更懊悔了，因为他们以为，泰门老爷的穷相原来都是装出来的，只为了考验一下他们的赤胆忠心，而他们却没有看穿这个把戏，不然的话，岂不是只要花一点点钱就能让泰门老爷倍加感动？

现在，看到这个财大气粗的泉源，这个他们本来以为已经榨干了的地方，还有不少油水在哗哗响，他们还是特别高兴，一个个都赶来了，向泰门装腔

作势，反复表白，说当初仆人去向自己借钱的时候，不巧没有现钱在手边，不能帮到这样一位尊贵的朋友，这让他们感到深深的痛心和遗憾。泰门请他们别再提这些小事了，因为他差不多已经把这些都忘了。

这些溜须拍马的下流贵族，在泰门穷困潦倒的时候不肯借他一个子儿，在泰门带着新的神采重又开始摆阔的时候，他们又都赶着来捧场。他们追逐贵人的红运，比燕子追随夏天还要迫切，他们躲闪穷鬼的不幸，比燕子离开冬天还要匆忙。这种趋炎避寒的鸟儿，就叫作"人"。

这时，音乐响起，热气腾腾的大盘子摆上了华丽的宴席。宾客们都惊讶于破了产的泰门是从哪儿弄来钱备下这么一桌奢侈的酒席，有的人甚至不相信自己的眼睛，怀疑这一切是不是真的。随着一个信号，盘子揭开了，泰门的本意显露了出来：盘子里盛的并不是人们期望的各种山珍海味。此刻，这些盘子里露出的东西跟泰门的贫困更相称，因为里面不过是一些蒸汽和温水。

这桌宴席也更适合招待这一群口头上的朋友：他们的表白就是转瞬即逝的蒸汽，他们冷淡又善变的心，就像泰门给他们喝的水。泰门吩咐他们说："狗子们，揭开吧，舔吧。"

还没等客人们从惊愕中恢复过来，泰门就把水泼到了他们脸上，叫他们喝个够，泰门又把杯盘往他们身上摔，使那些贵族仕女都慌作一团，抓起自己的帽子，匆匆忙忙地往外逃。泰门在他们后面一边追，一边大骂："你们这些滑溜溜、笑眯眯的寄生虫，戴着殷勤面具的坏东西，装和蔼的狼，装柔顺的熊，贪财的小丑，酒肉朋友，趋炎附势的苍蝇！"躲着泰门的客人们都一窝蜂地往外挤，比进来的时候还急切。有人丢了长袍和帽子，有人挤丢了首饰，所有人都庆幸能从这位疯老爷跟前逃之夭夭，逃离他这顿假宴席的嘲笑。

这是泰门举行的最后一次宴会，从此以后，他就告别了雅典和那一群人。宴会散后，他就走进了树林，远离了他痛恨的城市和全体人类。他诅咒那个可恶的城市墙倒房塌，压死那些房屋的主人；他但愿各种害人的瘟疫、战争、暴行、贫穷、疾病都落在雅典居民头上；他祈祷公正的神明把所有的雅典人全都毁灭，无论老幼贵贱。他就带着这样的诅咒走进了树林，他说，这里最残忍的野兽也要比人类仁慈许多。

他把自己的衣服全都脱光，不留一丝文明人的样子，然后挖了个洞穴住了进去，就像一头野兽似的离群独居。他吃着野树根，喝着生水，躲开同类的面孔，跟野兽一起出没，他觉得比起人来，它们对他要友好和善意得多。

从富有的泰门老爷、乐善好施的泰门老爷，到赤裸的泰门、仇视人类的泰门，这个变化是多么巨大啊！那些恭维他的人上哪儿去了？他的侍从和仆人都上哪儿去了？难道呼啸的寒风——那粗野的随从，能够侍候他，为他穿衣取暖吗？难道那些比雄鹰还长寿的老树，会变成年轻活泼的侍童，跳起来听他差遣吗？难道冬天结冰的寒溪，会在他病倒的时候，替他准备热腾腾的肉汤和蛋羹吗？难道那些住在蛮荒树林里的畜生，会来舔他的手，拍他的马屁吗？

一天，泰门正在挖树根（那是他赖以维生的可怜食物），忽然，铁锹碰到了一些沉甸甸的东西：原来是一大堆金子。这些金子可能是被某个守财奴在乱世埋藏了起来，那人本想找机会回来把金子带走，可还没等到这一天，也没来得及对别人说起这个宝

藏就死了。于是，金子就躺在那里，不行善也不作恶，一直这样待在大地之母的肚子里，就像从没离开过那里一样，直到泰门的铁锹偶然的一撞，才让它们重见天日。

这可是一大笔财富，要是泰门还保留着他旧日的心性，这笔钱足够他重新收买那些朋友和马屁精了。然而，泰门早已厌倦了这个虚伪的世界，看到这些金子只是让他的眼睛不舒服。他本想把金子再埋回地里去，可又一转念，想到金子会给人类带来的无穷祸患，包括那些为了金钱而产生的掠夺、压迫、冤屈、贿赂、暴力和谋杀，他就带着对人类已经根深蒂固的仇恨，很愉快地想象着，他刨地时发现的这堆金子将会给自己病入膏肓的同类再增加多少不幸。

恰好在此时，一队士兵从树林中穿过，来到他的洞穴旁，那是雅典将官艾西巴第斯率领的一支部队。艾西巴第斯正在起兵推翻雅典的元老院，这些雅典人是出了名的忘恩负义，就连自己的将军和最好的朋友都厌恶他们。从前，艾西巴第斯曾率领这支胜利的大军保卫那些元老，如今，他又领着同一支军队来攻打他们了。

泰门很赞赏这些士兵的做法，他把金子送给艾西巴第斯，叫他分给手下的士兵。泰门对此馈赠不求回报，只求艾西巴第斯带着他的讨伐大军把雅典城夷为平地，去放火、屠杀，把雅典人斩尽杀绝。泰门就是这样彻头彻尾地憎恨着雅典、雅典人和一切人类。

　　就在泰门这样孤零零地过着日子，比任何人更残忍地对待自己的时候，忽然有一天，他惊讶地看到一个人带着仰望的姿态，站在他洞穴的门口。原来，是弗莱维斯——他那位诚实的管家来了。他对主人的忠诚和关怀，促使他找到了这个凄凉的住所，要来侍候泰门。

　　他一眼望见自己的主人，曾经高贵的泰门，竟落到如此悲惨的地步，像刚出生一般全身赤裸，活得如同一只混在兽群里的野兽，看上去就像是他悲怆心灵的废墟，又像是一座老朽的纪念碑。这一切都让善良的仆人痛心疾首，站在那里一句话也说不出来，他完全被震惊的感觉包围，不知所措。等他终于说得出话的时候，他的话又被泪水噎住了，让泰门费了半天劲才认出他是谁来，才知道是谁要来侍候穷困潦倒中的他——这跟他领教过的人类又是多么不同啊。

可看到弗莱维斯有着一副人类的模样，泰门就怀疑他是个奸细，怀疑那些眼泪也是虚伪的。这个好仆人拿出了许多证据来证明自己真的很尽忠职守，而他也完全是出于对亲爱的旧主人的忠心和关心才来的，这才让泰门不得不承认，世界上还有一个老实人。

但是，既然弗莱维斯有着人的形状和样子，看到这张人脸就不能不让泰门感到憎恶，听到那张人嘴里发出的声音就不能不让他感到恶心。于是，这个绝无仅有的老实人也被赶走了，就因为他是人，尽管他比一般人更善良，更有同情心，然而他终究有着人的可恶形状和长相。

可没过多久，又有一批地位远远高于这个可怜管家的客人，也来破坏泰门蛮荒中的隐居生活了。

原来，雅典城里那些忘恩负义的贵族终于开始后悔当初亏待了泰门老爷，因为艾西巴第斯就像一只暴怒的野猪，在疯狂摧毁他们的城墙，眼看就要用凶猛的围攻把美丽的雅典化为飞灰。到了这时候，泰门老爷曾经的骁勇善战终于又浮现在人们健忘的大脑里，因为泰门过去当过雅典的将军，是一个山类拔萃的军人。大家都认为，只有他能对付这种黑云压城的军事围攻，打退艾西巴第斯的狂暴攻击。

在这紧急关头，元老们选出了一批代表去泰门家守着。当泰门陷入绝境的时候，他们不加理会，当他们陷入了绝境，却找泰门来了。他们漠不关心的这个人，难道应该对他们充满感激吗？他们无礼地伤害过的这个人，难道应该对他们保持彬彬有礼吗？

如今，他们流着泪，苦苦哀求泰门，求他回去救救他的城市，救救不久前他被忘恩负义者逼迫离开的那个城市。如今，他们许诺给他财富、权力、地位，他们要补偿他过去受到的伤害，让大家尊重他，爱他，他们还要把自己的生命和财产都交给他支配，只要他肯回去，拯救他们。

可是赤裸的泰门、憎恨人类的泰门，如今已不再是泰门老爷，那位乐善好施的贵族。他也不再是永不凋谢的英雄花，不再是那个在战争年代做盾牌、和平年代做摆设的人了。如果艾西巴第斯要杀自己的同胞，泰门管不着；如果美丽的雅典要遭到洗劫，老人孩童都难逃一死，泰门巴不得。他就这样告诉雅典人，并表示，暴徒阵营里的每一把屠刀，都比

雅典元老们的咽喉更能获得他的好感。

这就是泰门给那些抹着眼泪、倍感失望的元老的全部回答。不过，在分手时，他请元老们替他问候一下同胞，告诉他们，如果想减轻一些悲痛和焦虑，逃避凶猛的艾西巴第斯的疯狂报复，还有一条路可走，他可以指点他们，因为他对他亲爱的同胞们仍抱有深厚的感情，想在自己死去之前为他们做点好事。

这番话让元老们重又振奋了一些，他们盼着泰门对雅典的爱护之情重新回来。

然而，泰门接着说，在他的洞穴旁长着一棵树，不久他就要把树砍了，所以他邀请所有想逃避痛苦的雅典朋友，不分高低贵贱，都在他把树砍倒之前来尝尝这棵树的滋味——那意思就是说，只有在树上吊死，才是他们逃避痛苦的唯一出路。

这就是泰门给人们的无数次慷慨馈赠中的最后一次，这也是他的同胞们最后一次见到他。

没过几天，一个穷士兵走过一片海滩，那儿离泰门常常出没的树林不远。他在海边发现了一座坟墓，墓碑上刻着字，说那是憎恨人类的泰门的坟墓，碑文上说："他活的时候，恨一切活人；他死的时候，只愿一场瘟疫让所有卑鄙小人死绝！"

　　泰门是死于什么暴行，还是死于他自己厌恶尘世和仇视人类的情绪呢？谁也不知道。可大家都赞叹他的墓志铭写得很贴切，他的结局也很有言行一致的味道：他死的时候，就和他活着的时候一样，满怀对人类的憎恶。

　　还有人说，他将海滩作为自己的葬身之地是个别致的选择，因为茫茫大海会永远在他的坟墓旁哀哭，就像是在蔑视那些虚情假意者流下的转瞬即逝的轻浮眼泪。

（潇然　译）

剧本节选

第三幕　第一场

路库勒斯家中一室

出场人物

路库勒斯　谄媚的贵族

弗莱米涅斯　泰门的仆人

路库勒斯的仆人

弗莱米涅斯 在室中等候；一仆人 上。

仆人

我已经告诉我家大爷说你在这儿，他就来见你了。

弗莱米涅斯

谢谢你，大哥。

路库勒斯 上。

仆人

这就是我家大爷。

路库勒斯

（旁白）泰门大爷的一个仆人！一定是送什么礼物来的。哈哈，一点不错；我昨天晚上梦见银盘和银瓶哩。弗莱米涅斯，好弗莱米涅斯，承蒙你光临，不胜欢迎之至。给我倒些酒来。（仆人下）那位尊贵的、十全十美的、宽宏大量的雅典绅士，你那慷慨的好主人好吗？

弗莱米涅斯

他身体很好，先生。

路库勒斯

我很高兴他身体很好。你那外套下面有些什么东西，可爱的弗莱米涅斯？

弗莱米涅斯

不瞒您说，先生，那不过是一只空匣子；我奉我家大爷之命，特来请您把它充满了；他因为急用，需要五十个泰伦，所以叫我来向您商借，他相信您一定会毫不踌躇地帮助他的。

路库勒斯

哪，哪，哪哪！"相信我一定会帮助他"，他这样说吗？唉！好大爷，他是一位尊贵的绅士，就是太爱摆阔了。我好多次陪他在一块儿吃中饭，向他下忠告；晚上再去陪他吃晚饭，为着要劝他不要太浪费；可是他总不肯听人家的劝，也不因为我一次次的上门而有所觉悟。哪个人没有几分错处，他的错处就是太老实了；我也这样对他说过，可是没有法子改变他的习性。

仆人 持酒重上。

仆人

大爷，酒来了。

路库勒斯

弗莱米涅斯，我一向知道你是个聪明人。喝杯酒吧。

弗莱米涅斯

多承大爷谬奖。

路库勒斯

我常常注意到你的脾气很和顺勤勉，凭良心说一句，你是很懂得道理的；你也从来不偷懒，这些都是你的好处。(向仆人)你去吧。(仆人下)过来，好弗莱米涅斯，你家大爷是位慷慨的绅士；可是你是个聪明人，虽然你到这儿来看我，你也一定明白，现在不是可以借钱给别人的时世，尤其单单凭着一点交情，什么保证都没有，那怎么行呀？这儿有三毛钱你拿了去；好孩子，帮帮忙，就说你没有见我就是了。再会。

弗莱米涅斯

世事的迁移，人情的变幻，竟会一至于此吗？让开，该死的下贱的东西，回到那崇拜你的人那儿去吧！**(将钱掷去)**

路库勒斯

吓！原来你也是个傻子，这才是有其主必有其仆。(下)

弗莱米涅斯

愿你落在铁锅里和着铅一起熔化了吧，你这恶病一样的朋友！难道友谊是这样轻浮善变，不到两天工夫就换了样子吗？天啊！我的心头充塞着我主人的愤怒。这个奴才的肠胃里还有我家主人赏给他吃的肉，为什么这些肉不跟他的良心一起变坏，化成毒药呢？他的生命一部分是靠着我家主人养活的，但愿他害起病来，临死之前多挨一些痛苦！（下）

第三幕　第二场

广场

出场人物

路歇斯　谄媚的贵族

塞维律斯　泰门的仆人

路人甲

路人乙

路人丙

路歇斯 及 三路人 上。

路歇斯

谁？泰门大爷吗？他是我的很好的朋友，也是一个高贵的绅士。

路人甲

我们也久闻他的大名，虽然跟他没有交情。可是我可以告诉您一件事情，我听一般人都是这样纷纷传说，说现在泰门大爷的光荣时代已经过去，他的家产已经远不如前了。

路歇斯

嘿，哪有这样的事，你不要信人家胡说；他是总不会缺钱的。

路人乙

可是您得相信我，在不久以前，他叫一个仆人到路库勒斯大爷家里去，向他告借多少泰伦，说是有很要紧的用途，可是结果并没有借到。

路歇斯

怎么！

路人乙

我说，他没有借到。

路歇斯

岂有此理！天神在上，我真替他害羞！不肯借钱给这样一位高贵的绅士！那真是太不讲道义了。拿我自己来说，我必须承认曾经从他手里受到过一些小小恩惠，譬如说钱哪，杯盘哪，珠宝哪，这一类的零星小物，比起别人到手的东西来是比不上，可是要是他向我开口借钱，我是总不会拒绝借给他这几个泰伦的。

塞维律斯 上。

塞维律斯

瞧，巧得很，那边正是路歇斯大爷；我好容易找到他。（向路歇斯）我的尊贵的大爷！

路歇斯

塞维律斯！你来得很好。再会；替我问候你的高贵贤德的主人，我的最好的朋友。

塞维律斯

告诉大爷知道，我家主人叫我来——

路歇斯

哈！他又叫你送什么东西来了吗？你家大爷待我真好，他老是送东西给我；你看我应当怎样感谢他才好呢？他现在又送些什么来啦？

塞维律斯

他没有送什么来，大爷，只是因为一时需要，想请您借给他几个泰伦。

路歇斯

我知道他老人家只是跟我开开玩笑；他哪里会缺五十、一百个泰伦用。

塞维律斯

可是大爷，他现在需要的还不到这一个数目。要是他的用途并不正当，我也不会向您这样苦苦求告的。

路歇斯

你说的是真话吗，塞维律斯？

塞维律斯

凭着我的灵魂起誓，我说的是真话。

路歇斯

我真是一头该死的畜生，放着这一个大好的机会，可以表明我自己不是一个翻脸无情的小人，偏偏把手头的钱一起用光了！真不凑巧，前天我买了一件无关紧要的东西，今天蒙泰门大爷给我这样一个面子，却不能应命。塞维律斯，天神在上，我真的是无力应命；我是一头畜生；我自己刚才还想叫人来向泰门大爷告借几个钱呢，这三位先生可以替我证明的；可是我觉得不好意思，否则早就向他开口了。请你多多替我向你家大爷致意；我希望他不要见怪于我，因为我实在是心有余而力不足。再请你替我告诉他，我不能满足这样一位高贵的绅士的要求，真是我生平第一件恨事。好塞维律斯，你愿意做我的好朋友，照我这几句话对他说吗？

塞维律斯

好的，大爷，我这样对他说就是了。

路歇斯

我一定不忘记你的好处，塞维律斯。（**塞维律斯**下）你们果然说得不错，泰门已经失势了；一次被人拒绝，到处都要碰壁的。（下）

路人甲

您看见这种情形吗，霍斯提律斯？

路人乙

嗯，我看得太明白了。

路人甲

哼，这就是世人的本来面目；每一个谄媚之徒，都是同样的居心。谁能够叫那同器而食的人做他的朋友呢？据我所知道的，泰门曾经像父亲一样照顾这位贵人，用他自己的钱替他还债，维持他的产业；甚至于他的仆人的工钱，也是泰门替他代付的；他每一次喝酒，他的嘴唇上都是啜着泰门的银子；可是唉！瞧这些狗彘不食的人！人家行善事，对乞丐也要布施几个钱，他却好意思这样忘恩负义地一口拒绝。

路人丙

世道如斯，鬼神有知，亦当痛哭。

路人甲

拿我自己来说，我虽然从来不曾叨光过泰门的一顿酒食；他也从来不曾有恩惠到我身上，可以表明我是他的一个朋友；可是我要说一句，为了他的正直的胸襟、超人的德行和高贵的举止，要是他在窘迫的时候需要我的帮助，我一定愿意变卖我的家产，把一大半送给他，因为我是这样敬爱他的为人。可是在现在的时世，一个人也只好把怜悯之心搁起，因为万事总须熟权利害，不能但问良心。（同下）

第三幕　第三场

辛普洛涅斯家中一室

出场人物

辛普洛涅斯　谄媚的贵族
泰门的仆人

辛普洛涅斯 及 一泰门之仆 上。

辛普洛涅斯

哼！难道他没有别人，一定要找着我吗？他可以向路歇斯或是路库勒斯试试；文提狄斯是他从监狱里赎出身来的，现在也发了财了；这几个人都是靠着他才有今天这份财产。

仆人

大爷，他们几个人的地方都去过了，一个也不是好东西，谁都不肯借给他。

辛普洛涅斯

怎么！他们已经拒绝了他吗？文提狄斯和路库勒斯都拒绝了他吗？他现在又来向我告借吗？三个人？哼！这就可以见得他不但不够交情，而且也太缺少知人之明；我必须做他的最后的希望吗？他的朋友已经三次拒绝了他，就像一个病人已经被三个医生认为不治，所以我必须负责把他医好吗？他明明瞧不起我，给我这样重大的侮辱，我才生他的气哩。他应该一开始就向我商量，因为凭良心说，我是第一个受到他的礼物的人；现在他却最末一个才想到我，却想我在最后帮他的忙吗？不，要是我答应了他，人家都要笑我，那些贵人都要当我是个傻子了。要是他瞧得起我，第一个就向我借，那么别说这一点数目，就是再三倍于此，我也愿意帮助他的。可是现在你回去吧，替我把我的答复跟他们的冷淡的回音一起告诉你家主人；谁轻视了我，休想用我的钱。（下）

仆人

很好！你这位大爷也是一个大大的奸徒。魔鬼把人们造得这样奸诈，一定后悔莫及；比起人心的险恶来，魔鬼也要望风却步哩。瞧这位贵人唯恐人家看不清楚他的丑恶，拼命磨牙咧嘴给人家看，这就是他的奸诈的友谊！这是我的主人的最后的希望；现在一切都已消失了，只有向神明祈祷。现在他的朋友都已死去；终年开放，来者不拒的大门，也要关起来保护它们的主人了：这是一个荡子的下场；一个人不能看守住他的家产，就只好关起大门躲债。（下）

第三幕　第四场

泰门家中厅堂

出场人物

泰门　富有的雅典贵族

凡罗（泰门债主）的仆人甲

凡罗（泰门债主）的仆人乙

路歇斯的仆人

泰特斯　泰门债主的仆人

霍坦歇斯　泰门债主的仆人

菲洛特斯　泰门债主的仆人

弗莱米涅斯　泰门的仆人

塞维律斯　泰门的仆人

弗莱维斯　泰门的管家

凡罗之仆二人 及 路歇斯之仆 同上，

与 泰特斯、霍坦歇斯 及其他 泰门债主之仆 相遇。

凡罗之仆甲

咱们碰见得很巧；早安，泰特斯，霍坦歇斯。

泰特斯

早安，凡罗家的大哥。

霍坦歇斯

路歇斯家的大哥！怎么！你也来了吗？

路歇斯之仆

是的，我想我们都是为着同样的事情来的；我是为讨钱而来。

泰特斯

他们跟我们都是来讨钱的。

菲洛特斯 上。

路歇斯之仆

菲洛特斯也来了!

菲洛特斯

各位早安。

路歇斯之仆

欢迎,好兄弟。现在是什么时候了?

菲洛特斯

快要九点钟啦。

路歇斯之仆

这么晚了吗?

菲洛特斯

还没有看见泰门大爷吗?

路歇斯之仆

还没有。

菲洛特斯

那可奇了，他平常总是七点钟就起来的。

路歇斯之仆

嗯，可是他的白昼现在已经比从前短了；你该知道一个浪子所走的路程是跟太阳一般的，可是他并不像太阳一样周而复始。我怕在泰门大爷的钱囊里，已经是岁晚寒深的暮冬时候了，你尽管一直把手伸到底，恐怕还是一无所得。

菲洛特斯

我也是担心着这样的事。

泰特斯

我可以提醒你一件奇怪的事情。你家大爷现在差你来要钱。

霍坦歇斯

一点不错，他差我来要钱。

泰特斯

可是他身上还带着泰门送给他的珠宝，我就是到这儿来等他把这珠宝的钱还我的。

霍坦歇斯

我虽然奉命而来，心里可是老大不愿。

路歇斯之仆

你瞧，事情多么奇怪，泰门应该还人家的钱比他实在欠下的债还多；好像你家主人佩戴了他的珍贵的珠宝以后，还应该向他讨还珠宝的价钱一样。

霍坦歇斯

我真不愿意干这种差使。我知道我家主人挥霍了泰门的财产，现在还要干这样忘恩负义的事，真是窃贼不如了。

凡罗之仆甲

是的，我要向他讨还三千克朗；你呢？

路歇斯之仆

我的是五千克朗。

凡罗之仆甲

还是你比我多；照这数目看起来，你家主人对他的交情比我家主人深得多了，否则不会这样相差的。

弗莱米涅斯 上。

泰特斯

他是泰门大爷的一个仆人。

路歇斯之仆

弗莱米涅斯！大哥，说句话。请问大爷就要出来了吗？

弗莱米涅斯

不，他还不想出来呢。

泰特斯

我们都在等着他，请你去向他通报一声。

弗莱米涅斯

我不必通报他；他知道你们都是很殷勤的。(弗莱米涅斯下)

弗莱维斯 穿外套蒙头上。

路歇斯之仆

吓！那个蒙住了脸的，不是他的管家吗？他躲躲闪闪地去了；叫住他，叫住他。

泰特斯

你听见吗，总管？

凡罗之仆乙

对不起，总管。

弗莱维斯

你有什么事要问我，朋友？

泰特斯

我们等在这儿要拿还几个钱，总管。

弗莱维斯

哼，当你们那些黑心的主人吃着我家大爷的肉食的时候，为什么你们不把债票送上来要钱？那个时候他们是不把他的欠款放在心上的，只知道忙着胁肩谄笑，把利息吞入他们贪馋的胃里。你们跟我吵有什么用呢？让我安安静静过去吧。相信我，我家大爷跟我已经解除主仆的名分；我没有账可以管，他也没有钱可以用了。

路歇斯之仆

我们可不能拿你这样的话回去交代啊。

弗莱维斯

我的话倒是老实话，不像你们的主人都是些无

耻小人。(下)

凡罗之仆甲

怎么！这位卸了职的老爷子咕噜些什么？

凡罗之仆乙

随他咕噜些什么；他是个苦老头儿，理他作甚？连一所可以钻进头去的屋子也没有的人，当然会见了高楼大厦而痛骂的。

塞维律斯 上。

泰特斯

啊！塞维律斯来了；现在我们可以得到一些答复了。

塞维律斯

各位朋友，要是你们愿意改日再来，我就感谢不尽了；不瞒列位说，我家大爷今天心境很不好；他身子也有点不大舒服，不能起来。

路歇斯之仆

有许多人睡在床上不起来，并不是为了害病的缘故。要是他真的有病，我想他更应该早一点把债还清，这才可以撒手归天。

塞维律斯

天哪！

泰特斯

我们不能拿这样的话回去交代哩。

弗莱米涅斯

（在内）塞维律斯，赶快！大爷！大爷！

泰门 暴怒上，弗莱米涅斯 随上。

泰门

什么！我自己的门都不许我通过吗？我从来不曾受过别人的管，现在我自己的屋子却变成了关禁我的敌人、我的监狱吗？我曾经举行过宴会的地方，难道也像所有的人类一样，用一颗铁石的心肠对待我吗？

路歇斯之仆

向他说去，泰特斯。

泰特斯

大爷，这儿是我的债票。

路歇斯之仆

这儿是我的。

霍坦歇斯

还有我的，大爷。

凡罗之仆甲、乙

还有我们的，大爷。

菲洛特斯

我们的债票都在这儿。

泰门

用你们的债票把我打倒，把我腰斩了吧。

路歇斯之仆

唉！大爷——

泰门

剖开我的心来。

泰特斯

我的账上是五十个泰伦。

泰门

把我的血一滴一滴数出来。

路歇斯之仆

五千个克朗，大爷。

泰门

还你五千滴血。你要多少？你呢？

凡罗之仆甲

大爷——

凡罗之仆乙

大爷——

泰门

扯碎我的四肢，把我的身体拿了去吧；天神的愤怒降在你们身上！（下）

霍坦歇斯

我看我们的主人的债是讨不回来的了，因为欠债的是个疯子。（同下）

泰门 及 弗莱维斯 重上。

泰门

他们简直不放我有一点儿喘息的工夫，这些奴才！什么债主，简直是魔鬼！

弗莱维斯

我的好大爷——

泰门

要是果然这样呢?

弗莱维斯

大爷——

泰门

我一定这么办。管家!

弗莱维斯

有,大爷。

泰门

很好!去,再把我的朋友们一起请来,路歇斯、路库勒斯、辛普洛涅斯,叫他们大家都来;我还要宴请一次这些恶人。

弗莱维斯

啊，大爷！您这些话只是一时气愤之言；别说请客，现在就是略微备一些酒食的钱也没有了。

泰门

你别管；去吧。我叫你把他们完全请来；让那些混账东西再进一次我的门；我的厨子跟我会预备好东西给他们吃的。（同下）

第三幕　第六场

泰门家中的大客厅

出场人物

泰门　慷慨的雅典贵族

贵族甲

贵族乙

贵族丙

贵族丁

众宾客、元老及随从等。

音乐；室内排列餐桌，众仆立侍；
若干贵族、元老及余人等自各门分别上。

贵族甲

早安，大人。

贵族乙

早安。我想这位可敬的贵人前天不过是把我们试探了一番。

贵族甲

我刚才也是这么想着；我希望他并不真的穷到像他故意装给朋友们看的那样子。

贵族乙

照他这次重开盛宴的情形看起来，他并没有真穷。

贵族甲

我也是这样想。他很诚恳地邀请我，我本来还有许多事情，实在抽不出身，可是因为他的盛情难却，所以不能不拨冗而来。

贵族乙

我也有许多要事在身，可是他一定不肯放过我。我很抱歉，当他叫人来问我借钱的时候，我刚巧手边没有现款。

贵族甲

我知道了他这种情形之后，心里也是难过得很。

贵族乙

这儿每一个人都有这样的感觉。他要向您借多少钱？

贵族甲

一千块。

贵族乙

一千块！

贵族甲

（向贵族丙）您呢？

贵族丙

他叫人到我的地方来，大人——他来了。

泰门 及侍从等上。

泰门

竭诚欢迎，两位老兄；你们都好吗？

贵族甲

托您的福，大人。

贵族乙

燕子跟随夏天，也不及我们跟随您一样踊跃。

泰门

（旁白）你们离开我也比燕子离开冬天还快；
人就是这种趋炎避冷的鸟儿——各位朋友，今天肴馔不周，又要累你们久等，实在抱歉万分；要是你们不嫌喇叭污耳，请先饱听一下音乐，我们就可以入席了。

贵族甲

前天累尊价空劳往返，希望您不要见怪。

泰门

啊！老兄，那是小事，请您不必放在心上。

贵族乙

大人——

泰门

啊！我的好朋友，什么事？

贵族乙

大人，我真是说不出的惭愧，前天您叫人来看我的时候，不巧我正是身无分文。

泰门

老兄不必介意。

贵族乙

要是您再早两点钟叫人来——

泰门

请您不要把这种事留在记忆里。（众仆端酒食上）来，把所有的盘子放在一起。

贵族乙

盘子上全都罩着盖子！

贵族甲

一定是奇珍异味哩。

贵族丙

那还用说吗，只要是出了钱买得到的东西。

贵族甲

您好？近来有什么消息？

贵族丙

艾西巴第斯放逐了，您听见人家说起过没有？

贵族甲、乙

艾西巴第斯放逐了！

贵族丙

是的，这消息是的确的。

贵族甲

怎么？怎么？

贵族乙

请问是为了什么原因？

泰门

各位好朋友，大家过来吧。

贵族丙

等会儿，我再详细告诉您。看来又是一场盛大的欢宴。

贵族乙

他还是原来那样子。

贵族丙

这样子能够维持长久吗？

贵族乙

也许；可是——那就——

贵族丙

我明白您的意思。

泰门

请大家用着和爱人接吻那样热烈的情绪，各人就各人的位置吧；你们的菜肴是完全一致的。不要拘泥礼节，逊让得把肉都冷了。请坐，请坐。我们必须先向神明道谢："神啊，我们感谢你们的施与，赞颂你们的恩惠；可是不要把你们所有的一切完全给人，免得你们神灵也要被人蔑视。把足够的钱借给每一个人，使他不必再去转借给别人；因为如果你们神灵也要向人类告贷，人类是会把神明舍弃的。让人们重视肉食，甚于把肉食赏给他们的人。让每一处有二十个男子的所在聚集着二十个恶徒；要是有十二个妇人围桌而坐，让她们中间的十二个人保持她们的本色。神啊！那些雅典的元老，以及黎民众庶，请你们鉴察他们的罪恶，让他们遭受毁灭的命运吧。至于我这些在座的朋友，他们本来对于我漠不相关，所以我不给他们任何的祝福，我所用来款待他们的也只有空虚的无物。揭开来，狗子们，舐你们的盆子吧。"（众盘揭开，内满贮温水）

某宾客

他这种举动是什么意思？

另一宾客

我不知道。

泰门

　　愿你们永远不再见到比这更好的宴会，你们这一群口头的朋友！蒸汽和温水是你们最好的饮食。这是泰门最后一次的宴会了；他因为被你们的谄媚蒙住了心窍，所以要把它洗一洗干净，把你们这些恶臭的奸诈仍旧洒还给你们。（浇水于众客脸上）愿你们老而不死，永远受人憎恶，你们这些微笑的、柔和的、可厌的寄生虫，彬彬有礼的破坏者，驯良的豺狼，温顺的熊，命运的弄人，酒食征逐的朋友，趋炎附势的青蝇，脱帽屈膝的奴才，水汽一样轻浮的小丑！一切人畜的恶症侵蚀你们的全身！什么！你要去了吗？且慢！你还没有把你的教训带去——还有你——还有你；等一等，我有钱借给你们哩，我不要向你们借钱呀！（将盘子掷众客身上）什么！大家都要去了吗？从此以后，让每一个宴会上把奸人尊为上客吧。屋子，烧起来呀！雅典，陆沉了吧！从此以后，泰门将要痛恨一切的人类了！（下）

众贵族、元老等重上。

贵族甲

哎哟，各位大人！

贵族乙

您知道泰门发怒的缘故吗？

贵族丙

啊！您看见我的帽子了吗？

贵族丁

我的袍子也丢了。

贵族甲

他已经发了疯啦，完全在逗着他的性子乱闹。前天他给我一颗宝石，现在他又把它从我的帽子上打下来了。你们看见我的宝石了吗？

贵族丙

您看见我的帽子了吗？

贵族乙

在这儿。

贵族丁

这儿是我的袍子。

贵族甲

我们还是快去吧。

贵族乙

泰门已经疯了。

贵族丙

他把我的骨头都擂痛了呢。

贵族丁

他高兴就给我们金刚钻，不高兴就用石子扔我们。（同下）

（朱生豪 译）

莎士比亚

　　威廉·莎士比亚（William Shakespeare），英国文学家、剧作家，1564年4月23日出生于英国沃里克郡的斯特拉福小镇，1616年4月23日因病离世，享年整整52岁。在他不算长的一生中，创作出无数伟大的戏剧作品，写尽人间冷暖、悲欢离合、善恶美丑。去世四百年来，他的作品依然在全世界的舞台、剧院上演，在读者中间一代代传递，再没有第二个剧作家的影响力能超过他。

　　莎士比亚的创作大致可分为三个阶段：早期主要是正面宣扬人文主义理想，充满愉快乐观的浪漫主义色彩的喜剧和历史剧；中期随着对现实认识的深入，剧作的批判力度加强，转为悲剧为主；到了晚年，愤世嫉俗的莎翁性情变得越来越平和，作品呈现出返璞归真的倾向，多宣扬宽恕和容忍的主题。

剧本译者

朱生豪

朱生豪（1912—1944），中国著名翻译家，生于浙江嘉兴，曾就读于杭州之江大学国文系与英文系，大学毕业后赴上海世界书局任英文编辑之职，参与编纂《英汉四用辞典》。1935年着手为世界书局翻译莎士比亚全集，1937年日寇侵入上海，辗转流徙，贫病交加，仍坚持翻译，先后共译出莎剧三十一个半，尚存历史剧五个半。1944年12月26日，因肺结核含怨离世，享年32岁。他是中国翻译莎士比亚作品较早的人之一，译文质量典雅生动，为国内外莎士比亚研究者公认。

改写故事

兰姆姐弟

兰姆姐弟，即查尔斯·兰姆（Charles Lamb，1775—1834）和玛丽·兰姆（Mary Lamb，1764—1847），英国著名的散文家、诗人、剧作家，代表作：《伊利亚随笔》等。为了让小读者们也可以欣赏莎士比亚的作品，他们决定动手改写莎翁名著，把原著的精华神韵，以浅显易懂的文字向孩子呈现。这个计划在当时遭到不少非议，甚至有人认为他们是在毁坏莎翁经典。但凭借着和莎翁心灵上的默契、深厚的语言功力，他们改写的戏剧故事受到了无数孩子的喜爱，也让大人们转变了看法。并且，随着时间的验证，兰姆姐弟的改写本已经成为和莎士比亚戏剧一样为人们所称道的经典之作。这种改写本受到和原著一样高度的评价，甚至出现比原著更受欢迎的情形，在世界文学史上也是极为罕见的。

漪然

漪然（1977—2015），原名戴永安，儿童文学作家、翻译家，生于安徽芜湖，3岁意外致残，8岁开始自学，14岁从事专业写作，2015年因病去世，年仅38岁，一生共创作并翻译作品200多部。代表著作：《四季短笛》《忘忧公主》《记忆盒子》《心弦奏响的一刻》等；代表译作：《月亮的味道》《一个孩子的诗园》《莎士比亚戏剧故事集》《海精灵》《不一样的卡梅拉》等。

莎士比亚（少年版）

作者 _ [英]威廉·莎士比亚

改写 _ [英]查尔斯·兰姆　[英]玛丽·兰姆

译者 _ 朱生豪 漪然

产品经理 _ 王奇奇　　装帧设计 _ 何月婷　　产品总监 _ 李静

技术编辑 _ 陈杰　　责任印制 _ 梁拥军　　策划人 _ 于桐

插画绘制 _ 宋祥瑜

果麦

www.guomai.cc

以 微 小 的 力 量 推 动 文 明

Shakespeare

莎士比亚

少年版

Romeo and Juliet

罗密欧与朱丽叶

［英］威廉·莎士比亚　著

［英］查尔斯·兰姆　［英］玛丽·兰姆　改写

朱生豪　漪然　译

北方联合出版传媒(集团)股份有限公司

万卷出版有限责任公司

果麦文化 出品

名字什么也无法代表，玫瑰不叫玫瑰也一样芳香。

What's in a name? That which we call a rose by
any other word would smell as sweet.

'

戏剧故事

Romeo and Juliet

罗密欧与朱丽叶

维洛那城有两个富有而显赫的家族：凯普莱特家族和蒙太古家族。这两家素来不和，并且随着几次争斗的升级，这仇怨越结越深，彼此间的敌意不仅蔓延到了最远房的亲属之中，就连这两家的小厮在街上相遇了，也会互相攻击，引发一场血斗。这种旷日持久的纷争，也使得美丽的维洛那城原有的安宁和谐荡然无存。

这天，凯普莱特家正在举行一场豪华的晚宴，维洛那城中所有美丽的女士和年轻的绅士——只要不是蒙太古家族的——全都受邀出席了这场宴会。蒙太古家的儿子罗密欧为了寻找罗莎琳，在好朋友班伏里奥的怂恿下，冒着被凯普莱特家的人认出来

的危险，也来到了宴会上。他戴着面具，遮挡住自己的脸，想借此机会，悄悄地将罗莎琳的容貌跟维洛那所有的名媛淑女比较比较，看一看，是否就像班伏里奥所说的——虽然他对此话不以为然——自己心中的天鹅只不过是一只乌鸦。而班伏里奥也希望在这个宴会上让自己的朋友认识更多的名门闺秀，借此机会使他从对罗莎琳的单相思中解脱出来。于是，罗密欧、班伏里奥和另一个朋友茂丘西奥，就一起戴着假面具，在凯普莱特家的晚会上出现了。对此毫不知情的老凯普莱特热情地接待了他们。这个快活风趣的老人还开玩笑说，脚趾上不生茧子的小姐太太们，都要跟他们跳一回舞呢。于是大家欢笑着一起跳起舞来。

这时，罗密欧忽然被舞伴中一位美丽无比的少女深深吸引了。他觉得自己眼前仿佛出现了一团明亮的火焰，不由自主地惊叹道："她的容颜就像是璀璨的珠环，她的美妙身姿在她的女伴们之间，就仿佛乌鸦群中一只翩翩白鸽。"当他发出这些赞美时，被老凯普莱特家的侄儿提伯尔特从声音里辨认出正是蒙太古家的罗密欧。一个蒙太古家族的人竟敢乔装打扮混进自己家的宴会来，对此，脾气暴躁的提伯尔特不能容忍。他怒气冲冲地要去和年轻的罗密欧决一死战，可叔叔却拦住了他，因为老凯普莱特不想在这样一个欢乐的时刻，在众多的贵客中间闹出事端，况且罗密欧在维洛那城中也算是大家公认的品行很好的一位青年。提伯尔特只好耐下性子，保持沉默，可他在暗暗发誓，要让这个可恶的蒙太古人为这次的私自闯入付出代价。

舞曲结束了，罗密欧借着面具的掩护，来到那位少女身边，他温文尔雅地将她的手称作"神圣的庙宇"，询问他是否可以像一个害羞的信徒那样，用一吻来请求宽恕刚才一起跳舞时对它的亵渎。"信徒，"那位少女说道，"你的热爱远胜过虔诚的礼敬。神明的手本来就允许信徒接触，但是无须亲吻。"

"那生下了嘴唇有什么用处？"罗密欧说。

"啊，"少女说道，"信徒的嘴唇应该祷告神明。"

"噢，那么我的神明，"罗密欧说道，"请听我的祷告，不要让我的祈求落空。"

这对年轻人正沉浸在这些充满爱意的话语中，少女的母亲忽然派人将她唤了回去。罗密欧向仆人打听这个美丽女子的母亲是谁，这才发现他不知不觉爱上的正是老凯普莱特唯一的继承人——他年轻的女儿朱丽叶。这个发现使他非常痛苦，但却丝毫不能减弱他对朱丽叶的爱。而这时，朱丽叶也从乳娘那里得知，刚刚和她说话的绅士正是蒙太古家的儿子罗密欧。她发觉自己的心中已经为这个热情的青年燃起了爱火，可她爱上的是家族的仇敌呀，朱丽叶也不禁为自己是凯普莱特家的女儿而感到深深的不幸。

午夜时分，罗密欧和伙伴们一起离开了凯普莱特家的宴会，可没过一会儿，朋友间就不见了罗密欧的影踪。原来，他放不下刚刚离开的那座房子里住着的朱丽叶，悄悄地翻墙进入了凯普莱特家的后花园。在那里没等多久，他就幸运地看见了新的心上人——朱丽叶的身影出现在面向花园的一扇窗口旁。在罗密欧眼中，她的美丽就像东方的太阳一样灿烂夺目，顿时使花园里的那轮明月黯然失色。当看到她用手托住了脸，他真恨不得自己就是那只手上的手套，好去触摸她的脸颊！此时，朱丽叶正沉浸在自己的独思遐想之中，她深深地叹了口气，开始自言自语起来。

"啊！她说话了！"罗密欧为能够听见心上人的声音而感到一阵狂喜。他用朱丽叶无法听到的轻柔声调说道:"啊! 再说下去吧,光明的天使! 因为我在这夜色之中仰视着你,就像一个尘世的凡人,张大了出神的眼睛,望着一个展开双翅的天使。"

而并不知道有人在偷听自己说话的朱丽叶,正为这一夜的奇异经历心潮起伏,她叫着自己以为并不在场的爱人的名字,说道:"罗密欧啊,罗密欧! 为什么你偏偏是罗密欧呢? 否认你的父亲,抛弃你的姓名吧。也许你不愿意这样做,可只要你宣誓做我的爱人,我也不愿再姓凯普莱特了。"

罗密欧听到这些话语,激动得想立刻做出一番回答,可他又渴望再听见心上人更多的话,于是就强按着自己的冲动,继续站在角落里。这时,满怀激情的少女又开口对着想象中的恋人说道:"只有你的名字才是我的仇敌,你即使不姓蒙太古,仍然是这样的一个你。罗密欧,抛弃你的名字吧,我愿意用我整个的心灵,赔偿你这一个身外的空名。"

听见这样热切的话语,罗密欧再也无法控制自己的感情,他放声向朱丽叶做出了回答,就仿佛她刚刚所说的一切正是面对他在询问一样。他请她把自己以爱人相称,或者称作她愿意呼唤的任何一个名字,他从今以后永远不再叫罗密欧了,因为正是那名字令她不快。

忽然听到一个男人的声音从花园里传来，朱丽叶吃了一惊。在黑暗中，她看不见说话的人是谁，只是为自己的秘密被人偷听去了而感到又羞又怒。可当罗密欧再次开口时，她虽然并不曾和他有过许多的谈话，可还是凭着一个恋爱中的情人那格外敏锐的感觉，辨认出了年轻的罗密欧的声音。于是，她转怒为喜，可随即又焦急起来。她小声地提醒罗密欧，从那么高的花园墙壁爬上来，是极其危险的，因为要是她家里的人瞧见一个蒙太古家的人在这儿，一定不会让他活命。

"唉！"罗密欧说道，"你的眼睛比他们二十柄刀剑还厉害，只要你用温柔的目光看着我，他们就不能伤害我的身体。只要你爱我，就让他们看见我吧。与其因为得不到你的爱情而在这世上挨命，还不如在仇人的刀剑下丧生。"

"你怎么会到这儿来的？"朱丽叶问道，"谁让你找到这儿来的？"

"是爱情怂恿我来的，"罗密欧答道，"我不会操舟驾舵，可就算你是在遥远的海的那头，我也会冒着风浪找到你这颗珍宝。"

朱丽叶的脸上泛起了一阵红晕，虽然在夜色中没有被罗密欧看到，可当她意识到自己刚才说出的那番话，已经使得她无法否认对罗密欧的爱意时，她也只好将一切世俗礼法置之不顾了。因为按照当时的习俗，未婚的女子对待向自己求婚的男子时，即使心里愿意，开始的时候也要装出害羞和倔强的神气，拒绝他们，也好让他们感觉自己的幸福得来不易，加倍珍惜。然而朱丽叶觉得自己已经没有退缩的余地了，因为在她不备的时候，罗密欧已经偷听去了她的真心话。于是她索性坦白地承认了自己说过的一切。

　　她温柔地呼唤罗密欧的名字——爱情可以使仇敌的名字也变得动听起来——请他不要将自己的表白当作轻浮的话语，因为这个夜晚发生的一切都太突然了，是黑夜泄露了她心底的秘密，而她，尽管可能被别人当作无耻轻狂的女子，总有一天会令他知道自己的忠心远胜过那些虚文俗礼和矜持作态。

　　罗密欧立即用手指着天空起誓，一心要表明自己决不会辜负这样一位可敬的女子。可朱丽叶阻止了他，请他不要对着月亮起誓。因为她虽然喜欢他，却不喜欢这天晚上的密约，觉得它太仓促、太轻率、太出人意料了。然而他还是急于要和爱人交换海誓山盟，于是朱丽叶说，她已经在他要求之前，就把爱给了他——这是指罗密欧偷听去的那些话。她又说，她愿意把它们收回去，并且再次愉快地重新给他，因为她的慷慨像海一样浩渺，她的爱情也像海一样深沉。

这时，从屋里传来了乳娘唤朱丽叶的声音，因为她在外面待得太久，早该上床睡觉了。不愿就这样回房去的朱丽叶又匆匆地向罗密欧说了最后几句话，大意是，要是他的爱情的确是光明正大的，目的是在于婚姻，那么明天她会叫一个人来找他，约定一个举行婚礼的时间，而她就会把整个命运交托出来，将他当作主人一样跟随到天涯海角。山盟海誓之后，朱丽叶被乳娘唤回了房间，可她一转身又跑了回来，因为她唯恐罗密欧已经离开。她就像一个淘气的女孩子对待她心爱的鸟儿一样，一旦被它跳出掌心之外，就又用一根丝线把它拉回来。罗密欧也和她一样觉得难分难舍，他渴望永远听到那个如同最柔和的音乐一般的声音。可是这一对恋人终究还是不得不一边道着晚安，一边暂时地分手了。

罗密欧离开花园时，已是黎明破晓，心中激情

难耐的他连家也没有回，直接就来到了附近的一所修道院，找到了他敬爱的朋友劳伦斯神父。这位善良的神父正在修道院的庭园里采摘草药，看到罗密欧一大早就兴冲冲地来找他，便猜到他昨天晚上没有回家睡觉，而是和那些害了爱情热病的年轻人一样彻夜未眠。他猜中了罗密欧失眠的原因，但却弄错了对象，因为他以为罗密欧还在为罗莎琳害单相思。

当罗密欧透露出，他所有的爱和热情都已倾注于朱丽叶身上，并请求神父为他们主婚时，这个纯洁的人不禁吃惊地瞪大了双眼，因为一直以来他都听到罗密欧述说着多么迷恋罗莎琳，又为了她的薄情寡义而感到多么痛苦。于是他不禁说道，年轻人的爱情，都是见异思迁，不是发自真心的。可罗密欧回答，神父自己也常常责备他对罗莎琳的痴恋，因为她从未真正地爱过他一回，而朱丽叶却是和他心心相印的。

最终，神父还是同意了罗密欧的请求，因为他想到，这两个孩子的结合可能也是一个机会，可以让凯普莱特和蒙太古这两家的旧日冤仇从此化解。作为这两个家族的共同朋友，好心的神父一直在努力地调停他们之间的种种矛盾，然而收效甚微。于是，一方面因为有了这样的想法，一方面也因为他太过喜爱这个热情的年轻人，不忍心拒绝他的任何请求，好心肠的老神父就应允了替性急的恋人们来主持这桩婚事。

此刻，罗密欧是多么幸福啊！当朱丽叶从她派去的乳娘那里得到爱人捎来的这个口信时，她一分钟也没有耽搁就向劳伦斯神父所在的教堂赶去。在那里，两个年轻人的手终于被神圣的婚姻连接在了一起。好心的神父祈祷上天祝福这神圣的结合，并满心希望这两个好孩子的相爱和联姻，能够使两个家族从此化干戈为玉帛。

婚礼仪式结束之后，朱丽叶又赶回家中，在那里焦急地等待着夜晚的来临，因为罗密欧答应要像昨天夜里一样，来花园看望她。对她来说，这一天显得格外漫长，她的心情正像一个做好了新衣服的小孩，在节日的前夜焦躁地等着天明一样。

就在当天中午，罗密欧的好友班伏里奥和茂丘西奥在维洛那城的大街上遇到了提伯尔特带领的一伙凯普莱特家的人。提伯尔特正为罗密欧昨天夜里的擅闯而愤愤不平，他一看到之前和那个蒙太古人一起参加晚宴的同伴，就气不打一处来，说了许多

难听的话。而茂丘西奥几乎和提伯尔特一样好勇逞强，立刻就以更尖锐的言辞回敬对方，班伏里奥在一旁劝说也没有用，一场斗殴很快就开始了。

这时，罗密欧正好经过，暴躁的提伯尔特立刻又将愤怒和咒骂从茂丘西奥那里转到罗密欧身上。罗密欧不想和提伯尔特以及他身后的凯普莱特家族的人争吵，因为他这时已经是朱丽叶的丈夫了，凯普莱特这个姓氏现在只是令他想起自己最亲爱的人，而且，这个年轻人本性温和善良，一向不喜欢介入这些家族纷争。所以他用平静的口吻和提伯尔特讲道理，称他好凯普莱特，说他尊重这个姓氏就像尊重自己一样。然而，提伯尔特对蒙太古人怀着盲目的仇恨，根本就听不进任何解释和劝说，反而拔出剑来。而对朋友的秘密毫不知情的茂丘西奥，把罗密欧的一味退让当作怯懦屈服的表现。

茂丘西奥口出狂言，激怒了提伯尔特，二人展开了一场殊死决斗。结果，茂丘西奥中剑倒下，尽管被罗密欧和班伏里奥合力从提伯尔特手中救了出来，但还是死了。罗密欧忍无可忍，为了死去的伙伴向提伯尔特发起挑战，并在战斗中将他一剑刺死。

这场光天化日下的惨剧就发生在维洛那城的市

中心，没多久，消息就被围观的人群传遍了大街小巷。就连亲王也被此事惊动，来到了决斗现场。而他正是被提伯尔特杀死了的茂丘西奥的亲属，因为凯普莱特和蒙太古这两个家族仇杀不断，他也曾郑重地颁布过法令，禁止在维洛那街道上斗殴。班伏里奥作为目击了一切不幸的证人，受令向亲王叙述整个事件发生的经过，他尽自己所能地讲出了事实真相，并为罗密欧所做的复仇行为竭力辩解。这时，为侄儿的不幸悲恸不已的凯普莱特夫人向亲王请求严惩凶手，还说班伏里奥的话不可信，因为他是罗密欧的朋友，而且也是蒙太古家的人。她要求处死这个刚刚成为自己女婿的青年——当然，她对此还一无所知。而在另一边，蒙太古夫人则请求亲王宽恕她儿子的过错，并说罗密欧所做的一切，只不过是执行了提伯尔特依法应被判处的死刑，因为他杀死茂丘西奥在先。亲王在双方的争辩中显得异常冷静，他仔细考虑了这件事的前因后果，最后做出了一个判决，将罗密欧放逐出维洛那城。

对年轻的朱丽叶来说，这无异于一个晴天霹雳，她才仅仅做了几个小时的新娘，如今却要因为这放逐罗密欧的法令而成为独守空闺的寡妇了！当她刚刚听到提伯尔特的死讯时，还在为罗密欧所做的一切感到震怒，称他为美丽的暴君、天使般的魔鬼、披着白鸽羽毛的乌鸦、豺狼一样残忍的羔羊、花一样面庞里藏着的蛇心，以及许多这样满怀痛恨的名字，但是在她心里，对罗密欧的爱却和这怨恨纠缠在了一起。最后，还是爱情占了上风，她因为堂兄的惨死而抽泣，又为丈夫的幸存而流泪，最终，又为了罗密欧被放逐的不幸而伤心痛哭起来。

这时，躲藏在劳伦斯神父那里的罗密欧也知道了亲王对他的判决，在他看来，这放逐的命令似乎比死亡还要令人难以接受，因为这意味着他再也不能留在维洛那城中，再也见不到朱丽叶了。朱丽叶所在的地方就是天堂，除此以外的一切地方，对他来说都只有地狱的苦难。

好心的神父想用他的哲学说教来安慰罗密欧，可悲痛的年轻人根本什么也听不进去，只是像疯了一般扯着自己的头发，还倒在地上，说要替自己量一个葬身的墓穴。正在这时，匆匆赶来的乳娘带来了朱丽叶的消息，令他重新清醒过来。神父这时也教训他说，他太没有大丈夫气概了。虽然他的确杀死了提伯尔特，但不应该再杀死自己，恰恰相反，他应该为自己的好妻子勇敢地活下去，否则谁来安慰和照顾她呢？法律已经对他格外留情，没有判他死刑，而仅仅代之以放逐，这已经是他最大的幸运了。

神父看到罗密欧在他的劝告下渐渐冷静下来，又说道，他应该在离去之前抓紧时间看一看朱丽叶，然后去曼多亚城（意大利北部的城市），暂时在那里住下，直到神父觑着机会，把他们的婚姻宣布出来，和解了两家的亲族，再向亲王请求特赦，那时，他就可以带着超过此刻的悲痛两百万倍的欢乐，再回到维洛那来。罗密欧对神父的这些明智的建议很是信服，于是就依照他的嘱咐，动身去见自己的妻子。

这一夜，罗密欧是在朱丽叶的卧室里秘密地度过的，就像他曾经秘密地潜入花园与她相会一样。这是一个交织着痛苦与甜蜜的夜晚。他们因为相会而喜悦，又因为即将来到的离别而焦虑不安，当黎明的光线穿过朱丽叶房间的窗棂时，她只觉得时间流逝得太快，她宁愿相信那云雀的啼鸣是夜莺的歌声。可罗密欧还是不得不在巡逻者没有开始查缉以前，就赶赴到曼多亚去。他带着一颗沉重的心告别了亲爱的妻子，并向她保证自己会每天从曼多亚写信给她。当罗密欧从朱丽叶房间的窗口往下爬的时候，他从她悲伤惨白的面孔上隐隐约约感觉到了一种不祥的预兆，但是他已经来不及多想，因为天亮以后若被人在维洛那城中发现，就会被处以死刑。

可是，这只是一对恋人不幸命运的开端罢了。罗密欧走后没多久，老凯普莱特就为朱丽叶订下了一门亲事。他为她选中了帕里斯伯爵——一个年轻英俊的贵族。如果不是她已经先将芳心许给了罗密欧，他们两人倒也是很般配的一对儿呢。

朱丽叶因为父亲这个突然的决定，慌乱得不知所措。她推说自己年纪还小，不想结婚，又说堂兄刚刚身亡，她悲痛的心里还装不下任何快乐的念头，再说在刚刚结束的葬礼之后举行婚礼庆典，也会让别人嘲笑凯普莱特家族不合礼仪。她找出种种理由来推托这件婚事，只有一个真正的理由她没有说出口，那就是：她已经和罗密欧结婚了。但是老凯普莱特根本不听她的借口，反而断然下令，要她准备好在星期四那天，准时参加同帕里斯伯爵缔结良缘的典礼。他理所当然地认为，能够得到一个像帕里斯这样富有而年轻的丈夫，对任何一个维洛那的少女来说都是梦寐以求的事情，所以，他也将朱丽叶的百般拒绝，仅仅当作一种害羞的表示。

陷入绝境的朱丽叶只得去找神父求助，这位渊博的老人就问她是否愿意喝下一种可以致命的毒药。朱丽叶回答，只要不嫁给帕里斯，就是活着走进坟墓她也愿意。于是，神父就让朱丽叶回家去，装出高高兴兴的样子，先答应下父亲为她选定的婚事。然后，在婚礼的前夜，饮下他交给她的小玻璃瓶中的药剂，几个小时之后她就会浑身僵硬冰冷，如同死了一样。当大家在清晨来催促她起身时，就会发现她已经死去，然后，他们一定会按照维洛那城的规矩，将她放在家族的墓室里。在这种与死无异的状态中，她必须经过四十二小时，然后就会清醒，仿佛从一场酣睡中醒过来。同时，神父也将写信给罗密欧，告诉他这个计划，叫他立刻到这儿来。等她一醒过来，当夜就叫罗密欧带她到曼多亚去。朱丽叶怀着对爱人的忠心，勇敢地从神父手中接过了药瓶，并答应一定照着他的嘱托去做。

　　朱丽叶的顺从使得老凯普莱特非常欢喜，一夜间仿佛又年轻了十岁，凯普莱特家也里里外外地忙碌起来，为即将到来的盛大婚礼做着筹备。

　　就在大家在厨房里为婚礼上的酒宴忙乱不停时，朱丽叶在房间里悄悄喝下了神父给的药水。虽然她也很担心这毒药会让她一睡不醒，还对家族墓室里那些腐烂的尸体和传说中可怕的幽灵也感到心惊胆战，她更担心如果罗密欧没有及时赶到，她会孤零零地一个人被遗忘在那冰冷恐怖的地方。但是这一切恐惧还是战胜不了她心中对爱情的渴求。于是，在拼命吞咽下那瓶苦涩的药水后，她失去了知觉。

随后的一切尽如神父预料的一般。清晨，来看望新娘的帕里斯发现，朱丽叶已经变成了一具毫无生气的尸体，他是多么震惊啊！本来为了婚庆预备好的一切，现在都变成了悲哀的殡礼：快乐的乐器变成了忧郁的丧钟，喜庆的婚筵变成了凄凉的丧席，赞美诗变成了沉痛的挽歌，新娘手里的鲜花也被放在坟墓中殉葬。

坏消息总是传得比好消息更快，这个不幸的消息也迅速传到了曼多亚。罗密欧还没见到神父派去的信使，却已经听说，自己心爱的妻子刚刚躺进了坟墓。他原本满怀希冀的心一下子坠入绝望的深渊。他立即雇了一匹快马，想赶到埋葬朱丽叶的墓穴去和她见最后一面。这附近正巧有一个药店，开店的是个穷苦人，罗密欧曾经看见他衣着破烂，皱着眉头在店里拣药草。一个绝望的念头让他走进了药店，用金子从那个骨瘦如柴的药剂师手中换来了一剂毒药。卖药人告诉罗密欧，如果将这药喝下去，即使有二十个人的气力，也会立刻送命。

罗密欧带着毒剂来到了维洛那城中，在教堂的墓地中央找到了凯普莱特家的坟茔，这时已是午夜时分。他借着一支火把的光亮，用随身带来的铁锹在墓地里挖掘起来，想进入坟墓去见他的爱人。突然，身后响起了一个愤怒的呵斥声——原来是年轻的帕里斯伯爵，他本想在这个深夜来朱丽叶的坟上抛撒鲜花，寄托哀思，却不巧撞见了这本来和他无关的一幕。对一切内情毫无所知的他，以为罗密欧是来借亵渎死人报复凯普莱特家族，于是，他厉声喝令罗密欧赶快住手，并按照维洛那的法令，和他去见亲王，接受因为私自进城而应该被判的死刑。

罗密欧警告帕里斯不要管他的事，不要逼迫自己动手杀死他，使他和躺在这墓园里的提伯尔特落得同样的下场。可是伯爵没注意他阴郁的表情，反而抓住他扭打了起来，搏斗中，帕里斯倒下了，罗密欧举着火把去查看他的伤势，发现他已经死了。这时，罗密欧才看清自己杀死的原来是帕里斯——即将与朱丽叶结为连理的人——他带着一种同病相怜的感情，将这个死人也抬到了他称之为"胜利的坟墓"的墓穴里。

在那里，他终于找到了他的朱丽叶。他觉得死并没有夺去她的美丽，仿佛死神也是个多情种子，所以才把他的爱人藏匿在这幽暗的洞府里。她的嘴唇上、面庞上，依然显露着红润的美艳，就像刚刚睡着了一样。

在朱丽叶身边，他又看见了已经死去的提伯尔特。罗密欧向他请求原谅，并说要亲手为他杀死那杀人的凶手。

罗密欧来到朱丽叶身边，给了她最后一吻，然后喝下了毒药——这药剂可不像是朱丽叶喝下的那种只是使人昏睡过去，它致命的液体一瞬间就发挥了作用，使得罗密欧立刻倒下，死去了。

得知自己写给罗密欧的信件未能送到，神父这天夜里也慌慌张张地带着铁镐，来搭救即将在坟墓中醒来的朱丽叶。可他却惊讶地看到，在凯普莱特家的坟墓旁边已经燃烧着一支火炬，并且还看到了地上的刀剑和血迹。而这时，帕里斯和罗密欧的尸体已经躺在凯普莱特家的墓室里了。

还没等神父从眼前这一切惨状中理出一个头绪

来，朱丽叶已经渐渐地从药物导致的昏睡中醒来了，她看见身边的神父，想起了他们的计划，就问罗密欧有没有来，可神父已经来不及向她多作解释，因为这时从墓室外传来了一阵喧闹声。

神父担心是巡逻的士兵来找麻烦，就叫朱丽叶赶快和他一起离开。可朱丽叶已经看见了躺在她近旁的罗密欧的尸体，立刻从爱人手中握着的杯子猜到他是服毒自杀了，这使她顿时万念俱灰、心如刀绞。她想喝下爱人杯中的毒药，可那药剂已经一滴也不剩。她就亲吻着罗密欧尚且温热的嘴唇，希望能够从那里获得一点残留的毒液。当听见有人正朝这个墓穴走来，她迅速抽出佩在罗密欧身上的匕首，插进了自己的身体，就这样倒在了爱人的身旁，死去了。

巡逻的士兵来到这里时，除了鲜血和尸首，只找到已经被这一悲剧刺激得精神恍惚的神父。他不停叫喊着："帕里斯！罗密欧！朱丽叶！"

这可怕的消息很快就传遍了维洛那城的每个角落，骚动不安的人群中走出了凯普莱特和蒙太古家族的成员，以及亲王本人，他们都来到了教堂的墓地，想知道究竟发生了什么。这时，几个巡逻的士兵已经抓住了神父。神父颤抖着，叹息着，哭泣着，来到亲王面前，请求让他讲出一切事情的真相。

当着老凯普莱特和老蒙太古的面，神父从头至尾地述说了一遍他们两家的孩子不幸的爱情悲剧，告诉大家，死了的罗密欧是死了的朱丽叶的丈夫，而她是罗密欧忠心的妻子，他秘密地主持了他们的婚礼，又帮助朱丽叶用假死的方法来逃避父母包办的婚事。这时，由罗密欧的仆人送来的一封遗书又使大家得知了更多详情。

了解了一切来龙去脉的亲王，这时转身看着两个家长——凯普莱特和蒙太古，痛心疾首地斥责他们，因为那毫无理性的仇恨，招致了一双儿女如此凄惨的命运悲剧。这两个老人都流下了悔恨的泪水，他们握起对方的手来，发誓从今以后要将彼此的仇恨葬入两个孩子的坟茔中。老蒙太古说，他要为朱丽叶塑一座纯金的雕像，让维洛那城的人们永远记住她的忠贞；而老凯普莱特也说，他也要为罗密欧塑造一座同样的雕像，让他站在自己爱人的身边。这两个老人终于取得了和解，虽然这一切来得太晚了——当两个年轻恋人的生命都已经在盲目的仇恨中夭折，和平与宁静才终于来到这两个家族中间。

（潇然 译）

剧本节选

第二幕　第二场

凯普莱特家的花园

出场人物

罗密欧　朱丽叶家族对头家的儿子

朱丽叶　罗密欧家族对头家的女儿

乳娘　朱丽叶的奶娘

罗密欧 上。

罗密欧

没有受过伤的才会讥笑别人身上的创痕。（朱丽叶自上方窗户中出现）轻声！那边窗子里亮起来的是什么光？那就是东方，朱丽叶就是太阳！起来吧，美丽的太阳！赶走那妒忌的月亮，她因为她的女弟子比她美得多，已经气得面色惨白了。那是我的意中人，啊！那是我的爱。唉，但愿她知道我在爱着她！她欲言又止，可是她的眼睛已经道出了她的心事。待我去回答她吧，不，我不要太鲁莽，她不是对我说话。天上两颗最灿烂的星，因为有事他去，请求她的眼睛替代它们在空中闪耀。要是她的眼睛变成了天上的星，天上的星变成了她的眼睛，那会怎样呢？她脸上的光辉会掩盖了星星的明亮，正像灯光在朝阳下黯然失色一样；在天上的她的眼睛，会在太空中大放光明，使鸟儿们误认为黑夜已经过去而展开它们的歌声。瞧！她用纤手托住了脸庞，那姿态是多么美妙！啊，但愿我是那只手上的手套，好让我亲一亲她脸上的香泽！

朱丽叶

唉！

罗密欧

她说话了。啊！再说下去吧，光明的天使！因为我在这夜色之中仰视着你，就像一个尘世的凡人，张大了出神的眼睛，瞻望着一个生着翅膀的天使，驾着白云缓缓地驶过了天空一样。

朱丽叶

罗密欧啊，罗密欧！为什么你偏偏是罗密欧呢？否认你的父亲，抛弃你的姓名吧；也许你不愿意这样做，那么只要你宣誓做我的爱人，我也不愿再姓凯普莱特了。

罗密欧

（旁白）我是继续听下去呢，还是现在就对她说话？

朱丽叶

只有你的名字才是我的仇敌，你即使不姓蒙太古，仍然是这样的一个你。姓不姓蒙太古又有什么关系呢？它又不是手，又不是脚，又不是手臂，又不是脸孔，又不是身体上任何其他的部分。啊！换一个姓名吧！姓名本来是没有意义的，我们叫作玫瑰的这一种花，要是换了个名字，它的香味还是同样的芬芳；罗密欧要是换了别的名字，他的可爱的完美也绝不会有丝毫改变。罗密欧，抛弃了你的名字吧，我愿意把我整个的心魂，赔偿你这一个身外的空名。

罗密欧

那么我就听你的话，你只要以爱之名叫我，我就有了一个新的名字；从今以后，永远不再叫罗密欧了。

朱丽叶

你是什么人，在黑夜里躲躲闪闪地偷听人家说话？

罗密欧

我没法告诉你我叫什么名字。敬爱的神明，我痛恨我自己的名字，因为它是你的仇敌；要是把它写在纸上，我一定把这几个字撕成粉碎。

朱丽叶

我的耳朵里还没有灌进从你嘴里吐出来的一百个字，可是我认识你的声音。你不是罗密欧，蒙太古家里的人吗？

罗密欧

不是，美人，要是你不喜欢这两个名字。

朱丽叶

告诉我，你怎么会到这儿来，为什么到这儿来？花园的墙这么高，不是容易爬得上的，要是我家里的人瞧见你在这儿，他们一定不让你活命。

罗密欧

我借着爱的轻翼飞过园墙，因为瓦石的墙垣是不能把爱情阻隔的；爱情的力量所能够做到的事，它都会冒险尝试，所以我不怕你家里人的干涉。

朱丽叶

要是他们瞧见了你，一定会把你杀死的。

罗密欧

唉！你的眼睛比他们二十柄刀剑还厉害，只要你用温柔的眼光看着我，他们就不能伤害我的身体。

朱丽叶

我怎么也不愿让他们瞧见你在这儿。

罗密欧

朦胧的夜色可以替我遮过他们的眼睛。只要你爱我，就让他们瞧见我吧；与其因为得不到你的爱情而在这世上挨命，还不如在仇人的刀剑下丧生。

朱丽叶

谁教你找到这儿来的？

罗密欧

　　爱情怂恿我探听出这一个地方，它替我出主意，我借给它眼睛。我不会操舟驾舵，可是倘使你在辽远的海滨，我也会冒着风波把你寻访。

朱丽叶

　　幸亏黑夜替我罩上了一重面纱，否则为了我刚才被你听去的话，你一定可以看见我脸上羞愧的红晕。我真想遵守礼法，否认已经说过的言语，可是这些虚文俗礼，现在只好一切置之不顾了！你爱我吗？我知道你一定会说"是的"，我也一定会相信你的话；可是也许你起的誓只是一个谎，人家说，对于恋人们的寒盟背信，上帝是一笑置之的。温柔的罗密欧啊！你要是真的爱我，就请你诚意地告诉我；你要是嫌我太容易降心相从，我也会堆起怒容，装出倔强的神气，拒绝你的好意，好让你向我婉转求情，否则我是无论如何不会拒绝你的。俊秀的蒙太古啊，我真的太痴心了，所以也许你会觉得我的举动有点轻浮；可是相信我，朋友，总有一天你会知道我的忠心远胜过那些善于矜持作态的人。我必须承认，倘不是你乘我不备的时候偷听去了我的真情的表白，我一定会更加矜持一点的；所以原谅我吧，是黑夜泄露了我心底的秘密，不要把我的允诺看作是无耻的轻狂。

罗密欧

姑娘，凭着这一轮皎洁的月亮，它的银光涂染着这些果树的梢端，我发誓——

朱丽叶

啊！不要指着月亮起誓，它是变化无常的，每个月都有盈亏圆缺；你要是指着它起誓，也许你的爱情也会像它一样无常。

罗密欧

那么我指着什么起誓呢？

朱丽叶

不用起誓吧，或者要是你愿意的话，就凭着你优美的自身起誓，那是我所崇拜的偶像，我一定会相信你的。

罗密欧

要是我的出自深心的爱情——

朱丽叶

好，别起誓啦。我虽然喜欢你，却不喜欢今天晚上的密约；它是太仓促，太轻率，太出人意料了，正像一闪电光，等不及人家开一声口，已经消隐了下去。好人，再会吧！这一朵爱的蓓蕾，靠着夏天的暖风的吹嘘，也许会在我们下次相见的时候，开出鲜艳的花来。晚安，晚安！但愿恬静的安息同样降临到你我二人的心头！

罗密欧

啊！你就这样离我而去，不给我一点满足吗？

朱丽叶

你今夜还要什么满足呢？

罗密欧

你还没有把你对爱情的忠实的盟誓跟我交换。

朱丽叶

在你没有要求以前，我已经把我的爱给了你了，可是我很愿意再把它重新收回来。

罗密欧

你要把它收回去吗？为什么呢，爱人？

朱丽叶

为了表示我的慷慨，我要把它重新给你。可是这样等于希望得到自己已经有的东西：我的慷慨像海一样浩渺，我的爱情也像海一样深沉；我给你的越多，我自己也越是富有，因为这两者都是没有穷尽的。（**乳娘在内呼唤**）我听见里面有人在叫，亲爱的，再会吧！——就来了，好奶妈！——亲爱的蒙太古，愿你不要负心。再等一会儿，我就会来的。（**自上方下**）

罗密欧

幸福的、幸福的夜啊！我怕我只是在晚上做了一个梦，这样美满的事不会是真实的。

朱丽叶 自上方重上。

朱丽叶

亲爱的罗密欧，再说三句话，我们真的要再会了。要是你的爱情的确是光明正大，你的目的是在于婚姻，那么明天我会叫一个人到你的地方来，请你叫他带一个信给我，告诉我你愿意在什么地方什么时候举行婚礼；我就会把我的整个命运交托给你，把你当作我的主人，跟随你到世界的尽头。

乳娘

（在内）小姐！

朱丽叶

就来——可是你要是没有诚意，那么我请求你——

乳娘

（在内）小姐！

朱丽叶

等一等，我来了——停止你的求爱，让我一个人独自伤心吧。明天我就叫人来看你。

罗密欧

凭着我的灵魂——

朱丽叶

一千次的晚安！（自上方下）

罗密欧

晚上没有你的光，我只有一千次的心伤！恋爱的人去赴他情人的约会，像一个放学归来的儿童；可是当他和情人分别的时候，却像上学去一般满脸懊丧。（退后）

朱丽叶 自上方重上。

朱丽叶

嘘！罗密欧！嘘！唉！我希望我会发出呼鹰的声音，招这头鹰儿回来。我不能高声说话，否则我要捣毁厄科（因诅咒只能重复别人说话的女神）的洞穴，让她的无形的喉咙因为反复叫喊着我的罗密欧的名字而变得嘶哑。

罗密欧

那是我的灵魂在叫喊着我的名字。恋人的声音在晚间多么清婉，听上去就像最柔和的音乐！

朱丽叶

罗密欧！

罗密欧

我的爱！

朱丽叶

明天我应该在什么时候叫人来看你？

罗密欧

就在九点钟吧。

朱丽叶

我一定不失信，挨到那个时候，该有二十年那么长久！我记不起为什么要叫你回来。

罗密欧

让我站在这儿，等你记起来告诉我。

朱丽叶

你这样站在我的面前，我一心想着多么爱跟你在一块儿，一定永远记不起来了。

罗密欧

那么我就永远等在这儿，让你永远记不起来，忘记除了这里以外还有什么家。

朱丽叶

天快要亮了，我希望你快去，可是我就好比一个淘气的女孩子，像放松一个囚犯似的让她心爱的鸟儿暂时跳出她的掌心，又用一根丝线把它拉了回来，爱的私心使她不愿意给它自由。

罗密欧

我但愿我是你的鸟儿。

朱丽叶

好人，我也但愿这样，可是我怕你会死在我的过分的抚爱里。晚安！晚安！离别是这样甜蜜的凄清，我真想向你道晚安直到天明！（下）

罗密欧

但愿睡眠合上你的眼睛！
但愿平和安息我的心灵！
我如今要去向神父求教，
把今宵的奇遇诉他知晓。（下）

第五幕　第三场

凯普莱特家墓地

出场人物

朱丽叶 蒙太古家的美丽少女

帕里斯 朱丽叶的求婚者

帕里斯的侍童

罗密欧 朱丽叶的爱人

鲍尔萨泽 罗密欧的仆人

劳伦斯神父 罗密欧、朱丽叶的证婚人

亲王 维洛那城的统治者

凯普莱特 朱丽叶的父亲

凯普莱特夫人 朱丽叶的母亲

蒙太古 罗密欧的父亲

维洛那市民；巡丁及亲王的侍从等

帕里斯 及 侍童 携鲜花火炬上。

帕里斯

孩子，把你的火把给我，走开，站在远远的地方，还是熄了吧，我不愿给人看见。你去在那边的紫杉树底下躺下来，把你的耳朵贴着中空的地面，听听有没有跟跄的脚步走到坟地上来发掘坟墓；要是听见了什么声息，便吹一个呼哨通知我。把那些花给我。照我的话做去，走吧。

侍童

（旁白）我简直不敢独个儿站在这墓地上，可是我要硬着头皮试一下。（退后）

帕里斯

这些鲜花替你铺盖新床，

惨啊，一朵娇红永委沙尘！

我要用沉痛的热泪淋淋，

和着香水浇灌你的芳坟；

夜夜到你墓前撒花哀泣，

这一段相思啊永无消歇！（侍童吹口哨）

这孩子在警告我有人来了。哪一个该死的家伙在这晚上到这儿来打扰我在爱人墓前的凭吊？什么！还拿着火把来吗？——让我躲在一旁看看他的动静。（退后）

罗密欧 及 鲍尔萨泽 持火炬锹锄等上。

罗密欧

把那锄头跟铁钳给我。且慢，拿着这封信，等天一亮，你就把它送去给我的父亲。把火把给我。听好我的吩咐，无论你听见什么瞧见什么，都只管远远地站着不许动，免得妨碍了我的事情；我之所以要跑下这个坟墓里去，一部分的原因是要探望探望我的爱人，可是主要的理由却是要从她的手指上取下一个宝贵的指环，因为我有一个很重要的用途。所以你赶快给我走开吧，要是你胆敢回来窥伺我的行动，那么，我可以对天发誓，我要对你做些可怕的事，让这饥饿的墓地成为你的归宿。我现在的心境非常狂野，比饿虎或是咆哮的怒海都要凶猛无情，你可不要惹我性起。

鲍尔萨泽

少爷，我去就是了，决不来打扰您。

罗密欧

这才像个朋友。这些钱给你拿去，愿你一生幸福。再会，好朋友。

鲍尔萨泽

（旁白）虽然这么说，我还是要躲在附近的地方看着他，他的脸色使我害怕，我不知道他究竟打算做些什么出来。（退后）

罗密欧

你——无情的泥土，吞噬了世上最可爱的人儿，我要劈开你的馋嘴,（将墓门掘开）索性让你再吃一个饱！

帕里斯

这就是那个已经放逐出去的骄横的蒙太古，他杀死了我爱人的堂兄，据说她就是因为伤心他的惨死而夭亡的。现在这家伙又要来盗尸发墓了，待我去抓住他。（**上前**）万恶的蒙太古！停止你的罪恶的行为，难道你杀了他们还不够，还要在死人身上发泄你的仇恨吗？该死的凶徒，赶快束手就捕，跟我见官去！

罗密欧

我的确该死，所以才来这儿。好孩子，不要激怒一个不顾死活的人，快快离开我走吧，想想这些死了的人，你也该胆寒了。孩子，不要激动我的怒气，使我再犯一次罪。啊，去吧！我可以对天发誓，我爱你远过于爱我自己，因为我来此的目的，就是要跟自己作对。别留在这儿，去吧，好好留着你的命，以后也可以对人家说，是一个疯子发了慈悲，叫你逃走的。

帕里斯

我不听你这种鬼话，你是一个罪犯，我要逮捕你。

罗密欧

你一定要激怒我吗？那么好，来，孩子！（二人格斗）

侍童

哎哟，天啊！他们打起来了，我去叫巡逻的人来！（下）

帕里斯

（中剑倒下）啊，我要死了——你倘有几分仁慈，打开墓门来，把我放在朱丽叶的身旁吧！（死）

罗密欧

好，我愿意成全你的志愿。让我瞧瞧他的脸孔，啊，茂丘西奥的亲戚，尊贵的帕里斯伯爵！当我们一路上骑马而来的时候，我的仆人曾经对我说过几句话，那时我因为心绪烦乱，没有听得进去，他说些什么？好像他告诉我说帕里斯本来预备娶朱丽叶为妻，他不是这样说吗？还是我做过这样的梦？或者还是我神经错乱，听见他说起朱丽叶的名字，所以发生了这一种幻想？啊！把你的手给我，你我都是登录在噩运的黑册上的人，我要把你葬在一个胜利的坟墓里，一个坟墓吗？啊，不！被杀害的少年，这是一个灯塔，因为朱丽叶睡在这里，她的美貌使这一个墓窟变成一座充满着光明的欢宴的华堂。死了的人，躺在那儿吧，一个将死的人把你安葬了。（**将帕里斯放下墓中**）人们在临死的时候，往往反而会觉得心中愉快，旁观的人便说这是死前的一阵回光返照。啊！这也就是我的回光返照吗？啊，我的爱人！我的妻子！死虽然已经吸去了你呼吸中的芳蜜，却还没有力量摧残你的美貌。你还没有被它征服，你的嘴唇上、脸庞上，依然呈现着红润的美艳，不曾让灰白的死亡进占。提伯尔特，你也裹着你的血淋淋的殓衾躺在那儿吗？啊！你的青春葬送在你仇人的手里，现在我来替你报仇来了，我要亲手杀死那杀害你的人。原谅我吧，兄弟！啊！亲爱的朱丽叶，你为什么仍然是这样美丽？难道那虚无的死亡，那枯瘦可憎的妖魔，也是个多情种子，所以把你藏匿在这幽暗的洞府里做他的情人吗？为了防止这样的事情，我要永远陪伴着你，再不离开这漫漫长夜的幽宫；我要留在这儿，跟你的侍婢，那些蛆虫们在一起。啊！我要在这儿永久安息下来，从我这厌倦人世的凡躯上挣脱噩运的束缚。眼睛，瞧你最后一眼吧！手臂，作你最后一次的拥抱吧！嘴唇，啊！你呼吸的门户，用一个合法的吻，跟网罗一切的死亡订立一个永久的契约吧！来，苦味的向导，你绝望的领港人，现在赶快把你的厌倦于风涛的船舶向那巉岩上冲撞过去吧！为了我的爱人，我干了这一杯！（饮药）啊！卖药的人果然没有骗我，药性很快地发作了。在这一吻中我将死去。（死）

劳伦斯神父 持灯笼锄锹自墓地另一端上。

劳伦斯

圣人保佑我！我这双老脚今天晚上怎么老是在坟堆里绊来跌去的！那边是谁？

鲍尔萨泽

是一个朋友，也是一个跟您熟识的人。

劳伦斯

祝福你！告诉我，我的好朋友，那边是什么火把，对蛆虫和没有眼睛的骷髅浪费着它的光明？照我辨认起来，那火把亮着的地方，似乎是凯普莱特家里的坟茔。

鲍尔萨泽

正是，神父。我的主人，他是您的好朋友，就在那儿。

劳伦斯

他是谁？

鲍尔萨泽

罗密欧。

劳伦斯

他来了多久了？

鲍尔萨泽

足足半点钟。

劳伦斯

陪我到墓穴里去。

鲍尔萨泽

我不敢，神父。我的主人不知道我还没有走，他曾经对我严词恐吓，说要是我留在这儿窥伺他的动静，就要把我杀死。

劳伦斯

那么你留在这儿，让我一个人去吧。恐惧临到我的身上，啊！我怕会有什么不幸的祸事发生。

鲍尔萨泽

当我在这株紫杉树底下睡了过去的时候，我梦见我的主人跟另外一个人打架，那个人被我的主人杀了。

劳伦斯

（趋前）罗密欧！哎哟！哎哟！这坟墓的石门上染着些什么血迹？在这安静的地方，怎么横放着这两柄无主的血污的刀剑？（进墓）罗密欧！啊，他的脸色这么惨白！还有谁？什么！帕里斯也躺在这儿？浑身浸在血泊里？啊！多么残酷的时辰造成了这场凄惨的意外！那小姐醒了。(朱丽叶醒)

朱丽叶

啊，善心的神父！我的夫君呢？我记得很清楚我应当在什么地方，现在我正在这地方。我的罗密欧呢？（内喧声）

劳伦斯

我听见有什么声音。小姐，赶快离开这个死亡的巢穴吧，一种我们所不能反抗的力量已经阻挠了我们的计划。来，出去吧。你的丈夫已经在你的怀中死去，帕里斯也死了。来，我可以替你找一处地方出家做尼姑。不要耽误时间盘问我，巡夜的人就要来了。来，好朱丽叶，去吧。（内喧声又起）我不敢再等下去了。

朱丽叶

去，你去吧！我不愿意走。（劳伦斯下）这是什么？一只杯子，紧紧地握在我的忠心的爱人的手里？我知道了，一定是毒药结果了他的生命。唉，冤家！你全部喝干了，不留下一滴给我吗？我要吻着你的嘴唇，也许这上面还留着一些毒液，可以让我当作兴奋剂服下而死去。（吻罗密欧）你的嘴唇还是温暖的！

巡丁甲

（在内）孩子，带路，在哪一个方向？

朱丽叶

啊，人声吗？那么我必须快一点了结。啊，好刀子！（攫住罗密欧的匕首）这就是你的鞘子，（以匕首自刺）让我死了吧。（仆在罗密欧身上死去）

巡丁 及 帕里斯侍童 上。

侍童

就是这儿，那火把亮着的地方。

巡丁甲

地上都是血，你们几个人去把墓地四周搜查一下，看见什么人就抓起来。(若干巡丁下)好惨！伯爵被人杀了躺在这儿，朱丽叶胸口流着血，身上还是热热的好像死去不久，虽然她已经葬在这里两天了。去，报告亲王，通知凯普莱特家里，再去把蒙太古家里的人也叫醒了，剩下的人到各处搜搜。(若干巡丁续下)我们看见这些惨事发生在这个地方，可是在没有得到人证以前，却无法明了这些惨事的真相。

若干巡丁 率 鲍尔萨泽 上。

巡丁乙

这是罗密欧的仆人，我们看见他躲在墓地里。

巡丁甲

把他好生看押起来，等亲王来审问。

若干巡丁 率 劳伦斯神父 上。

巡丁丙

我们看见这个教士从墓地旁边跑出来，神色慌张，一边叹气一边流着眼泪，他手里还拿着锄头铁锹，都给我们拿下来了。

巡丁甲

他有很重大的嫌疑，把这教士也看押起来。

亲王 及侍从上。

亲王

什么祸事在这样早的时候发生，打断了我的清晨的安睡？

凯普莱特、凯普莱特夫人 及余人等上。

凯普莱特

外边这样乱叫乱喊，是怎么一回事？

凯普莱特夫人

街上的人们有的喊着罗密欧，有的喊着朱丽叶，有的喊着帕里斯，大家沸沸扬扬地向我们家里的坟上奔去。

亲王

这么许多人为什么发出这样惊人的叫喊？

巡丁甲

王爷，帕里斯伯爵被人杀死了躺在这儿；罗密欧也死了；已经死了两天的朱丽叶，身上还热着，又被人重新杀死了。

亲王

用心搜寻，把这场万恶的杀人命案的真相调查出来。

巡丁甲

这儿有一个教士，还有一个被杀的罗密欧的仆人，他们都拿着掘墓的器具。

凯普莱特

天啊——啊妻子！瞧我们的女儿流着这么多的血！这把刀弄错了位置了！瞧，它的空鞘子还在蒙太古家小子的背上，它却插进了我的女儿的胸前！

凯普莱特夫人

哎哟！这些死亡的惨象就像惊心动魄的钟声，警告我这风烛残年，快要不久于人世了。

蒙太古 及余人等上。

亲王

来，蒙太古，你起来得虽然很早，可是你的儿子倒下得更早。

蒙太古

唉！殿下，我的妻子因为悲伤小儿的远逐，已经在昨天晚上去世了，还有什么祸事要来跟我这老头子作对呢？

亲王

瞧吧，你马上就可以看见。

蒙太古

啊，你这不孝的东西！你怎么可以抢在你父亲的前面，自己先钻到坟墓里去呢？

亲王

暂时停止你们的悲恸，让我把这些可疑的事实讯问明白，知道了详细的原委以后，再来带领你们放声一哭吧，也许我的悲哀还胜过你们多多呢——把嫌疑人犯带上来。

劳伦斯

时间和地点都可以做不利于我的证人，在这场悲惨的血案中，我虽然是一个能力最薄弱的人，但却是嫌疑最重的人。我现在站在殿下的面前，一方面是要供认我自己的罪过，一方面也要为我自己辩解。

亲王

那么快把你所知道的一切说出来。

劳伦斯

我要把经过的情形尽可能简单地叙述出来，因为我的短促的残生还不及一段冗繁的故事那么长。死了的罗密欧是死了的朱丽叶的丈夫，她是罗密欧的忠心的妻子，他们的婚礼是由我主持的。就在他们秘密结婚的那天，提伯尔特死于非命，这位才做的新郎也从这城里被放逐出去；朱丽叶是为了他，不是为了提伯尔特，才那样伤心憔悴的。你们因为要替她解除烦恼，把她许婚给帕里斯伯爵，还要强迫她嫁给他，她就跑来见我，神色慌张地要我替她想个办法避免这第二次的结婚，否则她要在我的修道院里自杀。所以我就根据我的医药方面的学识，给她一种安眠的药水；它果然发生了我所预期的效力，她一喝下去就像死了一样昏睡过去。同时我写信给罗密欧，叫他就在这一个悲惨的晚上到这儿来，帮助把她搬出她寄寓的坟墓，因为药性一到时候便会过去。可是替我带信的信使却因遭到意外，不能脱身，昨天晚上才把我的信原样带了回来。那时我只好按照着预先算定她醒来的时间，一个人前去把她从她家族的墓茔里带出来，预备把她藏匿在我的修道院里，等方便了再去叫罗密欧来；不料我在她醒来以前几分钟到这儿来的时候，尊贵的帕里斯和忠诚的罗密欧已经双双惨死了。她一醒过来，我就请她出去，劝她安心忍受这一种出自天意的变故；可是那时我听见了纷纷的人声，吓得逃出了墓穴，她在万分绝望之中不肯跟我离去，看样子她是自杀了。这是我所知道的一切，至于他们两人的结婚，那么她的乳母也是知情的。要是这一场不幸的惨祸，是由我的疏忽所造成，那么我这条老命愿受最严厉的法律的制裁，请您让它提早几点钟了结了吧。

亲王

我一向知道你是一个品行高尚的人。罗密欧的仆人呢？他有些什么话说？

鲍尔萨泽

我把朱丽叶的死讯通知了我的主人，因此他从曼多亚急急地赶到这里，到了这座坟堂的前面。这封信他叫我一早送去给我家老爷，当他走进墓穴里的时候，他还恐吓我，说要是我不赶快走开，让他一个人在那儿，他就要杀死我。

亲王

把那信给我，我要看看。叫巡丁来的那个伯爵的侍童呢？喂，你的主人到这地方来做什么？

侍童

他带了花来撒在他夫人的坟上，他叫我站得远远的，我就听他的话，不多一会儿工夫，来了一个拿着火把的人把坟墓打开了。后来我的主人就拔剑跟他打了起来，我就跑去叫巡丁来。

亲王

这封信证实了这个神父的话，讲起他们恋爱的经过和她的去世的消息；他还写着说他从一个穷苦的卖药人手里买到一种毒药，要把它带到墓穴里来准备和朱丽叶长眠在一起。这两家仇人在哪里——

凯普莱特！蒙太古！瞧你们的仇恨已经受到了多大的惩罚，上天借手于爱情，夺去了你们心爱的人；我因为忽视你们的争执，也已经丧失了一双亲戚，大家都受到惩罚了。

凯普莱特

啊，蒙太古大哥！把你的手给我，这就是你给我女儿的一份聘礼，我不能再作更大的要求了。

蒙太古

但是我可以给你更多的，我要用纯金替她铸一座像，只要维洛那一天不改变它的名称，任何塑像都不会比忠贞的朱丽叶那一座更为超卓。

凯普莱特

罗密欧也要有一座同样富丽的金像卧在他情人的身旁，这两个在我们的仇恨下惨遭牺牲的可怜虫！

亲王

清晨带来了凄凉的和解，

太阳也惨得在云中躲闪。

大家先回去发几声感慨，

该恕的该罚的再听宣判。

古往今来多少离合悲欢，

谁曾见像这样哀怨辛酸！（同下）

（朱生豪 译）

莎士比亚

威廉·莎士比亚（William Shakespeare），英国文学家、剧作家，1564年4月23日出生于英国沃里克郡的斯特拉福小镇，1616年4月23日因病离世，享年整整52岁。在他不算长的一生中，创作出无数伟大的戏剧作品，写尽人间冷暖、悲欢离合、善恶美丑。去世四百年来，他的作品依然在全世界的舞台、剧院上演，在读者中间一代代传递，再没有第二个剧作家的影响力能超过他。

莎士比亚的创作大致可分为三个阶段：早期主要是正面宣扬人文主义理想，充满愉快乐观的浪漫主义色彩的喜剧和历史剧；中期随着对现实认识的深入，剧作的批判力度加强，转为悲剧为主；到了晚年，愤世嫉俗的莎翁性情变得越来越平和，作品呈现出返璞归真的倾向，多宣扬宽恕和容忍的主题。

朱生豪

朱生豪（1912—1944），中国著名翻译家，生于浙江嘉兴，曾就读于杭州之江大学国文系与英文系，大学毕业后赴上海世界书局任英文编辑之职，参与编纂《英汉四用辞典》。1935年着手为世界书局翻译莎士比亚全集，1937年日寇侵入上海，辗转流徙，贫病交加，仍坚持翻译，先后共译出莎剧三十一个半，尚存历史剧五个半。1944年12月26日，因肺结核含怨离世，享年32岁。他是中国翻译莎士比亚作品较早的人之一，译文质量典雅生动，为国内外莎士比亚研究者公认。

兰姆姐弟

兰姆姐弟，即查尔斯·兰姆（Charles Lamb，1775—1834）和玛丽·兰姆（Mary Lamb，1764—1847），英国著名的散文家、诗人、剧作家，代表作：《伊利亚随笔》等。为了让小读者们也可以欣赏莎士比亚的作品，他们决定动手改写莎翁名著，把原著的精华神韵，以浅显易懂的文字向孩子呈现。这个计划在当时遭到不少非议，甚至有人认为他们是在毁坏莎翁经典。但凭借着和莎翁心灵上的默契、深厚的语言功力，他们改写的戏剧故事受到了无数孩子的喜爱，也让大人们转变了看法。并且，随着时间的验证，兰姆姐弟的改写本已经成为和莎士比亚戏剧一样为人们所称道的经典之作。这种改写本受到和原著一样高度的评价，甚至出现比原著更受欢迎的情形，在世界文学史上也是极为罕见的。

故事译者

漪然

漪然（1977—2015），原名戴永安，儿童文学作家、翻译家，生于安徽芜湖，3岁意外致残，8岁开始自学，14岁从事专业写作，2015年因病去世，年仅38岁，一生共创作并翻译作品200多部。代表著作：《四季短笛》《忘忧公主》《记忆盒子》《心弦奏响的一刻》等；代表译作：《月亮的味道》《一个孩子的诗园》《莎士比亚戏剧故事集》《海精灵》《不一样的卡梅拉》等。

莎士比亚（少年版）

作者 _ [英]威廉·莎士比亚

改写 _ [英]查尔斯·兰姆　　[英]玛丽·兰姆

译者 _ 朱生豪 潇然

产品经理 _ 王奇奇　　装帧设计 _ 何月婷　　产品总监 _ 李静

技术编辑 _ 陈皮　　责任印制 _ 梁拥军　　策划人 _ 于桐

插画绘制 _ 宋祥瑜

果麦

www.guomai.cc

以 微 小 的 力 量 推 动 文 明

© 威廉·莎士比亚 2022

图书在版编目（CIP）数据

　　莎士比亚：少年版／（英）威廉·莎士比亚著；
（英）查尔斯·兰姆，（英）玛丽·兰姆改写；朱生豪，
漪然译. -- 沈阳：万卷出版有限责任公司，2022.10
　　ISBN 978-7-5470-6068-1

　　Ⅰ．①莎… Ⅱ．①威… ②查… ③玛… ④朱… ⑤漪
… Ⅲ．①莎士比亚（Shakespeare, William 1564-1616）-
戏剧文学－文学欣赏－少年读物 Ⅳ．① I561.073-49

　　中国版本图书馆 CIP 数据核字（2022）第 154643 号

出 品 人：王维良

出版发行：北方联合出版传媒（集团）股份有限公司

　　　　　万卷出版有限责任公司

　　　　　（地址：沈阳市和平区十一纬路 29 号　邮编：110003）

印 刷 者：河北鹏润印刷有限公司

经 销 者：全国新华书店

幅面尺寸：127mm×184mm

字　　数：400 千字

印　　张：23.75

出版时间：2022 年 10 月第 1 版

印刷时间：2022 年 10 月第 1 次印刷

责任编辑：胡利

责任校对：张莹

装帧设计：何月婷

ISBN 978-7-5470-6068-1

定　　价：198.00 元（全 10 册）

联系电话：024-23284090

传　　真：024-23284448